▲ 画家信手几笔，足见惟妙惟肖

▲ 作者戎装在身，仍显几分儒雅

邓高如 著

断鸿声里

魏明伦题

邓高如散文随笔新作选

西南师范大学出版社

国家一级出版社 全国百佳图书出版单位

图书在版编目(CIP)数据

断鸿声里 / 邓高如著. —— 重庆：西南师范大学出版社，2017.7

ISBN 978-7-5621-8903-9

Ⅰ. ①断… Ⅱ. ①邓… Ⅲ. ①散文集－中国－当代 Ⅳ. ①I267

中国版本图书馆 CIP 数据核字(2017)第 180681 号

断鸿声里——邓高如散文随笔新作选

DUAN HONG SHENG LI

邓高如　著

责任编辑：张昊　吕杭

装帧设计：闽江文化

排　　版：重庆大雅数码印刷有限公司·王　兴

出版发行：西南师范大学出版社

　　　　　地址：重庆市北碚区天生路 2 号

　　　　　网址：http://www.xscbs.com

　　　　　邮编：400715　市场营销部电话：023－68868624

印　　刷：重庆共创印务有限公司

开　　本：720mm×1030mm　1/16

印　　张：24.5

字　　数：282 千字

版　　次：2017 年 8 月　第 1 版

印　　次：2017 年 8 月　第 1 次印刷

书　　号：ISBN 978-7-5621-8903-9

定　　价：58.00 元

目录

序言：

将军本色是作家

黄济人

　　郭沫若写给陈毅的诗文中，有一句"将军本色是诗人"。我愿意把这句话稍作变更，亦即"将军本色是作家"，写给我的文友邓高如。

　　与邓高如将军相识，是他在重庆警备区担任政治部主任的时候。说来奇怪，重庆警备区的另外两位将军，也是我的朋友。一位是副司令员陈知建，相交于二十世纪八十年代初期。那时候我的处女作《将军决战岂止在战场》问世不久，便收到他的来信。原来他是陈赓将军的儿子。我在处女作的开篇，就写到这位共产党将领在解放战争中的洛阳大战里，是如何生擒了我的舅父，国民党将领邱行湘的。另一位是重庆警备区司令员杨冀平，他在上任不久便与我见面，说是在我的电影里当过演员。原来他是杨勇将军的儿子。我父亲黄剑夫起义投诚后，在刘伯承任院长的南京军事学院当教官，他的学员之一，便是杨勇。这件事情我写进了处女作，当处女作改编为电影《决战之后》的时候，导演李前宽找到杨冀平，要他在影片里扮演他的父亲。

I

与邓高如结缘，却没有这些父辈的牵连，历史的瓜葛。联系他的纽带，除了文学还是文学。早在他由成都军区战旗报社社长兼总编辑调来重庆警备区不久，就有四川的两位文人向我提到邓高如。一位是与我同为全国政协委员且同在文艺二十七组与会的魏明伦，他告诉我："邓将军最有才华的写作是他的散文，如果说他的杂文不如我，那么他的散文我永远写不过他。不说过去，也不说将来，他现在就是一位散文大家！"另一位是百岁高龄的马识途，他回忠县老家途中，留宿重庆潘家坪，邀我共进晚餐，尚未动筷，便提及邓高如的近作《邓老太爷面面观》（收录于《半轮秋》一书），见我一脸茫然，就用命令的口吻说，一定找来读一读。翌日读毕这篇万言系列散文，顿然想起贵州作家何士光的小说《乡场上》。后者写的是肉贩子，过去把宝肋肉藏在柜台下留给乡镇干部，如今把宝肋肉卖给教儿子读书的村校老师。前者则通过《邓老太爷的文化观》《邓老太爷的价值观》《邓老太爷的消费观》以及《邓老太爷的婚恋观》四组散文，异曲同工地揭示着一个深刻的主题，那就是农村改革开放是怎样悄然兴起的，转型时期人们的思想观念又是怎样发生蜕变的。

自此以后，我的目光开始对准邓高如。正可谓不看不知道，一看吓一跳：他的题为《圆的魅力》的散文被报纸刊用后，很快就被选入全国语文高中考试模拟试题库，并被编入了北大、川大、复旦等大学的阅读教材。而他在昆明某部队蹲点时写下的散文《儿子要过圣诞节》，竟被高等教育出版社随同鲁迅的《文学和出汗》、肖华的《革命烈士书信·序》陶铸的《崇高理想》一起编入《全国职业高中语文》第二册教材的同一单元。他来重庆后写的随笔《王的福禄寿》，在《战旗报》《重庆晚报》相继发表后，获由中国记协、中国新闻学会组织评选的 2014 年度"全国报纸副刊精品一等奖"。

作为文友，我与邓高如相交甚密还是在他以军旅作家的身份当选为重庆市作协副主席后。将军的气度，不言而喻；作家的风范，时有显露。让我最为感佩的，还是他那极有个性的文学主张与艺术追求。有人说，写什么并不重要，重要的是怎么写，可是他说："写什么很重要，怎么写更重要，我已进入花甲之年，那些一般意义上的哥呀妹呀，妈呀咪呀，花呀草呀，不能入我的菜。"而他案头上的盛宴，则是另外三类题材：文艺类的、文史类的以及文心类的。对此命题，他将悉心进行深入的发掘与描写。"诗以言志，文以载道。"用他的话说，他试图在做人与作文的历练中求得统一，力争实现"以疑立题，以理解题，题文相生，文心相长"的自我感悟与大众教化的双重目的。

邓高如先前出过 5 本书，其中 3 本我看过，一本是由成都科技大学出版社出版的新闻特写集《回眸》，一本是由上海古籍出版社出版的杂文小品集《中国人的情态》，另一本则是由重庆出版集团出版的随笔散文集《半轮秋》。拜读之余，虽非字字入耳，句句存心，但见他确实是以军人作家的独特视觉在观察社会、解剖人生。确是言之有理，言之有情，言之有味。言浅理深，致虚守静，化瘀消癥，息气疗身。充满精气神，挥洒正能量。

散文随笔集《断鸿声里》是邓高如的第 6 本大作。书名出自辛弃疾《水龙吟·登建康赏心亭》之章句："落日楼头，断鸿声里，江南游子。把吴钩看了，栏杆拍遍，无人会，登临意……"邓高如将军酷爱宋代名将的这首词，每每吟诵，他便看到夕阳残照的赏心亭上，斯人遥望长空，目送归鸿，手拍亭栏，仰天长叹"何日捣黄龙，收取燕云州"的壮丽画面。因此，他在本书的卷首语里深情地写道，"余生也晚，烽火亦平，但忧患之心不能失，报国之志不能改，于是我把近年所写的关注社会人生的零落散文随笔编撰成集。书取名《断鸿声里》是想借助辛词意境，抒发人生感慨，驱除夕年暮气，也便沾点'掬水月在手，弄花香满衣'的幸运吧！"

作为读者，我倒觉得自己是幸运的；作为文友，我更有着"近水楼台先得月"的感受。我没有当过兵，但是我写了不少将军，故而邓高如笔下的军人情怀，军人气概，总是牵动着我的神经，渗透着我的灵魂，让我感触良多，受益匪浅。他在本书的后记里说，他在位时写的文章，有点像小钢炮，打一发是一发，退位后写的文章，有点像机关枪，点射，连射，还可以扫射。是的，他手中的笔，便是他的武器，他面对的世界，便是他的战场。将军不下马，祝愿邓高如在他的征途上，永远战旗猎猎，永远军歌嘹亮！

2017 年 2 月 10 日　重庆

（注：作者系中国作协主席团成员、重庆市作家协会荣誉主席、国家一级作家。）

卷首语

诗以言志,文以载道。

辛弃疾一首《水龙吟·登建康赏心亭》,激励着历代多少俊杰贤士、墨客骚人的报国之志,奋发之情。

"落日楼头,断鸿声里,江南游子。把吴钩看了,栏杆拍遍,无人会,登临意……"

反复吟诵着这些词句,仿佛看到夕阳残照的赏心亭上,斯人遥望长空,目送归鸿,手拍亭栏,仰天长叹"何日捣黄龙,收取燕云州"的壮丽画面!

余生也晚,烽火亦平,但忧患之心不能失,报国之志不能改,把栏杆拍遍的"天问"激情更不能少。于是我把军旅期间,特别是近年所写的关注社会人生的零落散文随笔,编撰成集。书取名《断鸿声里》,是想借助辛词意境,抒发人生感慨,驱除夕年暮气,也便沾点"掬水月在手,弄花香满衣"的幸运吧!

绿水天歌

心灵篇

　　鹅、天鹅、鸿雁,古往今来虽有进化和变异,但至今仍为同一家族,都是游禽、鸭科类的珍贵物种。

　　鸿雁幸运得很,云水为家,长空为伴。既是地上的精灵,又是空中的翔将;既是北方的常客,又是南方的游子;既可浅水觅青螺,又可扶摇上云霄。若是兴之所至时,还能白羽入绿浪,红掌拨清波。引颈唤日月,曲项向天歌。凡音赛仙音,月宫羞嫦娥……

　　唱的是啥呢? 雁鸣声声且作答。

鸟鸣啾啾

人能语，鸟善鸣，阿狗阿猫皆通情。这便构成了人类与自然界亲密接触与交流的基础。

据南朝梁代皇侃《论语义疏》等典籍载：春秋时鲁国人公冶长从小失怙，母子相依为命。为解决生计问题，便经常上山打柴，久而久之听懂了鸟语。一日，一鹞鹰飞到他房前，高声唱道："公冶长，公冶长，南山有只虎咬羊。拉回来，你吃肉，我吃肠。"

公冶长依言行事，上得南山，果然得了那只肥羊。只可惜，他吃了羊肉，却忘了鸟语，将羊肠埋在了地里，鸟儿未能吃上，一气之下便设计让他吃了官司，挨了板子。这事让公冶长懂得了信义多么重要，从此发愤读书，努力做人，后来成了孔门七十二贤人之一。

言归正传,此乃寓言尔。古人早已得知,对于鸟语,人们只能知其大略,不能详解其意。故《诗经》里才有"伐木丁丁,鸟鸣嘤嘤……嘤其鸣矣,求其友声"的写意性诗句;才有"关关雎鸠,在河之洲。窈窕淑女,君子好逑"的朦胧类诗篇。

于是,一个看似闲淡却不可忽视的话题也就摆在了我们面前。

有人问毕加索:"你的画怎么看不懂啊?"毕加索幽默地反问道:"你听过鸟叫吗?"人答:"听过。"毕又问:"好听吗?"人答:"好听。"毕再问:"听得懂吗?"对方嗫嚅而答:"听不懂。"毕笑道:"听不懂,不要紧,只要觉得好听就行。"

毕加索的一句玩笑话,确实点醒了艺术审美的一个重要命题:什么是美? 我们如何审美?

什么是美? 教科书里最为权威的解释是:美是能够使人们感到愉悦的一切事物,它包括客观存在和主观感受。当然,这里无论是"客观存在"还是"主观感受",两者最后都变成了人们精神层面的感知与收获,因而,美对于不同的个体便有不同的认知,这就是审美的差异性、不确定性。尤其是当美升华为一种艺术形式的时候,她所具有的客观"含真量"就大打折扣了。比如,夸张是一门艺术,往往就十分荒谬,有时可以说是"离题万里"。可这"离题万里"的荒谬中,却蕴含着强烈的美感。魏巍在《谁是最可爱的人》一文里,把一名"高高个儿、微黑脸膛"的志愿军战士描写为"像秋天田野里一株红高粱",这多么夸张、离谱,可经这一艺术手法渲染后的战士,又多么美好可爱! 我们在阅读这些文字时,美也就油然而生了!

但是问题又来了。我们不都是人文学者，不都是美学专家，我们在接受美的同时，却未必知道美在哪里。就像我们只知道鸡汤、羊杂味道鲜美却并不一定懂得美味产生的原因，可这毫不影响我们大口大口地享用一样。于是美学就极其简单地告诉我们：只要我们感到美在眼前，美在心里，进而能让我们在美中享受，在美中休息，在美中产生生命的热能、生活的动力、情操的升华、创造的勇气、工作的乐趣等等，这种美，我们就大胆地接受。

当然，正如前言，由于美的主观感受微妙多元，美的客观构成复杂多维，美的认同标准变化多端，我们往往在选择美的时候就显得很无助，很盲从，甚至极容易走进几个常见的审美误区：

其一，以鄙夷的目光对待美质的异义。人上一百，形形色色。由于生存环境、文化背景、命运遭遇、脾气秉性的不同，人们在认定美丑时，总还存在着不小的差异。比如，你认为毕氏《拿烟斗的男孩》《玛雅和玩偶》等画作好上了天。我则认为它"卡通味"太重，写意性太强，颜色又涂得太浓，简直好像是用地球仪上的几个板块拼凑而成的，比起同时代"画贯中西"的徐悲鸿先生的作品，差距太远。

你认为公园里花红柳绿，鸟唱虫鸣甚好，正是读书学习的良辰美景，即便南宫别院、岳麓书房，也未必能与之相比。可我则认为现在这类地方，既无遮拦，又人声嘈杂，还有大嫂大妈载歌载舞，丝竹乱耳，别说读书，简直就让人待不下去。

对于诸如此类判若两端的审美感受，我们姑且一笑了之。变睥睨为正视，避短处为长处。细思量，室外读书是一福；闲凝眸，毕徐画作各千秋。艺术的多元与异质，就妙在这里。萝卜白菜，各有所爱。天上人间，各取其欢。"君子和而不同，小人同而不和。"在审美标准的把握上，不是原则问题，宜粗不宜细。"君子周而不比，小人比而不周"哟！

其二，以昂贵的造价去追求审美的高端。金碧辉煌是一种美，茅舍板桥也是一种美。姚黄魏紫是一种美，疏林凋落也是一种美。峨冠博带是一种美，素服纶巾也是一种美……总之博大精深是美，简洁透彻也是美。究竟谁更美，这要看地方，看情形，不能一概而论。

戏剧艺术，包括众多舞台艺术，因为表现空间有限，所以从布景到表演，写意性就很强，"大制作"在这里费力不讨好。前年由国家大剧院制作、张艺谋担纲总导演的京剧《天下归心》，经过5年准备后在东方艺术中心与观众见面，"一桌二椅"仍成为舞台布景的主要道具。这种传统形式在多媒体的帮助下，在不同时空承担不同的功能，有时是家宅中的大门，有时是路边的亭子，有时又是长长的餐桌。采访时，张艺谋感慨地说："京剧是很纯粹的东西，它的美是溶解在象征、写意和概念中的。所谓三五步行遍天下，六七人百万雄兵。它是一种非常概括的美，也是带有程式化的美，我希望从这样一个美学的角度去呈现。向传统致敬，向京剧致敬。"

但这种简约写意之美，并未成为艺术家们的共识。前几年，有多少文艺演出豪华的大制作、大布景令人头晕目眩。即便已经约定俗成的戏剧服装、布景，也守不住简约写意的阵脚，而向豪华奢靡迈进，弄得这些演出团体排一场剧目，换一次布景服装，经费开支远远超出预算,无力承担。若梅兰芳、马连良先生地下有知,不知当作何感慨!

其三,以玄妙的呈现去博取廉价的掌声。鸟唱莺啼当然空灵美妙,当然是最好的音乐。"生生燕语明如剪,呖呖莺声溜的圆。"多么让人陶醉。

面对这样的良辰美景,杜丽娘绝不是单纯的唯美主义者,她既赞美了莺歌燕语的美妙动人,又吐露了惜春、悲春、思春的无限惆怅,这便为她最后冲出封建礼教的樊篱、追求美好的婚姻奠定了基础。故而才使得昆曲《牡丹亭·游园》成为古今名剧经典。

然而当今某些文学艺术作品的制作与呈现,就悬了。其风格飘忽不定,其美感难以体悟,其寓意又使人不知所云。有人说是"穿越得搞不懂,艰涩得读不懂,古怪得听不懂,浅陋得弄不懂。"这种玄妙不是美,而是对美的歪曲与异化。无论票房价值多高,或者多少人追捧,我们都难以认同。

原因何在呢?

我以为泛娱乐化的消费观念害了社会,"象牙塔"内的制作模式害了作家,快餐化的创作方式害了作品,仅凭个人感受、不分品位高低的"粉丝群"的追捧与起哄,害了艺术。而深入生活、深入社会、服务人民、追求精品的创作原则,又成了过时的古董,被人们抛到了九霄云外。

习近平总书记在文艺工作座谈会上指出:"在文艺创作方面,也存在着有数量缺质量、有'高原'缺'高峰'的现象,存在着抄袭模仿、千篇一律的问题,存在着机械化生产、快餐式消费的问题……凡此种种都警示我们，文艺不能在市场经济大潮中迷失方向，不能在为什么人的问题上发生偏差，否则文艺就没有生命力。……文艺创作方法有一百条、一千条，但最根本、最关键、最牢靠的办法是扎根人民、扎根生活。"

如此铿锵有力的论断，真是点中了穴位，我们当牢牢记取。

砍柴、担水与做饭

功是练出来的,禅是参出来的,道是悟出来的。个中有学问。

一

一日,行者问和尚:"您得道前,做什么?"和尚说:"砍柴、担水与做饭。"行者问:"那得道后呢?"和尚说:"还是砍柴、担水与做饭。"那行者说:"得道前后都一样,何谓得道呢?"这时,那和尚十分郑重地说:"不一样。得道前,我砍柴时惦记着担水,担水时惦记着做饭;得道后,砍柴即砍柴,担水即担水,做饭即做饭。"行者和尚的问答引出了一个耐人寻味的话题。

二

那天，魏明伦先生来渝参加"戏剧节"，早餐后提出去解放碑较场口转转。

我陪他把那一带几条大街小巷走了个遍。闲谈中他感慨地说，60多年前，重庆刚解放，他随内江川剧团来此演出，就住在这一带。无事时，出来溜达，在哪条街吃过一碗凉粉，在哪个巷买过一把麻花，都一一记得清楚，指得出地点来。

他说，重庆变化真大哟，江桥交错，高楼林立，但有一处依然如故，那就是解放碑、较场口周围的路道没有变，路向没有变，路名也没有变。这真是，一座城市几十年后可以沧海桑田，人去楼空，但基本的骨架、风貌，是不会消失得干干净净的！

明伦先生是文坛鬼才，我历来敬重他，对他谈话中的真知灼见，总是谨记在心。事后，我找来那个时期的地图一查对，果然与当时那里的道路、街道、路名一模一样。什么民生路、青年路、中华路全在。若有变化，也只是路道变宽了，路面变光了，路街两旁的楼房变高了吧！

三

明伦兄的见解是正确的，无意中为我解开老和尚的佛语话题找到了头绪。

我想，那老和尚上山砍柴要走路，下山挑水要走路，去厨房做饭什么的，当然也要走路；干什么活、去哪里干活，就该走哪条路，这是由目标、任务决定的；设若某一天，这老和尚竟无缘无故地不去砍柴、担水、做饭了，停工了，自然也不见他走原来那条老路了，而到了开饭的时间，众僧竟无饭可吃，那满院和尚又会怎么看、怎么想呢？你还去修什么行、悟什么道呢？

再则，你若是"一人得道，鸡犬升天"，七大姑、八大姨也都跟着沾光，或者自己尽享荣华富贵不说，还干出远离佛法道规的事情来，这样的修行得"道"，又有何意义呢？

四

那次戏剧节，明伦兄走了一回 60 多年前的老街老路，找到了少年时代的感觉，当是幸运的，而我更幸运的是以此为契机，琢磨出了城市与道路建设的某些道理来。

我来重庆工作、生活，也 10 年有余了，山城的市容市貌确实发生了很大的变化。有人说，重庆是一个月换一版地图的城市，仅看解放碑一带，就拔了多少旧楼，修了多少新楼。而这里道路的布局，正如明伦兄所言，却并没有多少变化、增添。那么，在这变与不变中，又是何道理呢？

原来，建设者们都在遵循一个规矩，就城市改造一般来说，多是在前人已经画好的格子内搞建设，在留好的地面上求发展，拆旧建新垒高楼也罢，拔密留疏建公园也罢，都是如此。

我想，这并非是今人愿意守旧制，而是历史的承续性使然。因古今建造城池时，第一紧要处，就是先修道路，下埋管道，再造房屋。这道路就如同格子，能勾勒出城市发展的基本轮廓与走向，而到建造楼房时，在格内填充就是了。这有点像幼儿上语文课，先打格子后写字。

秦时宰相张仪，首建江州城池（即今重庆）是这样；宋代将领彭大雅，首筑城门"九开八闭"是这样；民国将军潘文华，首任市长开本埠，也是这样；再看今天两江新区大发展，那一片片正在动工的城建工地上，楼房未立，而早已是纵横阡陌，路道井然了，也都莫不是这样。

一句话，道路是纲，楼房是目。楼房随时兴建，道路轻易不变——虽可拓宽，可削直，可架桥，可穿洞，而故道仍在，旧制尚存，这恰好给游子漂泊留下一丝乡愁；给老叟寻旧留下几许痕迹；也给老和尚打柴、挑水、做饭什么的，留下诸多便利。

五

一日读闲书，忽见唐代禅宗青原行思，对参禅悟道提出了三重境界，与老和尚的劳作悟道，有异曲同工之妙。

他说："参禅之初，看山是山，看水是水；禅有渐悟时，看山不是山，看水不是水；禅机彻悟后，看山仍是山，看水仍是水。"

这又勾起我对那老和尚悟道感言的再思考。老和尚说什么来着？

他说，得道前，他砍柴时惦记着挑水，挑水时惦记着做饭；而得道后，砍柴即砍柴，挑水即挑水，做饭即做饭。

你看，那老禅师看景，从原点出发，再回到新的原点。当中那一步跨越式的转变，实则是世界观、方法论的转变，或者说是心灵深处的大"核变"，随后才做出透彻的结论。

这个结论，自然是抛开了人云亦云的浅见、坐井观天的愚见，或是感情用事的偏见，这类主观成见一清除，看山看水就比较接近本真了。它既没有"夜静春山空"那样幽寂，也没有"月涌大江流"那样豪放，更没有"独钓寒江雪"那样孤清，倒有点像电视剧《篱笆墙的影子》里唱的那样："山也还是那座山哟，梁也还是那道梁。星星还是那颗星星哟，月亮还是那个月亮。"

而那老和尚的劳作悟道呢，似乎也有类似的心路历程。得道前，他总是心神不定，正如他自己所言，干着这个，想着那个。那是否会想：早点干完活儿，好得个表扬呢；不落人之后，才不被人小看呢；或者快点收工，好挤出时间去禅房诵几页经书，早修成正果呢……想着这些，人就活得比较累，活儿就未必干得好，若还有"偷工减料"、赶进度之类，挨批评、受戒律就在所难免了。

六

当然，也不排除另一种可能，那就是"艺高人胆大，艺低人犯怵"。那小和尚开初干活时，没有庖丁解牛的功夫，各道工序、各个技法还不熟悉,磕磕碰碰就难免发生。特别是自己提前不想好,后面就可能干不好。正所谓"预则立,不预则废"。而得道之后的老和尚呢?心定了、神静了,干活的功夫到家了,想入非非之类的事情全没了,就一个心眼地砍柴、担水与做饭,日复一日,年复一年,心如止水,行如蹈矩,外行都看得出来,那是得道高僧才有的境界啊!

这真是,道是灵丹妙药,道能醍醐灌顶,道可以静气,可以收心,可以安神,可以明志,可以锁定目标,干好各项工作……

七

写到这里,就不能不涉及一个关键性的字眼:道。

道是什么?天下恐怕没有比这更难说清的概念了。

道是天理?是人意?是自然?是客观规律?还是人间百态……可以说都是,也都不是。

那么,道究竟是什么呢?就在这个概念诞生1300多年后的某个早上,一位禅宗大师轻松自然地把它解开了,而且波澜不惊,痕迹不留。

这天早饭后,两位行色匆匆的僧人不远千里来到了今河北赵州的柏林禅院,当时叫观音禅院,执弟子礼后,两学僧向从谂禅师请教:何为禅?何为道?如何修禅悟道?

从谂禅师问其中一僧人:"你以前来过吗?"那僧人答:"没有来过。"老禅师说:"吃茶去!"继而又问另一僧人:"你来过吗?"这僧人说:"曾经来过。"老禅师说:"吃茶去!"这时,引领那两个僧人来到禅师身边的监院便好奇地问:"禅师,怎么来过的,你让他吃茶去;未曾来过的,你也让他吃茶去呢?"老禅师直呼着监院的名字,仍说:"吃茶去!"

这就是有名的"禅宗公案"。

据说,吃过茶的三位僧人,包括后来的络绎不绝者,都一一领悟了"吃茶去"的真谛,从而顿悟禅机,得道当下。这赵州禅院也便留下了"禅茶一味"的美名,至今享誉华夏。

八

"吃茶去"的故事,内涵深邃,意蕴宽广,历来仁者见仁,智者见智,真有那么一点邈远虚玄的味道。那么,到底怎么理解这个故事的本质意义呢?

我想,客人甫来禅院,气不喘一口,水不喝一杯,坐下就听讲,不仅缺乏仪式感,而且也不符合老禅师"温良恭俭让"的风格。

恰好一句"吃茶去",既使客人有了憩息的机会,又与众僧有了交流的机缘。端起茶杯喝茶,放下杂念听课,这个最简单的消受,却包含着深刻的佛理。

原来佛学认为,佛法不是一个知性问题,而是一个实践问题。恰如品茶一样,不入口舌,焉知茶是啥滋味?

茶叶产于自然,道法源于自然,二者情理相通,一杯清茶入肚,可使我们心隔畅然，情绪达到一个新的境界。

当你书生意气，挥斥方遒，本以为今科高考必中，然而却名落孙山时——吃茶去！

当你几经周折，创业不佳，开局不利，甚至全军覆灭时——吃茶去！

当你倾心于恋人，二者卿卿我我，山盟海誓，一转眼对方却另寻新欢，弃你而去时——吃茶去！

总之，逆境、顺境，贫穷、富贵，忙碌、闲适，愤懑、愉悦时，都可吃茶去。高僧大德，还可泰山崩于前，猛虎追于后，面不改色心不跳，仍旧转身吃茶去！

拿得起，放得下，才能随时随缘"吃茶去"；视己平常人，怀揣平常心，才能一声招呼"吃茶去"！

俗话说："万大红尘三杯酒，千秋大业一壶茶。"此话虽与大僧境界有差距，但也有个琢磨头！

九

吃茶益于清心。一次逛古玩市场，见一套紫砂茶具颇为奇妙，其茶壶、茶杯、茶洗、茶盘诸件上，都刻着相同四字："清心可也"。

因茶壶有柄有嘴，便有方位，读字顺序一看便知。而其余三件，均为圆形，从何处起读，便只能随心所欲了。但是妙在你无论从何字读起，都能读通，都能读懂，而且句意不变。如正常读法为"清心可也";若顺序转动,可读成"心可也清""可也清心""也清心可";若反序去读,又可读成"也可心清""可心清也""心清也可""清也可心"……

于是我便想,"清心可也",是智者的礼赞,是达人的颂歌,是简朴的写照。因为简朴最能清心,清心最能神静,神静最能志专,志专最能彻悟,彻悟方得大道啊!

赵州从谂禅师当年对前来问道的僧人,一律都请"吃茶去",多么简单;而那位普通的老和尚,即使不赴赵州,也不"吃茶去",只是一心砍柴、担水与做饭,但因清心入驻,照样悟禅得道,更是简单!

大道至简,素心即道。

清心可也,也可心清!

"得道后,砍柴即砍柴,担水即担水,做饭即做饭",如此定力,如此"清心可也",就是道!

家住平房

家是什么？一百个人会有一百个答案，人文的、世俗的、高雅的、浪漫的、痛苦的，或者无厘头的，不一而足。

我的回答是：平房，一排青砖平房中最靠东头的那两间。那里虽是我历次居家中最小、最简陋的处所，却是我心中最美、最难忘的福地！

一

当今城市向高空发展，我们都住进了"鸽子笼"。我们的家，差不多都安顿在某座高楼中的一两个窗户内。如果是二十世纪七十年代，这样的住法，正是身份非同凡响的表现！

那时，一般人是不可能住进高楼大厦的。"楼上楼下，电灯电话"是大城市里的大机关、大干部居住的标志，而普通人家就没这福气了——不是住平房，就是住筒子楼。因为在那个年代，土地不值钱，修楼房造价却很高，于是许多城市的各色家属院，大多修成了清一色的平房。当然这些平房是横竖有序地排列着，就像老农种出来的庄稼，既整齐又壮观！

那时，我在晋北高原某师宣传科任职，结婚后，一家人就搬进这种家属院的平房内，整整生活了4年。

虽说是平房，但现在看起来简直就是别墅，或者至少要叫它联排别墅才合适！

我所居住的房屋是这样的格局：一排平房除简单的卫生设施外，其余8间正房分别由4户干部分住。每户住两间，各户面积约40平方米。

户内结构十分简单。一进大门，有一小厅，厅内一壁炉迎面而立，恰好供餐厨取暖之用。壁炉的两侧，便是两个卧室的房门，颇像民间戏台上两侧的"马门"，若写上"出将"、"入相"四字，就别无二致了。

室内更简洁。一卧室里放一双人床，床上是两床军用被子，叠得整整齐齐；旁有一平柜，里放内衣杂物，柜面兼做妻的梳妆台。后来还挤出半截柜面，放了一台12寸的黑白电视机。房角处有一立柜，存放衣被用。

另一卧室略小些，进门左侧靠墙处，安一单人床，供母亲休息。

正对面的窗户下，置一桌二椅一台灯，颇似戏剧中常见的居室布景，谁读书写作，谁就使用。

整个居室整洁豁亮，并无一件多余物品，更无客厅、饭厅、书房、沙发之类，但并不影响一家人的一切正常生活，也不像今天房子大了，分工细了，排场多了，无用的东西到处都是，反而显得大而无空。

二

当年住平房，留下美好印象的不仅是室内的简洁，还在于室外的小园。

如果是今天，平房的四周必定是宽阔的马路，或者是停车的场所，而那个年代公车甚少，更无私车，房屋周围的空地，便成了各家各户用篱笆扎成的小园。我人生种植、养殖的乐趣，便是在这小园内养成，陪伴至今，乐此不疲。

部队驻地属高原型气候，阳光充足，且四周房屋都不高，又不挡光，因而房前屋后的两片园子，无论什么时候都阳光灿烂。我们家家户户就在园内遍种豆角、辣椒、西红柿等菜类，从育种、搭架、施肥、杀虫、打枝，样样技术全学会了。

从没想到，这西红柿真是好东西，它好种好吃又好保存。种上后，它吃光吃水还吃肥，更通人气，只要功夫到家，经常盘弄，果子结得又多又大又红。一个夏天吃不了，便将它做成西红柿酱，装在液体瓶子里，蒸馏消毒后码在床下，烧汤、煮面味道极好，一个冬天也吃不完。

我家人少，吃菜不多，于是就将前后两个园子的职能作了调整：前园种菜，后园种花，变个花样玩玩，让物质、精神都丰收。

文人爱竹，以显节气，又示谦虚。我在后园的左角处，种上了一笼凤尾竹，一抱粗，郁郁葱葱，煞是喜人。军人亦喜柳，此处非章台，我也非右丞（王维），但谁人不爱"春风剪"，更敬条侯（周亚夫）"细柳营"。于是我便在后园的右角处，种了一棵槐儿柳。从地区园林局购得，杆壮叶垂，柔中带刚，姿态初成。后院正中，当植一株既能结果又能遮阴的树木。恰有乡下朋友腾地时，用马车运来一梅树，约碗口粗细，亭亭如冠，连土植入后，很快绿荫盖地。

随后，我又在园子四周种上了一圈芍药、艾草、矢车菊之类的草本花卉，空地已经极少了。妻子说，古人讲"院小花栽俭，窗虚月到勤"，留点空地吧，宝宝快生了，将来也好让他有个"摸爬滚打"、锻炼身体的地方。于是痛下决心，留出一片空地。果然半年后，犬子降生，又白又胖，也真派上了用场。

三

法国作家蒙田说："人类的一切灾难，就在于人回到家里，还不能立即安静下来。"那言外之意，就是他们回家后，不是在安静地休息、学习，或者处理家务之类，而是在从事别的其他较为危险的事情。

我的平房小园，虽不规范，但却给主人带来了太多的快乐，使我忘了工作、生活中的忧愁，更绝对不会去干"各类危险的事情"。

你看，我早晨拉开窗帘，倚窗望去，我栽的那些宝贝树木花草，真个仪态万方。它们不同季节展示不同颜色，摆出不同姿态：或青翠欲滴，或姹紫嫣红，或低头摇摆，或昂首高歌。窗户正好像一个画框，把这些景色方方正正地框在其中。多余的、无趣的被切除框外，"黄金分割线"在这里派上了用场。难怪卞之琳的诗要这样道来："你站在桥上看风景，看风景的人在楼上看你。（当然是透过窗户看）明月装饰了你的窗子，你装饰了别人的梦。"所以杜甫灵感顿生，会吟出那样的绝唱："窗含西岭千秋雪，门泊东吴万里船。"原来，透窗看景，可以使窗外的景色更鲜明、更雅致、更集中。

从窗内看窗外，是这般景象；反之从窗外看窗内，又是什么情景呢？

那是雾中看花，水中看月，月下观佳人啊！因为玻璃的隔离与反光，会使图像更加迷离，朦胧原是会增加美感的。再则，后园之人，便是家中之人，互不防备，一切呈现都是那么真实自然——

男主人正聚精会神地看书，每念一句，嘴唇翕动，似喃喃有声却无音；

奶奶抱着的胖孙子，正趴在书桌上玩积木，堆洋房，小嘴笑成一条线；

小轩窗，正梳妆，女主人手捏一纸片，双唇轻轻一抿，便容光焕发，随后拎包转身上班去；

一幅新婚照，头顶五角星，俩人肩并肩，身挨身，明眸皓齿，四目含情，端端正正挂墙上，甜蜜地注视着前方……

当然,最美好的季节,还是园子里枝繁叶茂的时候。每到那时,我们便摆上一张小桌,放上几只短凳,在云淡风轻的夜晚,朋友三四相聚,谈论时事,品评文章,那是享受;

园小好蔽日,林疏可纳凉。炎热的中午或傍晚,下班回来后的左邻右舍,围坐树下,乘凉休闲,下棋喝茶,那是享受;

周末或节假日,带胖儿子在凤尾竹下捉小虫,过家家,那更是享受……

鲁迅先生说,战斗者也需要休息。那时正是"备战备荒,准备打仗"的年代,过的是"盘马弯弓箭待发"的日子,华北部队战备训练的紧张程度可想而知;但我们并非天天都在弦上,只要不是战备期,下班回到小园后,无论做什么,都是最好、最廉美的休息。

四

当年住平房,还有一种感受,就是左邻右舍同事亲,远朋近友客来勤。虽然不吃一锅饭,也无手机打,更无微信发,但彼此间的亲密程度,胜过今人!

电视在那个年代是稀罕物,你家有 12 寸的,我家有 14 寸的,他家又买了彩电,谁家的好,咱们就去谁家看!不用跨单元,不用爬楼梯,抬腿就到。主人不感意外,客人不觉生疏。茶水瓜子摆好,看完后,就像电影散了场,热热闹闹离去。

那时家家都有自行车,有的家庭还有好几辆,但不知何故,并非家家都有打气筒。或许是路边店有它，机关停车棚有它，有些家就忽略购买此物了。用时，左邻右舍敲门去借，没有一家变脸变色的。我家后排顶头处，住着一科长，可能是家居路口要津处，不少干部上班时走得急，恰到此地车轮跑气胎瘪了，便高叫一声："刘科长，用一下你的气筒！"刘科长或其家人就笑意盈盈地送出来。后来，他干脆在路旁外墙正中处，挂上一高压气筒，侧书一纸条："君若打气，用后挂好。"

过春节了，拜年就成为必不可少的礼数。职务低的要给职务高的拜，年少的要给年长的拜。当时并不能以打电话、发短信代劳，而是要带上家人，登门参拜，互致问候，拿出言语的。

那时拜年，也不像现在，领导开会见面时，顺便捎上一句"拜个早（晚）年啦！"就算了事；那时的拜年是正经的礼节，从大年初一早饭后开始，辛勤工作一年后的军人，都换上崭新的军装，真正的"一颗红星头上戴，革命的红旗挂两边"，走家串户去拜年。

拜年的人，带不带礼物，并不刻意讲究，宾主都不在乎，双方看重的是那份情谊和氛围。一年到头走上一脚，互祝吉祥如意，幸福安康。再有知己者，还得坐下来，细谈家庭、事业和爱好，随后留餐畅饮，也是常有的。

那时，我属师机关的小字辈，初一初二，自要带上妻儿先给长者或上级拜，初三初四便有下级或回敬者登门来拜。每到此时，见客人从远处小径一路走来，便想"花径缘客扫，蓬门为君开"，早知你们会来的！你看园子收拾得多么干净，房间整理得多么整齐，一切招待客人用的瓜果酒水又准备得那么周全，那陕北民歌《山丹丹开花红艳艳》怎么唱的："千家万户把门开哟，快把咱亲人迎进来哟，热腾腾油糕摆上桌哟，滚滚的米酒快给亲人喝哟……"这当然描写的是当年中央红军到陕北的情景，但移植到军营内战友间的拜年景象，也是极为合适的！

五

哲人说过：东西只有丢失后，才懂得它的珍贵。的确如此，有些逝去的物事，当时不以为然，但事后回想起来，才觉得那形色是多么的可爱！

平房是简朴的，它留下了当年美好的记忆；小园是温馨的，它存贮了太多太浓的情怀。在那动荡不安而又缺少文化生活的年代，幸有此物，幸有此境！

然而十分可惜的是，前不久我得知，当年那片平房家属院，已被拆除。在原址之上，也早已建成座座高楼，用途多样。

今天是高楼林立的摩登时代，生活在城市里的我们，无论如何是无法回到住平房的岁月，回到那种带有田园诗意般的城市生活！

乡愁在哪里？岂止在乡间，岂止在故园！

·

圆的魅力（外一则）

创世者，莫非你偏心；造物主，莫非你徇情？为何在缔造世间万物时，偏就钟爱"圆"的模样！

举目观苍穹，上天是圆的；俯以察地理，地球是圆的；借助紫金山天文望远镜，欲穷千里目，放眼望宇宙：太阳、月亮、"牛郎"、"织女"、北斗、南极，一切天球地体，呀！莫不都是圆的！

回首看舍下，不少物什也呈圆形。案上的电灯、笔筒是圆的；筐里的鸡蛋、苹果是圆的；缸里的豆米、芝麻是圆的；还有阳台上那盆含苞待放的栀子花，也微张花瓣，奋力向圆发展哩！

不禁哑然失笑：

鄙人个子不高，却头圆肚圆，本是窈窕淑女不屑一顾的人物。然而一次郊游，田坎上几个村姑、嫂子窃窃夸赞："圆的，大官！"我惭愧之余近前盘问，一嫂子喜眉笑眼道来："不是'大官'，也是'像官'。看你头圆、肚圆，一脸'官相'，还不'像官'？"我忍俊不禁："圆，真有魅力啊！"

于是，我便潜心观察起圆的艺术，收集起"圆文化"来。

去问生物学家。他说：圆是生物选择、进化、生存的需要和结果。目前自然界绝大多数微生物如细胞、细菌之类，都是圆的。可是很早很早以前，也多有条形的、方形的，或者不规则形的。但经不住物质的摩擦，地球的引力，同类的相撞、打磨，久而久之，削其棱角，变成圆形、椭圆形、流线型了。放大到动物界来说，你看水中的蝌蚪出世之初，拖着长长的尾巴，一摇三摆，曲态可掬可爱，曾几何时，尾巴脱光，变成圆乎乎的了！

去问物理学家。他说：自然界多数物体呈圆形，是力的"作用图"。车轮呈圆形，便于滚动；苹果呈圆形，减少脱落；弹指即破的气球呈圆形，同样是要最大限度地减轻地球的引力，增大对外界的抗力，方能"好风凭借力，送我上青云"！

再去问技术工程人员，回答更使人茅塞顿开：物体多呈圆形，主要是为了实用需要。因为一切物体形态中，圆形容积最大，肚量最宽，用料最省。他说数学家早已测出，容积相同的一个立方体表面积要比一个球形表面积多用24％的材料！难怪我虽肚圆、头圆，穿衣用料却不比瘦高挑儿多出什么！

问学归来，不亦乐乎，我倒头便睡，以解连日奔波之疲劳。"月朦胧,鸟朦胧",朦朦胧胧见周公时,"哎哟"一声我醒了。原来翻身时碰着了别在床头的绣花针。负痛之人,再难成眠,索性再想开去。由眼前的绣花针,想到老奶奶做鞋使用的锥子,头圆了要磨光;石匠舅舅开山凿石用的錾子,用秃了要打尖;石油工人钻井用的钻头钝了,可否也要换尖的呢?"青竹蛇儿嘴,黄蜂尾上针",莫不保持其锋利。"尖"能穿云裂石,"锋"能所向披靡,"针"能灸病治疾。看来,自然界、人类社会在有"圆"之时,又确实不可少了"尖""锋"二物。

由尖又想到方。文人学士的爱物——砚台、书报、纸张是方的;戏剧中帝王将相迈步是方的;由此追溯到中华人民共和国成立初期乃至两千多年间的官印玉玺,一概是方的;当今流行的货币虽然叫"圆",但其币纸也是长方形的;金属材质的货币,当初也曾"外圆内方"过。由此得知,"方"也有过辉煌的历史!

于是,我实话实说:大千世界,应是"圆、尖、方"并存;宇宙自然,应是寒、暑、凉俱有;人类社会,必然是"麻、辣、甜"同在。

如果硬要问我爱哪头,我说:圆有圆的伶俐,尖有尖的锋芒,方有方的风范。寒暑凉、麻辣甜一样也不能少。

昔拾朝花

近年的寒暑假期间,多有熟识的老友带儿孙光临舍下。不问便知,那是他们为了一篇文章的缘故而满心前来求助的。

真是"花径不曾缘客扫,蓬门今始为君开""键盘青灯今作答,可怜天下父母心"了。

原来,2013 至 2014 年间,国内一些大型网站将拙作杂文《圆的魅力》列为中考语文阅读试题,广为解析。该文的点击量,高得吓人。学生们的各类答案,也不计其数。想是我的一些老友在含饴弄孙时得知此事后便说:"走! 解铃还须系铃人,找你高如爷爷去!"于是,门铃一响,客人到了……

那是 22 年前的春天,我在成都军区政治部宣传部负责新闻工作。为了宣传报道驻南充某师的军事训练经验,我带 13 集团军新闻干事关春林、在军区宣传部帮助工作的干事马甫超(前者已转业至重庆日报、后者转业至渝北区工作)前往采访。

南充是我的故乡,多年未归,今来甚喜。现场采访结束后,二位同仁争着写初稿,我则在充满阳光的师招待所里无所事事。忽见客厅书桌上当日台历的空白处,印有一科技小常识,上写圆的周长、容积如何计算,为什么圆的器皿最省材料之类。当年互联网尚未开通,得此小知识,甚为欣喜。看着、看着,茅塞顿开:多年来对社会、人生"圆""尖""方"操守的感悟,抗战时毛泽东对国民党反动派"有理、有利、有节"的斗争艺术,家庭中"乖乖女"最受青睐,单位上"会来事"屡屡吃香等现象,一一涌上心头。于是我展纸挥笔,在印有方格的稿笺首行正中处,写下了"圆的魅力"一行标题。

文章一气呵成。两个多小时过去,同事新闻稿写好送来,我的这篇文字也敷衍成章。互相看罢文稿,惺惺相惜,各怀敬意。

很快,拙作在成都的一些报刊发表,四川日报政教部主任杨文镒甚喜该文。他当时正在四川大学新闻系做客座教授，便以此文为范例，做评论文章写作章法的讲解。该文后又被四川大学、北京大学选为阅读教材，并有《现代语文（高中读写版）》和"优秀杂文"之类的选本选入，渐入中学生们作文写作的视野。老友们带儿孙到来，多要我以此文为例，"单锅小炒"地辅导侄儿、侄孙如何写作议论文、小品文之类，以备战中考，迎接高考！

责任重大，难煞人了。因为你写得出文章，未必讲得出道理。恰如某宅男一道小菜做得好，满座喝彩，但你未必说得出多少原理与体会！何况，天下苦考久矣！区区小文，何足道哉，不成体统，聊以慰藉，安抚老友吧！于是，我说：

一、不要把该文当作一篇科技小品来读，尽管文中讲了不少圆、尖、方的科学常识。

二、圆、尖、方共存于社会，也共存于人生，不一定方就好，圆就不好；也不一定圆就好，尖就不好。重庆人还骂人为"方脑壳"呢！"圆、尖、方"，当如三味中药，君臣互补，各有妙用，都以养气和脉、正身强体为要。这样的多元、互补性论述，使文章的内涵增大，容量提升。

三、文贵以气，拙作一气呵成，正述反问，多有结合；文难以动，该文又以走访牵线，"去问"连篇，把"坐以论道"变成了"行者取经"。这在结构上或许是议论文的可取之处吧。

四、小品文的字句，贵精崇简。行文间最好赋有音乐感。拙作语言简约且有诗化倾向，几个"去问"自然段，又有回环悱恻的味道，读起来似乎可以一咏三叹，鸾凤和鸣。

对此讲解，我算是"好词"用尽了，"粉"也擦足了，但老友听后仍不解渴，怀疑我的讲述还留有一手，未曾传授，不肯离去。无奈，我只好恳切地说："如有空，让小同学再去读读原文吧！"

人生两条船

以下故事,有人说是周总理讲出来的,其实我是从隔壁老农民周大爷处听来的。

儿时,周大爷问我:"你说咱们县,有多少个茅坑?"

我掰着指头算不清。周大爷嘿嘿一笑说:"两个茅坑。一个男茅坑,一个女茅坑!"

周大爷又问我:"你说咱们省有多少演员?"那时正演样板戏,演员从公社开始就有,多如牛毛。我歪着脑袋想半天也难以回答。周大爷又是嘿嘿一笑说:"还是两个。一个男演员,一个女演员。"

对于周大爷这机敏的回答,我整个童年都充满敬意。多少年后才得知,周大爷答案的精髓,也是师承前人。前一个脱自郑板桥,后一个脱自李笠翁。

现在我又见到一则有关"两"的故事。乾隆皇帝游江南,爬上了镇江金山寺,龙目一望,见江面上往来船只如梭,就问身旁一位老和尚:"僧家,你在这里住了多少年啦?"老和尚答:"住了几十年了。"乾隆又问:"你既住了几十年,可能告诉我,你每天看见长江上有多少船只往来?"老和尚答:"只看到两只船。"乾隆惊奇地问:"何为两只?"那老和尚不慌不忙地说:"人生只有两只船,一只为名,一只为利。"乾隆听后感慨不已。

是的,对人来说,任何群体与个体都会经常遇到名和利的问题。俗话说:"人生在世,吃饭做事。"吃饭,当然牵扯着利;做事,自然关系着名。既然如此,我们又当如何对待名利的问题呢?

还是先看看伯夷与叔齐的故事。

伯夷与叔齐都是商末孤竹国国君的两个儿子。伯夷名允,字公信,为老大。叔齐名致,字公达,为老二。相传其父君临死时留下遗命,让老二叔齐继位。及至父死后,叔齐不做国君,要让位于伯夷。伯夷心想,父亲既然有遗言让叔齐接位,我怎么可以接受他的推让呢?于是就逃跑。叔齐看到哥哥一跑,自己也随他同跑,都是为了躲位。二人跑到周国,时值周文王死后武王正誓师伐纣,于是兄弟二人便叩马相谏,指责武王父丧用兵不孝、为臣弑君不仁。武王左右的人很恼怒,就要杀死伯夷叔齐。武王坚决不准,以为他们是"义人",将他们赦释。武王灭商后,伯夷叔齐耻食周粟,便逃隐首阳山(今山西永济南),采薇而食,饿死山中。

这段故事大约就是我国记载较早而又影响最大的淡泊名利的典型例子了。试想，老国王死了，顺理成章得到一个王位，但是兄弟二人你推我让，谁也不去继位，反而双双逃位，不是把名利看得很淡的人，能做得到吗？武王灭商后，伯夷叔齐为显清白，不做"贰臣"，干脆逃到首阳山中，不食周粟，而靠挖野菜充饥过日子，终于饿死首阳山中。不是冰清玉洁之人，能够坚持这种"饿死事小，失节事大"的操守吗？

　　还有一段类似的故事也很感人。三国时候，管宁与华歆均为同学少年。一次他们一起挖地，管宁挖到一块黄金，看都不多看一眼就当泥土丢开。而华歆却过去多看了一眼才离去。这样管宁就与华歆绝交了。为什么呢？因为管宁从华歆多看一眼黄金的细节上，看出了华歆不是安于淡泊的人。果然后来华歆扶助曹丕篡汉，做了大官，也成了千古罪人。而管宁一生就在楼上读书，永不下楼谋事。这意思很明白："楼下黄金楼上人。"楼上之人尽管清贫，但清贫之人是绝不肯与污浊之人混为一谈的；肮脏的土地就在足下，但清白之人是绝不会踏上一脚的。看看这里的主人把清白与污浊的界限划分得多么分明！

　　此类故事多矣，恕不赘言。由此我们可以看出，东方文化在名利问题上历来主张清贫、淡泊、节制、圣洁，顶多退让到"君子生财，取之有道"，或者"审时度势""功到名成"足矣！而凡是追逐、贪婪、淫逸、享乐和巧取豪夺、欺世盗名等观念和行为，无论什么时候都会遭人唾弃的。

在当今市场经济条件下，坚持无产阶级的义利观尤其显得重要。因为名利问题的"两只船"已经更加突出地摆在了我们面前。在某些场合，就意味着名利的"地雷"、"陷阱"埋没在你身边。这就要求我们，脚莫乱踩，一乱踩往往伤残人生；手莫乱伸，一乱伸往往被捉住；船莫乱上，一上错许多时候就难以下来。最好的态度是：名利淡如水，事业重如山。该得到的，什么时候都能得到；不该得到的，什么时候都不去想它。

真正的共产党人在正确对待名利问题上树立了榜样，土地革命战争时期，一大批共产党员带头分家财、分田地以济穷人，为了革命视金钱如粪土。战争年代不少共产党员自觉让战功、瞒战绩，总是把功劳归于别人。评定军衔的时候又有一大批共产党员、开国功臣主动让军衔、让级别，以至后来降工资，其情感人至深。今天这样的将领、军人又有多少？

我敬重的演员李雪健在颁奖典礼上说："苦和累都让一个好人焦裕禄受了，名和利都让一个傻小子李雪健得了。"我还能说什么？有这种良心的人，应是懂得名和利的人，应是淡泊名利的人！

现在我以一个灯谜作为结束语：若不撇开终是苦，各自捺住即成名。

兵　书

父亲是独子,我自然无叔父。但家乡的曾文叔因与父亲关系甚好,我从小也就叫他"曾文爸",他便成了我的叔叔。

几十年了,当把心里的话说出来。

漆面斑驳的方桌上,摆好了酒菜,红薯酒冲鼻的香味升腾在小茅屋,煤油灯大放光明。这不亚于后来参加的各类大宴。

"侄儿,明天开拔?"

"到县上集合。"

"行装打点好了?"

"到城里就发。"

"你投军报国了,喜事一桩! 叔父靠工分吃饭,家贫如洗,没啥可送的。今夜送你兵书一卷，操典之余，反复咏诵，会有好处。"

我心里一怔：曾文叔，你在国民党军队里当过排长，又带兵打过恶仗，1957年斗你时，那个又凶又狠的"王同志"鞭如雨下："交出兵书来，不然打死你！"你却既不承认，也不否认。兵书，在乡亲们心里成了谜。今天你要送的莫非就是这神奇的兵书？

你长长的目光望着我点了点头。说来也怨你了：抗美援朝战争爆发那年，你挑着"八股绳"回家乡。本来，你这些年在外干啥，谁也不是很清楚。可是你对膝下三个如花似玉的女儿生闷气，隔三岔五喊叫："牝马上不了疆场，要你们何用！"随后，你又莫名其妙将她们女儿气十足的名字改为"曾镇""曾山""曾宝"。改就改了呗，你要故作高深地对人讲："为啥改得不好？哪朝哪代没有'镇国宝'？哪山哪岭没有'镇山宝'？要是婆娘不死，再生一儿，就叫'镇山宝'！"别人说："别胡说了。'三千金'还不能给你送终？"你诡秘地回答："我那卷兵书传给谁？"

正是这些惹出了祸事。"王同志"宣布你右派罪行时说："乡亲们，想一想！'镇山宝'多新鲜的名字：这就是要保'蒋中正''孙中山'的江山，为他们反攻倒算准备后备力量！还有，他始终不交的那卷兵书，八成是蒋中正颁发的！是用来教人打共产党的！划右派该不该呀？"台下一片掌声。

今夜，叔叔要送我兵书，多种滋味涌上心头。我胆怯地问："那书在哪里？"他一睁惺忪的醉眼，说："稍等！"随即缓步向竹楼爬去。不一会儿，就听楼上有响声，那是从草屋的顶棚上传来的。又一会儿，他就捧着一本发了黄、边沿已经磨光的线装书稳步向我走来。我伸手去接，他并不立即就给，却神情庄严地说："传书于人，这是天意。你得对天发誓：苦读深研，不负先贤！"我重复一遍。他又说："再发誓：深明国艰，文韬武略，驰战沙场。"

我犯虚了，对一个曾经是伪军官、"真右派"的阶级敌人，能发这誓吗？他看我额冒虚汗，现出为难之状，顿时火了："我当年也是在台儿庄打的外国鬼子呀！狗日的日本矮子，犯我河山，不打他打谁？"随后，他缓了口气说："自那场恶仗后，我改行经商了。要不是那年抗美援朝战争爆发，我回来干啥？眼下世界也不安宁，传你兵书，还不是为你今后有出息！"说着，他泛红的眼眶里泪珠在打转。

我不忍心他眼泪滚出来，一狠心照着宣了誓，忐忑不安地接过兵书，但观扉页上写着"不识天文不为相，不懂地理不为将"。其目录为"地理篇"、"气象篇"、"水文篇"、"急救篇"……全是他用蝇头小楷写成。再翻内容，大多从《孙子兵法》《三国演义》《水浒传》的章节、警句中摘抄而来，地地道道的一本军旅常识书籍，政治色彩绝不鲜明的手抄本。

好一个"圯桥传书"！我虽不是张良，但曾文叔似乎成了"黄石公"。他把那卷类似的"太公兵书"传与侄儿，用心可谓良苦也！

我带着这卷"兵书"参军，后来提干了。消息传到家乡，乡亲们说："这后生全靠得了叔父的兵书！"

偶有军旅文章见诸报端，家乡人又会说："他不能忘了叔父传给他的那卷兵书。"

再后我授了少将军衔,当了将军,乡亲们更是说:"他叔父的那卷兵书显灵了,不怕你不信!"

的确,军旅半生,兵书读过几卷,文韬武略略知一二,但刻骨铭心的兵书,还是当数这本《军旅揽要》啊!

叔父早已去世,因几次搬家兵书也不知搁置何处,但传书人那颗滚烫的心,依稀还在跳动。

呼　唤

　　弗洛伊德说：最简单的提醒人注意的办法，就是直接呼唤他的名字。因为在心理学中，唤取一个人的名字，就是触动了他最敏感的神经。不信，你叫一声你宠物的芳名，它难有不搭理你，何况人乎？何况儿乎？

　　离乡为官，芝麻大点，也少听人直呼其名了，唯一个苍凉而略带拖音的呼唤："高如——"如幽谷传音，时时响在耳畔。

　　11岁那年，我初小毕业。每周都背上几十斤重的粮米、劈柴去20多里外的异乡高小住读。本来，我们乡是有高小的。只因一场"大炼钢铁"，老师抽走了，学校也随之散伙了。母亲说："这么小的娃儿不读书，乡亲们要笑话哟。"经过乡里一番周折，我才入学了。每当我离家时,母亲就眼泪汪汪地送行。终于,她不忍心我每周回家,所需东西便由父亲或乡亲们赶场时送来,或课间休息时交于我,或放到传达室。这些我都习惯了。

那天下午,第二节课,上数学。正听得入神,忽然"高如——"一个缓慢得有些战栗的呼唤从楼下传来。这是母亲的声音,我本能地毫不含糊地答道:"哎——!"

课堂上一阵哄笑,我也一阵脸红。后悔自己的"山气"。

讲课的杜中全老师瞪了一眼起笑的同学,转身出教室,伏在栏杆上向院中的母亲说:"大娘,你等一会儿,高如同学正上课呢。"

下课后,我把母亲领到宿舍,趁没人,埋怨她不懂规矩,不该这样大声喊叫。她并不计较什么,只是笑眯眯地打量我,好像三五年不曾见过似的。随后,她从背篓里边取东西边吩咐道:"这大米是才捣出来的,糙一些,要多煮一点时间;酸菜已用油盐炒过,吃时不要加啥。"又反复问我记住没有,我说记住了。她就从怀里掏出一卷手帕,层层打开,先取出一角钱,说这是一周的灯油钱,足够了,夜自习时灯开大些,不要伤了眼睛。再将其余的 5 角钱也一起给我,说这是才在街上卖 5 个鸡蛋的钱,让我若有时做饭来不及,就到门口摊子上去吃。

我胡乱收下。盼她快走。她背上背篓走几步,又回过头来说:"买胶鞋的钱,你爸帮供销社挑货都快挣够了,下场就买好送来。"说完,她眼里的泪已滚了下来,背着背篓逐渐远去。

二十多年后,我当了父亲,母亲从老家西充农村来军营带小孩。由于住房紧张,她只能在公用厨房里安一间铺,算是夜晚的归宿。每晚待妻和孩子入睡后，我便到厨房的饭桌上看书或写点东西。她总是拘拘束束地坐在床沿，像是守候，又像养神。那夜，我为赶写一篇文章，晚饭后就动笔，开初还顺利，后来"卡壳"了，一字不出。我凝神发呆，继而唉声叹气，甩笔开骂。

母亲像是吓住了，也随之不安起来。坐不是，站不是，嘴唇翕动着，又不出声音，终于一个轻轻的呼唤发出："高如——你是哪个字写不来嘛，不要瞒到起，去问问你媳妇嘛！她大学毕业，应该是会的。"

我顿时像被触怒了，脱口而出："你胡说啥哟，文章写不出来，不等于字写不出来！"

她瞪着眼睛愣神，半天才说："那啷个办哩，我是睁眼瞎，又帮不了你的忙！"隔一会儿，她有了办法，那就是安慰："高如——你不要着急嘛，那'陈花鼻子'（南充川剧名丑陈全波）该是聪明人嘛，那年子到我们街上演川剧《做文章》，一晚上都做不出来，还不就算了！"

我哈哈大笑起来，随即一眶热泪滚出。

今年春节，母亲又从乡下来与我们团聚。每晚她不看电视，总是笑眯眯地坐在孙子小戈身旁，看他做作业，似乎那就是最大的享受。孙子知道奶奶是文盲，常常露出不屑一顾的神情。一次，他合着书本背诵汉语拼音声母、韵母："a，o，e，……，an，en，ang"，母亲就皱起了眉头，过来小声问我："高如——现在的娃儿读书，啷个尽学些怪声怪调的声音呢？"我妻笑得前仰后合。我则平静地说："妈，这不是怪叫，是汉语拼音，基础课。"她听后似懂非懂地说："如果老师是这样教的，那就不会错。高如——你要经常'盘盘'小戈的作业，他恍惚得很！

刚才又在做怪动作。"

我喉管发硬了，忙说："妈，一家人就是把他惯坏了，让你操心。"她却说："你小时读书，还不是恍，全靠老师和大人管教出来的。"

最近，家乡编县志的同志来访，我才得知，生我养我的西充县原本是川北有名的文化县，从西汉的纪信到当代的张澜，很出了一批文人壮士。多少年来，倚文重学就是吾县吾民的风尚。父老乡亲卖猪儿、鸡儿也要送娃儿读书，时至今天，其风依然。如果你去吾县吾乡出差，千万不要炫耀你是什么大老板、大商人，或者是什么贸易公司的总经理之类，否则，乡亲们对你的恭敬程度就会立即大减。你即使开口不提官职，只说是老师、讲师、医师、技师、专家或者演员、琴师等等，乡民们的目光里就会放出异样的光彩。

母亲，正是在这种文化氛围里熏陶出来的一位普通女性。她已是高寿了，我还能听到多少次她那细弱而缓慢的呼唤呢？

电视机前

母亲又快来队了，我心里不免泛起一丝淡淡的不安。

去年初，母亲来过一次军营。为看电视，一家人很闹过几次别扭。说来也许是她的不是，但细想开来，也未必尽然。

乡下老人到城里，哪怕是住儿子家，手脚也像捆住一样不自在。因为房子毕竟不是自己盖的或祖宗留下来的，住着心里并不踏实。儿媳妇总是客客气气的，反觉得生疏。孙子又不在身边长大，就有些格格不入。剩下的也就算儿子亲近一些。可儿子忙于公务，早出晚归，见面相处的时间也只有晚上。

平常的晚上，我不大看电视。自母亲来队后，白天她从不敢碰电器，更用不来遥控板，只好一人独坐到我们下班，很是孤单。为了给她解闷，开初，我上班前，就将电视机打开，音量调到适当处，直到她笑眯眯地看进去了我才离开。可她看完节目后又不敢关机，怕"中电麻手"。妻子下班回来，看她还守着电视机发愁，脸上就有不愉快的意思，母亲也就更不自在起来。只有晚上我下班回家后，才招呼一家人坐下，陪母亲无忧无虑地看看电视，也算是尽了儿子的一点"孝道"吧！

但是新的问题又出现了，记不清那天晚上是哪个频道播放了一部外国生活片，开始男女主人公在室内还规矩，可到了海滨沙滩上，男女双方就打情骂俏起来，继而长长地拥抱，有滋有味地接吻，袒胸露腿，摸爬滚打，各种动作、声响都毕临毕现。

母亲看不下去了，赶紧把头低下。几岁的儿子不知这是啥意思，拍脚打手地大笑起来："真有意思，太好玩了！"妻子先是狠狠地瞪了儿子一眼，见威力不能生效，又扭了他大腿一把，儿子才正经起来。再看母亲，已装着上厕所去了。一家人晚上团聚的兴致，就这样被这部片子一扫而光。一切平静后，全家人再坐下来时，各自都有了提防的心态，休息、团聚根本谈不上。

为此，电视闭了两天。可我又觉得不妥，母亲好几年不来城里一次，晚上不看电视又做什么呢？特别是儿子一听隔壁有电视声响，就魂不守舍起来；况且仅一间会客室，一家人总要进来坐坐。一旦坐下，儿子又打开了电视机。我一看，播放的是一部国产片，便递给妻子一个眼色，那意思是这比较"保险"，但看无妨。妻子会意，也就喊一声儿子："坐下，好好看！"一家人又坐在了电视机前。

可是看着看着又不对劲了,那镜头恰如从上次那部外国电视剧中剪下来的一样,清清楚楚地展现在一家人面前。母亲早有警觉,赶紧扭头,接着起身去"厕所"。妻子看我一眼也去了卧室。

于是一家人在电视机前又一次不欢而散。

自然我也劝过妻子:"母亲从农村来,又上了年龄,她不看这些片子就算了,你生什么气?"妻说:"她一走,倒惹得我不自在了,好像就我爱看这些内容。这是电视台放的,怪谁?"我说:"以后凡是出现这些场面,换个台不就行了?"妻说:"你换得过他吗?"经她一提醒,我才想起,每次看电视时,儿子总是牢牢掌握着遥控板,就像司机不丢方向盘一样。你上前刚换过频道来,身子还未落座,儿子又用遥控板调回了原套节目。

于是我又劝母亲。母亲埋着头说:"你们城里人,看你们的。我看电视久了,眼睛爱花,不过走走。不要弄得一家人生气!"

我还能说什么呢?

事隔不久,母亲要回老家去了。临走时她对我说:"儿子,我在家也看电视,那不过是老两口看,倒也没什么。到城里不一样了,那是一家三代人同堂看哪⋯⋯"

母亲带着复杂而简单的心态离开了,我的心情也更加复杂简单起来:母亲再来队,给她单独买台电视机!

窗　灯

　　人们都说，日光是心灵的眼睛，窗户是房间的眼睛，窗灯则是房主的眼睛。主人在否？主人在干啥？乃至于心境气氛如何？透过窗灯，都可大体得知。

　　他感到情况不妙，预约的时间已超过半个多小时了，那电视塔北侧五楼尽头挂着天蓝色窗帘的窗口里，灯光依然亮着。

　　她是单身，走即闭灯。现在还未闭灯，说明她没走，她还在房内。那个年代无手机，她家里也无座机，来不来都是未知数。他想起了一段名言：比我有才华的人，没有我努力；比我努力的人，没有我有才华；比我又有才华又努力的人，没有我能熬。因此，熬是决定胜负的关键，成功是熬出来的。那就再熬一熬吧！

下午,他给她打电话,约她晚上 8 时到这家 20 多层大酒店顶端的旋转大厅度周末。她说,你这样忙,看情况吧,但愿能成……

两周前,他们第一次登上旋转厅。"亲爱的'官人',你看这旋转厅像不像硕大无比的留声机,这转盘就是唱片,穿梭往来的小姐就是'唱头'。我呢,就是那滚动的音符。"她兴奋地对他说,他淡淡地笑了,不褒不贬。

她呆呆地凭栏俯视那天蓝色的窗口,灯光依然亮着。他吐了一个烟圈,烟圈中仿佛现出一个"O"字形的鲜亮的嘴唇,绛红色的唇膏涂抹得极其规范。

"真是的,人为什么总爱登高呢?"她语锋急转直下,"平房住不下了,修楼房。楼房爆满了,上太空。据说,美国人、苏联人把月球上的土地都圈买了?"

"登高,是人的本能嘛!有道是'人往高处走,水往低处流'啊!"

"我走了。"她一甩披肩发消逝在旋转厅的楼口处。

他不敢再看那天蓝色窗口的不灭灯火,目光转向了茫茫夜空。一颗流星拖着长长的尾巴划出一道白光向他射来,他这才意识到,今夜银河低浅,满天星汉。

上个周末,他们第二次登上了旋转厅。夜观星斗,是旋转厅的一大景观,望着天灯、路灯融为一体的夜空,她把上次登高的不快忘到了九霄云外。她依傍在他的身旁说:"这是牛郎星,这是织女星。天河流经得不是地方,她要是能像黄河那样拐个'几'字形的大弯,就不会把牛郎、织女星分开了。"突然,她惊叫起来:"哎呀!快看,织女星在向牛郎星靠拢哩！"

待他还未醒过神来，她的一双玉臂已经合围，挂在了他的脖颈上，涂抹规则的嘴唇半张半合，喃喃有声。

"别这样，我是有身份的人。这公开场合……"

"你是合理合法的人，我是自由自在的人，身份怎么了?"她羞愧、委屈，旋转厅里又一次不欢而散。

一阵夜风从旋转厅的楼口处吹来，他打了一个寒战。他们是半年前认识的，她性格开朗，敢爱敢为，活泼得像一股清泉。他工作踏实，奋斗多年，已是一定级别的官员。两人几次接触，她已感到了一种难以言状的隔膜：他需要的是温室中的馨香，她需要的是室内户外都无拘无束的欢情。她曾劝他说："你是'官人'，但首先是人，随后才是官。办公室里你做正人君子，但娱乐场合就该恢复本来面目！"

他说："你读过苏轼的《水调歌头》吧，'我欲乘风归去，又恐琼楼玉宇，高处不胜寒'。"后五个字，他念得特别重，似有难言之隐。

她回答得更妙："'起舞弄清影，何似在人间。'这也是苏轼接着说的呀！何况，苏轼这词本身就有道家生活的味道。你做你的官，何苦去修你的道呢?"

他反驳："一庄一谐，外庄内谐，这样的生活不是很有点辩证法吗?"

"我不要辩证法，我要的是同频共振，人格的一致，内内外外的契合。我们都累了，你休息吧！"这是上次旋转厅临别时留给他的最后一句话，他直到这时才想起来。

"先生,只剩你一人了。"服务小姐彬彬有礼地提醒他。

他从幻觉中走出来,抱歉地一笑,他本想再熬下去,但这里不是通宵营业。

室外下起了丝丝细雨,雨珠洒在他的呢服上、脖颈上,他第一次感到秋夜的寒冷。路过电视塔下时,他禁不住仰视那五楼尽头处的天蓝色窗口,灯光依然亮着……

多少年后,我见到了这对快要退休的昔日恋人,依然单身,依然熬着,遥望当年的窗灯,想必还是亮着的吧……

撼山易,撼德行难。

梅　花　表

　　都知人生怀古，我说人生还怀初。初学、初食、初游、初恋等等，一切初次接触的东西，印象总是很深刻，很美好，历久难忘的。

　　春节回老家探亲，不小心把自动手表弄丢了。

　　归队后，我翻箱倒柜找到了 20 年前谈恋爱时女友赠送的信物——那只 19 钻的老式"梅花"表。这梅花表是我所带的第一只表，拂去灰尘，上足发条，依然"红箭"转动，滴答作响，而且计时准确，我喜不待言。

　　戴着"梅花"，也带着女友初恋时的真情，我外出执行一次组织采访任务。那些天记者云集，"无冕之王"们要吃、要住、要用车、要接站送站，忙得人晕头转向。我很快发现："梅花"开"谢"了、过时了——

它不是自动，一忘记上条，第二天就瘫痪不动了。你还以为办事的时间未到，傻等着。其实该接站的火车、飞机早已到站了。更麻烦的是它无日历显示，所住招待所恰好又无台历之类，"今夕是何夕？""几月几日哩？"还得想老久。

我决定摘去"梅花"，再买一只机械自动表。

走近百货大楼钟表柜台，服务小姐们那一排笑脸就吸引了我。与人交往，我平生最怕人太热情。那感觉是：人太热情了，往往有求于你。购物亦然。我走到一年龄偏大、笑容也平和一些的小姐面前。

"先生，买表？进口的、国产的，机械的、石英的都有。您要哪一种？"

我不卑不亢，扫视一圈柜台后，目光定在了机械类表面前。因为常出差，这类表不用换电池。

"小姐，英纳格表多少钱一只？""××××元。""大罗马多少钱？""××××元。""浪琴多少钱？""××××元。"

这些表，都是我刚参加工作时"响彻云天"的大名牌，怀旧的那份情愫，使我依旧恋恋不舍，可惜阮囊羞涩，不敢碰它。于是又问"梅花"的价格。

小姐答道："××××元。"

我大吃一惊。当年女友送我"梅花"时，才190元一只，现今价格翻了这么多倍，我顿时不快起来。

"先生，你看这'梅花'多好看，男子汉戴上才气派哩！"

我接过她递来的"梅花"，细看一遍，现在的"梅花"确与当年的

"梅花"大不相同了:它装了日历,有了自动,镶了宝石,镀了金边,豪光四射,很像几分当今社会上富婆阔姐们的打扮。它先前的那种典雅的超凡脱俗的味道荡然无存了。

我决定不买它。纵然它有自动、日历也不再买它。因为它已不是我过去认可的"梅花",更不是我心中的"梅花"!

"先生,这可是当今最流行的款式啊!"

"包装得太厉害了!"

"现在哪个不包装?女人、男人,演员、作家、服务员,还有农民,都在忙着包装!不包装你才不看哩!"

我淡笑不语。撩袖取出腕上的"梅花"递与她,郑重地说:"这就不包装。我要的就是这种式样外加自动、日历的梅花。"

小姐大笑不止:"这样式老掉牙了。我这里没有,你到别处看看吧。"

不负她的好意,别处看了,几个大商场转了,我所需要的那种式样的"梅花",确实没有。

再回到她的身边,她还是先前的热情,仔细给我推荐了一种国产表:价格×××余元,式样与老牌"梅花"相仿,自动、日历俱全。

面对现实,我不能再强求一模一样的过去了的式样、情调了。有位洋哲人说过一句名言:"人不能两次踏入同一条河。"因为河水在流动。要不戴你的"老梅花"去,何苦进商场,弄得人心绪不安!于是终于买下了这只表。

戴上自动表,藏好梅花表。别样心情往回走,阿门!

艺韵行哦

文艺篇

　　鸟鸣有声,鹤鸣有音。人间万物,仪态万方,无不有韵。

　　鹰立如睡,虎行如病有韵;烟迷衰草,兔走荒台有韵;人立小桥风满袖,一钩新月天如水有韵;白银盘里一青螺,水村山郭酒旗风有韵;"大雪纷飞"哪里如"那雪下得正紧"更有韵。

　　韵到底是什么? 唐人司空图说:韵者,象外之象,味外之旨也。宋人范温说:韵者,美之极。如钟之音外之音,声外之余焉。

　　一言以蔽之,韵,是一切事物中隐藏得最深的一种美;是一种物象天成、不好意思外露的美;也是审美过程中享之不尽、求之难得的一种精神大会餐。因而,从生活和艺术中体味其美、其韵,那是一件多么心旷神怡的事情啊!

花也灼灼　果也夭夭

春去矣，夏已至，赤日炎炎正逼近。

当今神州风景好，春赏花，夏品果，国人似有一派过不完的春天。

然而，对于这花红果绿的陶醉，我们常人大约只能是物质层面的享受罢了，另有一种更高境界的赏鉴，却能让我们获得别样的欣慰与快感。炎夏，又将奈我如何？

它，就是花果中的戏剧与文学。

一

著名川剧艺术家周企何、陈书舫，生前爱演一出好戏——《登舟画梅》。现在一些戏曲音像商店，尚可买到这光碟。成渝两地新一代川剧演员，也传演不衰。

故事说的是明代一地痞无赖黄天监受人之托，冒充大书画家董其昌前往迎娶才女杨云友。杨为验证这"董其昌"的才学深浅，便在舟中以画梅为由，与之海阔天空闲聊。黄为显示其对绘画的内行，开口便道："杨小姐呀，你这梅花画得好是好，就是缺少几片叶子。如能添画上它，就真个好看了。"杨一听此言，不觉疑窦顿生：如此书画名家，怎能放出这样的外行话？为细探虚实，便真诚问道："董先生，何以见得呀？"黄脱口而出："你当真不晓得啊，那俗话说得好，'红花虽好，尚需绿叶相扶。'如果这梅枝之上，再有几片叶子'帮衬帮衬'，这画岂不就更好看了？"

杨小姐惊诧之余，冷静地说："先生，你错了，你真的错了呀！梅花与诸卉不同。它是花不见叶，叶不见花。如果有了叶子，那就不是梅花了！"黄自然不服，还要继续争论，杨气定神闲地说："先生，你看那岸上梅花，开得正艳，哪有什么'绿叶相扶'呀！？"时值隆冬，果然沿河梅花怒放，杆虬枝逸，并无叶片。好个假装斯文的冒牌货，自然败下阵来。

在这出戏里，我们的艺术家通过梅花开放是"先花后叶、有花无叶""花不见叶，叶不挡花"的常识考量，巧妙地揭穿了一个骗子以假充真、不学无术的嘴脸，真是有戏、有趣、有看头。

每逢梅花绽放的时节，我无论见到蜡梅、绿梅、白梅还是红梅时，心里总会记起这段戏文来，耳边也便响起陈书舫大师那气定神闲、落地有声的念白："先生，你错了，你真的错了呀……"

是的，自然界的各类事物，虽然变化有序，但也错综复杂。我们认识事物，有正确的时候，也有错误的时候。认识对了，坚持发扬，自觉践行；认识错了，认错服输，以错为鉴，改错前行。如此者，方为君子哉。

二

《情探》大概是传统戏中各类剧种争相上演最多的剧目之一。平心而论，川剧本子最好。据说，它为清光绪年间进士、翰林、御史，被梁启超誉为"直声在天地，诗名满人间"的大文人、"川剧迷"赵熙所改编。故事说的是穷困书生王魁中了状元，便招赘韩相府第，抛弃原配夫人焦桂英。焦得知此变后，欲诉无门，走投无路，终愤而自杀，并带厉鬼前来相府捉魁报仇。但见到郎君时，她又心存侥幸，一再以情探之，以望在精神上有个满意的回答，但最终彻底失望。由于剧中焦桂英对这个负心郎一探再探，因而故事便辗转悱恻，情意绵绵，一波三折，引人入胜。尤其唱词最为精美、传神。请看：

"更阑静，夜色衰，月明如水浸楼台，透出了凄风一派……梨花落，杏花开，梦绕长安十二街。夜间和露立窗台，到晓来辗转书斋外。那纸儿、笔儿、墨儿、砚儿，件件般般都似郎君在，泪洒空斋，泪洒空斋。只落得望穿秋水不见一书来……"

当然这里最为称道的，还是那"梨花落，杏花开，梦绕长安十二街"之句了。这不仅是因为它曲调凄美，辞章华丽，如诉如泣，更要紧还在于它含意极为深刻,构思甚是巧妙。

原来,按自然界里花卉开放的顺序,每逢春季到来,万紫千红,总是先开桃花、李花,后开杏花、梨花之类。为什么这里偏要梨花落了,杏花才开呢?莫非作者缺乏常识,造成了差错吗?非也。原来是剧作家故意巧妙地运用了两个谐音字来抒发感情:"梨"花,即离别之花,"杏"花,即憎恨之花(川音将"杏"字读作"恨")。意思是说你王魁离开家乡、高中状元、停妻另娶之后,我对你的忘恩负义、嫌贫爱富、抛弃糟糠的憎恨之情,也就随之萌生了。接下来再述说自己独守深闺、和泪度日、夜夜思念郎君的苦楚。听到这样的词曲,即便铁石心肠,也会为之动情的。

二十年前,成都军区政治部战旗歌舞团录像组与成都市川剧院的艺术家们,联合拍摄了"川剧卡拉 OK 精彩选段",盒式录像带首发那天,我应邀参加座谈会。会上,与会者争相发言,艺术家们又现场演唱了那一精美唱段。时值初春,战旗歌舞团住的是当年巴金笔下的"高家大院",这里远可见桃李花放,近则闻丝竹声悲,随着川剧唱腔的声声入耳,焦桂英那复仇女神的形象,似乎兀然站立于眼前。剧中王魁"人生莫做亏心事,处处风声是祸胎"的警示性道白,伴随着铿锵的锣鼓声贯耳入胸而来。这景象,不亚于一堂活生生的传统美德和法制教育课。多少年过去了,"梨花落,杏花开","人生莫做亏心事,处处风声是祸胎"的阵阵悲声旋律,如洪钟大吕,时常响在耳边。

三

《装盒盘宫》，可谓川剧折子戏中的经典之作。它对于花果名目的巧用，简直让人叹为观止。

此戏说的是宋代真宗皇帝向刘皇后和李宸妃许下诺言，谁先生子，便立谁为太子。不巧，李宸妃遂愿。刘皇后得知此事后，便以"狸猫换太子"之计陷害之，并命宫人寇珠将小太子送至九曲桥处死。途中，大太监陈琳得知真相后，甚是同情。陈巧以金丝捧盒装了太子，正欲送至南清宫八贤王处藏养时，恰逢对手刘皇后跟踪而来，恃权盘问，于是一段"借花说事""以花拟人"的精彩叙述就此展开了。

龙凤椅上，刘皇后一脸肃杀，厉声问道："陈琳，你不在宫中陪王伴驾，出来则甚呀？"陈答："奉君口诏，采集鲜艳果品，为八贤王祝寿啊！"刘又问："那你那捧盒之内，装的啥呀？"陈答"祝寿果品。"刘继一语双关恶狠狠问："那可有李子？"这里并非指水果"李子"，而是指李宸妃所生之子。陈反唇相讥道："李子成熟君宠爱，可怜它，才遭风儿吹，又遭雨儿害，落得个叶儿飘零花未开。"显然，陈琳借题发挥将小太子的遭遇渲染得淋漓尽致。刘又问："既然没有李子，那就有桃子（逃之）罗？"陈琳不紧不慢道："桃李添喜庆，为臣理当采。"刘又接问："桃李皆无，君王岂不恨之？"陈琳假意听成"杏子"（同上，川音"杏"读"恨"音），紧答道："杏子味儿酸，如何上帝台。""那你可看见石榴（失、遛）？""石榴多子君不爱。""那就一定就看见荔枝（离之）罗？""荔枝早已献金阶。"刘皇后见陈琳口若悬河,应对自如,滴水不漏,甚是扫兴,一怒之下,令随从将陈琳架起,盘查金盒。眼看一切就将暴露之时,寇珠躲在幕后惊呼一声:"皇帝驾到! 请娘娘接驾!"众人忙不迭接驾而去。此时陈琳打开捧盒,见太子酣睡未醒,高呼一声:"你还在睡呀!"迅即捧盒离去。

不看此戏,很难想象,一出一问一答、念唱并重的折子戏,居然把我们平常见到的那些普通水果轮番拿来说事,且又准确生动,含意深刻,发挥有方,演绎有术,真是"世事洞明皆学问,人情练达即文章"了。

我还想特别说明的是,我每每观看这出折子戏时,总爱把戏剧讲述与电视制作作一番比较。《狸猫换太子》的故事在我国流传深远,已被多家制作商拍成电视剧上演,但实话说,对其中这段故事的处理,无一部电视剧可与之比肩。

随着古装电视剧的大量上演,戏剧舞台上的《铡美案》《徐策跑城》《萧何月下追韩信》《击鼓骂曹》《连环计》《下书杀惜》《杨门女将》《四郎探母》等故事,也都相继改编成了电视剧播放,但我毫无成见地说,电视讲述多是逊色于戏剧表演。我并不认为电视剧的表现手段本身不好,而是认定当下电视剧"急就章"式的制作流程,以及靠打广告赚钱为目的的"马拉松"式的播放模式,很难与戏剧家们"十年磨一戏"的精神气韵、创作态度以及产品质量相匹配。

故而向戏剧工作者们,顺致崇高的敬意!

四

　　如果说，花果乃尤物，戏剧甚爱之，那么，诗词歌赋则更是将它视为宠儿，难舍难分了。这里诗经、楚辞、唐诗、元曲我不讲，单以两首宋诗（或为打油诗）为例，看它在叙述一段风流韵事时，是如何亲热它的吧。

　　北宋大词人张先（990年—1078年），字子野，湖州人氏，活了88岁。诗词与柳永、晏殊同名，留有"云破月来花弄影"等名句。他虽比苏轼大出47岁，但二人志趣相投，吟唱往还，成了忘年之交。

　　据《宋史翼》载：张先耄耋之年，仍诗酒风流，安享艳福，于80岁时迎娶了18岁美女惠惠为妾。苏轼和朋友们前往庆贺，讨问老前辈得此美眷，有何感受？张先便现场吟诗一首作答：

　　"我年八十卿十八，卿是红颜我白发。与卿颠倒本同庚，只隔中间一花甲。"

　　苏轼听后，连声称好，声言自己也有一诗，本想献上，又恐冒犯，不知如何是好。张老先生说，不妨事。苏轼便念将起来：

　　"十八新娘八十郎，苍苍白发对红妆。鸳鸯被里成双夜，一树梨花压海棠。"

　　张先听后，大笑不止。于是，形容老夫少妻的名诗"一树梨花压海棠"就此诞生了。细一嚼磨，到底为大文人所作，神韵十足，切题风雅。首先，老先生高龄娶妾，证明身体康健，精神旺盛，生活富有，后生理当庆贺，此诗恰好饱含贺意，让人喜悦。其次，诗句以花木寓伉俪，梨花为白色，海棠为红色，正好暗示了老夫少妻发色与肤色的差异，对比鲜明，又和谐统一。再则，此诗表现的是晚辈对长辈的艳羡，不便明言，于是以花喻人，言在此，意在彼，虽不说透，却又心知肚明，情当以堪。当然，诗中那个"压"字，意丰妙极，恕不赘言。

总而言之，花木果品中的美学含量、文学含量、人文含量，比起花木水果自身生物意义上的营养含量与成分来，毫不逊色。

花也灼灼，果也夭夭。我们无论何时何地赏花品果时，切不可忘了它的多种养分、丰富内涵、历史文脉啊！

拜谢了，天人感应的造物主！

梁山灯戏

　　花灯,具有很强的观赏性。否则,古往今来的人不会车水马龙去观看,唐诗宋词也不会浓墨重彩去描写;而以花灯命名的"花灯戏"或"灯戏",也同样具有很强的艺术魅力。不然,像真宗皇帝这样的"真龙天子"也不会摇銮摆驾去欣赏。

　　不信,请看反映宋代这段传奇故事的京剧《打龙袍》中李国太是如何唱的:"好一个忠良小包拯,你为哀家巧扮花灯。待等大事安排定,我把你的官职就往上升……"

结缘灯戏

前不久,重庆市文化研究院院长、非物质文化遗产保护中心主任刘德奉,重庆市散文学会会长刘建春,联合组织了一次很有意义的出行——采访梁山县非物质文化遗产保护项目,使我有机会近距离接触了"梁山灯戏",体会到了灯戏艺术的巨大魅力。

吾乃四川人,出生于南充市西充县。南充,川剧的重镇,"灯戏"的窝子。名丑陈全波表演的灯戏《做文章》《裁衣》《滚灯》等剧享誉蜀中,唱到北京。"文革"前就到中南海给毛主席、朱总司令、周总理演过;"文革"后,又专程赴京给邓小平、杨尚昆等领导人演出。因此,我热爱川剧包括其中的灯戏,那是有原因的。

1983年我从北方部队调入成都军区宣传部工作,正是四川省委振兴川剧的黄金年代,各类演出甚多,因工作关系,我是逢演必看。一进剧场,一听到那种特有的唱腔和锣鼓声,人就完全陶醉了。不仅想起了儿时看戏的诸多细节,而且更感慨今天居然能看到陈书舫、周企何、杨淑英等名家的表演,近距离目睹他们的风采,于是又是一番激动。或许就是从那时起,我就认真研究起川剧的起源流派、名戏名角、表演风格、声腔体系等多方面的知识来。

明末清初,四川等地发生了一场声势浩大的移民活动,川剧就是这场活动后上天赐予川民的一份文化礼物。因为移民之后人群的重新分布和再次组合,必然会带来新的艺术形式和与之相适应的文化追求,这种追求在戏剧音乐层面就表现为她的"南腔北调"和兼收并蓄。巴蜀戏曲以前是单一的川调川曲,移民后,各地艺术家的同台演出,必然形成各显风流、五彩纷呈的局面。久而久之,博采众长的艺术家们就倾力发展、精心打造出了后来的这种"高胡昆弹灯"五腔共和的唱腔体系:即以江西弋阳腔为基调的"高腔",以京剧皮黄腔为基调的"胡琴",以江苏昆山腔为基调的"昆曲",以北方梆子腔为基调的"弹戏",以巴蜀民歌俚曲为基调的"灯戏"。

于是,看川剧便可达到这样的艺术效果:足不出户,就能欣赏到长江中下游乃至北方部分地区的戏曲韵味,产生出"你方唱罢我登场,反认他乡是故乡"的视听感觉。试试看,不管你原籍祖郡何处,也不管你离乡背井多久,只要往川剧场里一坐,你就可能听到你喜欢或听过的乡音乡曲。这对一个移民或者离乡游子来说,那是多么美妙的艺术享受啊!

这就给川剧界和川剧艺术爱好者留下了一些值得玩味的话题:川剧中的"灯戏"与梁山"灯戏"有什么不同?他们两者是一个剧种吗?若是不同剧种,那是先有川剧中的灯戏,还是先有梁山灯戏?为什么梁山灯戏能独立门户存世到今天?这些问题,我们在这次采访中都找到了满意的答案。

细说灯戏

梁山灯戏是首批入选国家级非物质文化遗产名录的剧目,是全国的稀有剧种之一。她起源于明正德年间，迄今已有 500 多年的历史，因梁平县史称梁山县而得名。

梁山灯戏来源于群众的生活、生产实践。她汲取了民间文艺的精华，在声腔、乐器、表演形式等方面都有自己独特的艺术风格。她具有农民口头文学的风采，民歌、薅秧歌的音律，花灯、车车灯的舞姿，民间杂耍的技巧，是表现巴渝民间风情的综合性艺术。

更为独特的是，梁山灯戏在形成、发展、流传的过程中，其主要声腔"胖筒筒"调，形成了一个自南岭到秦岭、峨眉至武夷山纵横几十万平方公里，跨越影响四川、湖北、湖南、贵州、江西、陕西、河南、闽西、皖南等十一个省区、数百个县，深入几十个剧种的"梁山调腔系"。这在地方戏曲声腔的传播发展史中，是极为罕见的。梁山灯戏目前尚存近 200 个戏目，其中 40 多个为新编、改编剧目，其余均为传统剧目。

川剧包括其中构成"五大声腔"之一的灯戏，也同样是经国务院批准列入首批国家级非物质文化遗产名录的剧种。虽然川剧的正式名称始见于清代后期，但早在明代中期即有戏班在省内各地演出，究其源头距今也有数百年历史。当然也有人将其追溯到晚唐的"杂剧"、南宋的"川杂剧"、元明时期的"琴腔"存世的那个年代。由此可见，川剧包括其中所属的"灯戏"的历史，也同样是十分悠久的。

我与不少戏剧同仁就曾这样认为：是否有这种可能，在早年的发展过程中，川剧这种素以包容著称的剧种干脆采取"拿来主义"的态度，把产生于巴渝腹地，以当地民歌俚调、民间歌舞为主要特色的梁山灯戏尽收麾下,变成了自己家族中的一名成员,由"四腔同戏"变成了"五腔共和"呢?再或者,梁山一带因地势平坦,物产丰富,素有"小天府"之称,丰衣足食的梁山人在自己"灯戏"的基础上,博收川剧包括其中灯戏的优长,倾力发展自己灯戏的特色,使梁山灯戏"一戏独大",成为声名显赫的地方重要剧种呢?

因此,川剧灯戏与梁山灯戏一定是同根同源的。

从题材选取上看,川剧灯戏和梁山灯戏大都来自民间生活,歌颂丰衣足食,表现求福消灾,偏爱男婚女嫁,讽刺好吃懒做。有的剧目,两戏从剧名到内容都是基本一致的。

从声腔音乐上看,梁山灯戏与川剧灯戏也大体相似。梁山灯戏中的主要声腔音乐如"灯弦腔""神歌腔"和"小调时曲"以及间场音乐、锣鼓经等,与川剧灯戏大体相仿。有的虽名称叫法不一样,但基本旋律节奏都是大同小异的。

再从表演风格上看,梁山灯戏与川剧灯戏都注重台词的口语化、情节的幽默化、人物的简洁化;强调夸张,突出嬉闹。一个崇尚"嬉笑闹,扭拽跳";一个偏爱"妹儿俏,哥儿闹"。

由此看来,我这样认定:梁山灯戏与川剧灯戏本是一母所生,他们都来自巴山蜀水,都诞生在同一时代。或许是梁山灯戏的别具特色进入了川剧的"五腔共和",或许是川渝的艺术沃土培育了梁山灯戏的一枝独大,成为"川音巴调"中一颗熠熠发光的明珠。如果今天我们硬要将两者分离开来,就好像当年米丘林嫁接的"梨苹果",要分出谁是梨子、谁是苹果一样,困难太多了,意义也不大。

梁平看戏

百闻不如一看。

梁山灯戏不仅是供案头研究的学问，更是供舞台演出的剧种。采访时，我们观看了梁山灯戏的排练，欣赏了国家级代表性传承人陈德惠、阙太纯的现场表演和剧目录像，收获良多。

应当说梁山灯戏的表演是妖艳的，又是清纯的；是大度的，又是细微的。只要看过他们演出的《送京娘》《招女婿》两出小戏，其感受就更加深刻了。

《送京娘》许多剧种都上演，但难有梁山灯戏的表演那样细致入微，入情入理。故事说的是村姑京娘在祭祖途中遭遇歹徒欺侮劫拦，被赵玄郎（即赵匡胤）仗义相救，送返故乡。京娘为感恩戴德而示爱再三，玄郎却次次婉拒，巧妙避开。表现出一个有志男儿的君子本色。

为减轻京娘劳累，玄郎让京娘骑马，自己步行，而京娘却提出："兄妹赶路急，何不同乘骑。"玄郎答："倘若同乘骑，旁人要嫌疑。"京娘答："如若人嫌疑，就说是夫……""夫什么？""夫……夫妻噻！"这一番半娇半嗔、半吞半吐的对话，表演时被灯戏演员演活了。这才是"树有木兮木有枝，心悦君兮君不知"啊！

特别是当二人进入一片桃林后，在追逐嬉闹中的京娘心生一计，故意将马鞭摔落，要玄郎帮助拾起。玄郎一身豪气，用脚尖轻轻一挑,便将马鞭抛向了京娘。京娘佯装:"哎哟!"玄郎关切地问:"打中哪里了?"京娘答:"打中你小妹的心了!"这时演员通过身段、眼神、语态交融的准确表演,把人物的"痴""娇"二态刻画得入木三分。看到这里,你不能不为灯戏的魅力所折服,对这一对情义男女怜爱有加。

梁山灯戏仅为一个县级剧团,但他们特别注重推陈出新,发展提高。《请长年》是川剧灯戏的传统剧目,南充川剧团演出时我看过,印象美好,但万没想到梁山灯戏将它改编成《招女婿》后,更有一种"老树新花"之感。

原剧情是这样的:王大娘孀居多年,为找一个上门女婿,便通过请长年(劳工)的办法让女儿定下终身;而改编后的《招女婿》剧情变成了这样:三峡移民,果树栽培能手老龚落户梁平,被当地柚子专业户邱妈看中,请来传授技术,实际上是挑选上门女婿。邱妈的女儿柚花一见聪明厚道的龚师傅,情窦顿开,有意问道:"哎,小师傅,你叫啥名字啊?"龚师傅道:"我们三峡那边有个规矩,姓王的喊老王,姓张的喊老张,姓龚的嘛喊……"正欲往下说时,柚花脱口接到:"喊老龚(公)呗!"话音一出,顿觉不妥,又急忙改口道:"哎哟,哪个喊你老公嘛,哪个喊你老公嘛!我婆家都还没有,婚都还没结,哪来的老公嘛!"这时母亲便出来解围,说我们这一带的风俗是,遇到姓"龚"的,就喊老"弯","龚"(弓)不是"弯"的吗?于是故事围绕这个已经对上"话口"的"老公主题",层层展开,步步深入,最后以大写意的婚庆洞房收场。该剧因改编和表演成功获得了国家群众文化的政府最高奖——"群星奖"金奖!

戏脉宏大

梁山灯戏能生存发展到今天,不是一件容易的事。该团团长何平谈起其中的甘苦,几次哽咽……

梁山灯戏像许多其他地方剧种一样,曾经辉煌过,也低落过。当下正是奋力求生存、谋发展,力争再创辉煌的重要时刻。

明清乃至民国时期,几百年间梁山灯戏红红火火,久盛不衰,产生了一大批好剧目、名艺人,影响到整个川东以至长江中下游地区的戏剧文化。但由于种种复杂的原因,中华人民共和国建立之后的梁山灯戏反而在一个较长时间内走向了衰微。

花得东风一夜开。党的十一届三中全会后,戏剧复苏,梁山灯戏也重放异彩。县里大力培养新人,一大批有识之士努力发掘、收集、整理剧目,解散多年的剧团重新组建,并坚持"小队伍、小剧目、小装备"的"三小"演出方针,深入乡镇和工厂企业、田间地头为普通百姓演出,使梁山灯戏重现生机。他们在原有百多部传统剧目的基础上,又改编或新创作了30多部剧目,在本市(省)以至全国汇演中多次获得重要奖项。

当下梁山灯戏境况如何?何平团长持担忧态度。他说,八十年代灯戏复苏时培养并涌现出的一批演职人员,当年二三十岁,现在也五六十岁了,大多唱不了、干不动了。而新一代演员的培养缺乏当年的环境条件,能出来挑大梁的不多,大有青黄不接之势。尤其对剧团实行了市场化的管理后，演出收入很低，演职员工资待遇更低。剧团留不住人，留住了人，也拴不住心。

更难解决的矛盾是，当今人们的文化艺术追求呈多元化，网络、电视节目夺走了大半个江山。许多年轻人没有养成进剧场看戏剧、更别说看灯戏的爱好与习惯，即使你的灯戏是朵花，又能如何呢？

或许正因为如此，国家才设立有关机构管理此事，将有影响力的剧种列入"非遗"保护项目，将有重要贡献的艺人确定为"非遗"传人，并给予一定的经济补助，让他们把"血脉"留住，把绝活传下来，让这些中华文化的瑰宝永存于世。

我是生活的乐观派，也是艺术的乐天派。三十年河东，三十年河西。大凡有生命力的艺术，在物质生活不断发展的今天都是不会消亡的。有辉煌的时候，就有低落的时候。低落不可怕，低落过后是辉煌。危机不可怕，危机与繁荣交替，潮涨与潮落并存。这才叫潮汐有定数，万物有轮回啊！

梁平不"凉"，梁平有幸。当下梁平正是经济发展的热土，更是文化艺术的热土，在这样的热土地上，如果说灯戏的低潮涌来了，高潮还会远吗？只要巴人的血脉尚存，只要梁平、重庆的区划尚在，梁山灯戏新一轮的春天就一定会到来！

先师在上

1949 年 11 月，重庆解放。主持西南局工作的邓小平、贺龙同志指示有关部门，为刚刚到来的部队官兵举办川剧晚会。一些北方南下的同志初听川剧高腔、帮腔时，便忍不住发笑，一些人中途离开剧场，也有人听说是演川剧，就不愿意去看。邓小平得知此事后，专门作了三点指示：一定要去看，还要看完；听到帮腔不要笑；看完了还要鼓掌。他认为，川剧是四川人民喜爱的艺术，看川剧可以了解四川民情，加深对四川人民的思想感情，这是关系到群众路线的问题。

朋友，此文从川剧入题，希望你读到记载川剧的文字时，目光也最好不要"退场"。

在电影、电视剧、舞台演出的艺术园地里，在表演性艺术的方方面面,你或许是明星大腕或者大师高德,但你千万不要忘了,在你的头上,还有一颗更大的巨星垂天高悬,光芒四射,或隐耀云层,或如冷子闲棋侧视旁观,并不引人注目,然而,它对艺术的掌控、渗透和影响力,简直可用京剧《赤壁大战·壮别》中的一段唱词来形容:

"浩然正气冲霄汉,惊醒了星斗闪闪寒。骇浪奔涛增婉转,风叱云咤也缠绵……大江待君添炽炭,赤壁待君染醉颜……"

这样的巨星大擘是谁?

"飘飘何所似,天地一沙鸥!"

一

清末民初,在成都陋街小巷的茶馆里,一位衣衫褴褛、穷困潦倒的老者,常常侧坐其间,或独自饮茶听戏,或随人闲谈聊天,神情安详持重。你绝对不会想到,这位当时已经年过六旬的老人,在往后22年短暂的生命里,为川剧写下了80多个剧本,为扬琴写出了20多个曲本,还创作500多首诗歌。其中川剧本《百宝箱》,1957年被改编成电影《杜十娘》上映,廖静秋主演。川剧《柴市节》,1952年在全国第一届戏剧汇演中,大放异彩。毛泽东主席看后评价说:"作者就是文天祥!"周恩来看了好几场,更是大加赞赏,要求整理好他的遗产,以丰富川剧资源。

他,就是在川剧发展史上具有转折性的历史人物、被喻为川剧界的莎士比亚的著名剧作家——黄吉安。

黄吉安,安徽寿春人,名云瑞,号余僧,1836年出生,从小天资聪颖,敏而好学,18岁时因贫寒而辍学,不得不走进军营,做了文案。由于长年随军辗转,走南闯北,见多识广。1896年,黄吉安在今重庆璧山县衙做幕僚时,因不愿同流合污而得罪了上司,一怒之下辞去职务,来到成都羊市街定居下来,过着清贫散淡的日子。

　　此时正是甲午战后,辛亥革命爆发之前,虽然社会衰败已极,但占着成都平原优越的自然条件,锦城天府文化生活仍然十分活跃,天天戏园客满,夜夜笙歌不歇。年迈的黄吉安便常来戏园茶馆听戏赏琴,寻个快乐,以娱暮年。久而久之,他不但喜欢上了这些艺术,而且仗着自己多年对诗歌的爱好,先为扬琴艺人写起了曲本,免费送与他们演唱。后又将这些曲本改写成川剧剧本,送与川剧社演出,深受他们欢迎。

　　就在这时,西方艺术思潮不断涌入国内,全国各大剧种都兴起了改良运动,北京、上海、四川走在了前头。1905年,四川首次成立了官办的戏曲管理机构——戏曲改良公会,以发挥"拒绝淫秽低俗、规范戏曲演出、突出教化功能"的作用,并特聘黄吉安以及赵熙、尹昌龄等社会名流参与改良剧本,规定"其曲本成时,应视其优劣,酌予价资"。由于社会各界的共同努力,改良活动成效明显。仅黄吉安就创作了一大批诸如《柴市节》《金牌诏》《林则徐》《闹齐庭》《江油关》《邺水投巫》等艺术性、文学性、思想性俱佳的剧本,上演后反响强烈,好评如潮。

　　正是像黄吉安、赵熙等一批前所未有的剧作家的加盟,并以自己的学识、眼界和社会影响力为川剧的发展推波助澜，终于使这门年轻的民间艺术完成了一次华美的转身，结束了川剧过去多靠艺人们"边唱边编""边演边改"的作坊时代，进入了由文人学士担纲创作，先编剧本、反复加工，再而度曲配器、最后排练上演的时代。这一艺术流程，无疑是符合艺术规律并被后人继承发展的。

今天我们翻看着这些纸色泛黄的"黄本"时，很难想象，百年之前，在川剧发展历史的长河中，竟有这样一个珍重艺术规律、珍重剧本创作、珍重作家挂帅并产生了一大批优秀剧本的时代存在！

可以断言，正是有了这些数量众多的剧本的问世，川剧才能以全国大剧种的姿态，傲居并非主流文化区域的大西南；才能以丰富的剧目匹配起"高胡昆弹灯"五曲共和为荣的丰富声腔；才能以文采斐然的辞藻，使多少兄弟姊妹剧种侧目而观；才能滋养出一批又一批的川剧表演名家大师，造就诸如康子林、唐广体等人的大红大紫。

结论就是这样的简单：须从根本求生死，莫向支流分浊清。这是社会生存的法则，也是艺术发展的法则。艺术繁荣的根本就在剧本，电影制作靠剧本，电视剧拍摄靠剧本，各类戏剧演出靠剧本，相声、小品、快板、二人转和唱歌跳舞等艺术，关键也在相应的台本。离开了高质量的本子，一切都是空谈。本俗艺俗，本雅艺雅，本高艺高，本低艺低，本子才是关键中的关键哟！

当下各类艺术演出，如电影、电视、舞台剧，包括议论纷纷的春晚，质量要提高，命门仍然在剧本，而不在演员，更不在来自"亚非拉欧澳"各国的演员。

那么如何树立"剧本是本，剧本至上"的艺术观念，如何培养一大批优秀的剧本创作人才，如何提高优质剧本的经济效益，如何让剧本作者及其他编创人员成为艺术界最受尊重的头牌艺术家，都是我们当下需要认真解决的重大问题啊！

二

我手里珍藏着一部川剧剧本，仅薄薄几页纸，短短数千言，似用小学生的作业本抄写而成，工整的楷书字秀丽古朴。这是前不久托我的战友——重庆市江北区人武部朱沛华政委，从青年川剧演员孙娟小姐处借来复印下的。

川剧高腔《妙嫦拜月》，应当是由四川省自贡市川剧团黄景明先生整理而成的。80 年代，著名川剧艺术家喻丽勋女士每每从宜宾来蓉演出此剧，总是观众如云，座无虚席。后来成都"太空音响"公司为她发行盒式磁带，我是听坏一盘，又买一盘。直到往后，买不到了，我从网上淘宝，方遂心愿，并将它转刻成光盘，作"数字化"永久保存享用。唯有遗憾的是，一直未能读到剧本，不能逐腔逐句对着文本作"对位欣赏"。这并非我痴顽，实乃此剧文学性、音乐性、艺术性太强了，不一一开肠剖肚地赏析，愧对佳作。

万事皆有源。《妙嫦拜月》出自古典名剧《玉簪记》，说的是南宋初青年书生潘必正应试落第，无脸回乡，便寄寓由其姑母担任观主的女贞观内攻读，潘必正与年轻尼姑陈妙嫦日久生情，私订终身，终被姑母察觉,姑母逼侄赴考,陈便雇舟追至江边,无果而归。此剧演的正是陈妙嫦独自黄昏归来,面对禅堂,百感顿生,便焚香拜月,以寄情思的故事。

这是一出旦角犯功"独角戏",通过"唱念做帮"等艺术手段,特别是其中近百句文采斐然的唱词,把陈妙嫦与潘必正相识相恋的经过,姑母横加干涉的无奈,以及如今妙嫦独守青灯,神思涌动,既盼潘郎高中,又忧郎君负心;既愿爱人淡泊名利,又祝君家折桂蟾宫的复杂心理,表演得层次分明,哀怨传神。且看其中几个唱段:

"潘郎此去多侥幸,可是你蟾宫折桂人?怕只怕他落地不顺,感羞惭不肯回程。哎呀呀……潘郎夫,难道你不知这科甲早迟有份。失何足嗟?得何足荣?我自有黄冠头上顶,还要你凤冠做怎生?倘若是你金榜题无名,盼你早把归期定,风花爆竹践前盟。"

香案放定,拜月之前,陈妙嫦又一段睹物寄情的唱词:

"信香手内焚,悄悄出了月下门。钟鼓虚悬空寂静,四壁唧唧虫有声。数滴未坠花间露,半明不暗佛前灯。秋江去也西风冷,夜欲阑兮北斗横。碧海青天常孤静,嫦娥应悔向月奔。牛女年年佳期等,何况妙嫦是凡人。"

捧着这样的唱词,我读了一遍又一遍,听了一回又一回,突然想到,此剧若无原著《玉簪记》作基础,何以成此精品?

是的,《妙嫦拜月》的故事来自明代高濂的戏曲《玉簪记》。《玉簪记》乃大名鼎鼎的"中国十大喜剧"之一。其中《琴挑》《偷诗》《秋江》等出,已被视为戏剧神品,至今依然活跃在昆、京、川、越等多个剧种舞台。"妙剧"虽然在"簪剧"中不见其章目（资料有限，尚未查到），但从故事缘由到曲牌运用、语言风格，包括一些句段的道白风韵，无不透出"簪剧"的影子。

再查源头，又可得知，"簪剧"还脱胎于元代大戏剧家关汉卿的《萱草堂玉簪记》，并在明代无名氏杂剧《张于湖误宿女贞观》和《燕居笔记》中的《张于湖宿女贞观》的基础上改编而成。还可查到什么呢？或许是宋代话本、元代散曲、明代弹词，等等，我们都无须再费劳了。

结论已在面前：现实生活是艺术创作的源泉、主体，优秀的典籍佳构、历史遗存之类，也仍然是艺术创作取之不尽、用之不竭的宝藏。与其从"小时代"里讨巧，不如从大社会、大历史中淘金。经过时间沉淀和社会优选而留下的时代记录，最有可能创作出文学艺术的精品。

三

2014年5月12日上午10时05分，素有"二胡皇后"美誉的著名二胡演奏家闵惠芬女士，因病在沪去世，享年69岁。这位"超天才的二胡演奏家"，最终挥手告别人世，留一曲琴音永存人间。

我爱二胡，自幼学过演奏，至今尚能自娱自乐，无疑与闵惠芬的影响有关。记得当年电影《百花争艳》在全国上映时，银幕上闵惠芬泪流满面、倾情演奏二胡独奏曲《江河水》的场景，以及那拉动琴弦、如述如泣的悲声咽语，深深打动着少年的心。

随着年龄和阅历的增长，我对这些曲目的发展历史、音乐背景、艺术特色作了深入的了解,方知这些作品能够传世,大多经过一代又一代音乐家汗水和智慧的浸润,方有今日的辉煌。

二胡演奏曲《江河水》,原本是表现以"孟姜女哭长城"为背景的一支民间曲调,在 20 世纪 50 年代初,经人加工整理成了一首双管独奏曲。60 年代初,又由湖北艺术学院青年教师黄海怀移植为二胡独奏曲,并在《上海之春》二胡比赛中,博得好评。

后来,二胡家闵惠芬以其深沉感人的才思曲情,独具一格的乐韵演奏,将此曲搬上了银幕。70 年代后期,青年二胡演奏家姜建华又将此曲带至美国,在世界著名指挥家小泽征尔的指挥下,配以波士顿交响乐团的协奏,成功地完成了二胡协奏曲的表演,使此曲更具有国际影响。80 年代初,天津广播电视艺术团又将《江河水》以二胡与乐队结合的形式,突破了原曲结构,进行戏曲表现手法的改进,加深了乐曲的艺术魅力,确为出新之举。

但是,《江河水》无论以何种乐器演奏,无论以何种形式改编,无论以何人操琴演示,唯闵惠芬最本色、最质朴的演奏形态,始终在我和许多国人心中具有不可改变的位置。

闵惠芬 8 岁习琴,"用蛤蟆的皮做琴,连蛇皮都不是"。她德艺双馨,桃李满天下,并在中年后以拉琴战胜病魔,获得第二次生命。难怪当年,指挥大师小泽征尔听了她演奏的《江河水》后,感动得伏案恸哭,说她"拉出的人间悲切,使人听起来痛彻肺腑"。因而,我说闵惠芬是中国最美的演奏家,演奏出了最美的《江河水》。

我们的一切生活感受,就有这样奇特的留存:少时吃惯了麻辣烫，八角、花椒味道好；早餐吃惯了包子、馒头、担担面，牛奶、面包总不大对胃口；宴会上的牛排、比萨，也只能尝个新鲜。于是我曾想到，我们不该以为好莱坞电影的风格就一定好，京剧加入交响乐就一定美，文学创作中的魔幻表现手法就一定高端。梅兰芳不用交响乐，生命力依然旺盛；钱钟书不用意识流，作品几人可比肩；地道的中国气派的各类艺术，仍然是当今民众的主选。某类东西，好则好矣，但要因人而异，因国度不同而异。多数吾国吾民，只能是吃个艺术的"诧味"而已，当不得正餐。

一句话，接地气的艺术与文学，中国风格、中国气派的艺术与文学，就像黄色的皮肤、黑色的毛发一样，是永不过时的。

战地奇葩

京剧,无疑是中国戏曲舞台上一朵鲜艳多姿的艺术奇葩;而我国一批战争年代浴血奋战的革命军人,对京剧艺术的热爱与追从,那更是奇葩!

细想起来,优秀传统文化对他们的孕育与滋养,意义非凡。

一

20世纪90年代后期,我任成都军区政治部编研室主任。该室一项重要任务,就是负责撰写军区首批18名开国高级将领的生平传记。经分工,我与时任传记组组长的陈德杰同志一起负责原昆明军区政委谭辅仁中将传记的撰写任务。

那是 1998 年初夏,我带德杰同志赴江西采访,在著名的黄洋界上,我们获得了一段珍贵史实。

1928 年 8 月,朱德率领红四军主力去湘南作战,同时毛泽东也率领一部分红军去桂东执行任务,这便造成井冈山红军兵力的一时空虚。湘赣两省的敌人乘机对井冈山根据地发动第二次"围剿",8 月 30 日上午,湘敌第八军第一师在赣敌一部的策应下,向井冈山五大哨口之一的黄洋界阵地,发起猛烈进攻。

守卫在黄洋界的我红四军第 11 师第 31 团第一营的一部,在该师党代表何挺颖的指挥下,借助赤卫队和群众的支持,凭踞黄洋界居高临下的险要地形,与敌人展开激战。当时由于缺少枪支弹药,每个战士只有三五发子弹,从早晨打到下午四点,打退了敌人 4 个团的多次进攻。眼看就要弹尽粮绝了,战士们急忙把从南昌起义时带到井冈山的仅有的一门迫击炮抬来,连发三发炮弹,其中两发竟因受潮未响,最后一发正好在敌人的指挥阵地上开了花。敌人听到炮声,以为红军主力部队回来了,不敢再战,以死伤 200 多人的代价逃之夭夭。

黄洋界保卫战的胜利,为巩固井冈山的根据地,打破敌人第二次"围剿"创造了有利条件;而我们常人仅知毛泽东同志在回师井冈山的途中,欣闻黄洋界大捷的消息后,兴奋难眠,挥毫写下了气壮山河的词作《西江月·井冈山》:

"山下旌旗在望,山头鼓角相闻。敌军围困万千重,我自岿然不动。早已森严壁垒,更加众志成城。黄洋界上炮声隆,报道敌军宵遁。"

但我们又哪里知道，在黄洋界的祝捷文艺晚会上，参加作战的该营红军连长龙普林同志，竟别出心裁地演唱了一段京剧清唱：

"我正在黄洋界上观山景，耳听得山下乱纷纷，旌旗招展同帆影，却原来是蒋某发来了兵。我急忙差人去打听，打听得敌兵往山里行。一来是农民斗争少经验，二来是红军主力离开了永新。你既得我宁冈茅坪多侥幸，为何又来侵占我的五井？你既来就该把山进，却为何山下扎大营？你莫左思右想心不定，我这里内无埋伏外无救兵！你上得山来我无别敬，早准备下红米南瓜、南瓜红米，犒赏你的三军。你来来来，请你到井冈山上来谈革命。"

这段唱词，文辞优美，合情合景，合辙合韵，显然脱胎于京剧《空城计》诸葛亮那段脍炙人口的唱段：

"我正在城楼观山景……"

据有关资料介绍，龙普林，福建清流人，中央军校第三分校（长沙分校）第三（比照黄埔军校第六期）毕业，后任红军江西军区新编独立第四师师长兼政委，不过当时他还是红四军的一位连长。

龙连长出身书香门第，体格清奇，酷爱京剧，很有马派的范儿。其时马连良二十多岁，老生戏红遍南北，《失空斩》已名满天下。那天晚会上，龙连长为连队官兵演唱的正是马派的路子，深受大家欢迎。听说后来毛泽东同志知道了此事，他又最爱听马派的《空城计》，便找来这段唱词，按着马派的韵味哼唱起来，兴致盎然！

那么这段"推陈出新"的唱词，又是谁创作的？据当事人回忆，正是该师 31 团几名京剧爱好者：谭政（时任团党委秘书）、邓华（时任团组织干事)、谭辅仁(时任一营党委干事)与龙连长等战友一起创作改编的。

我们久久伫立在红军当年作战的哨口工事前,京剧《空城计》余派、言派、谭派、马派各种风格的唱腔一时涌上心来。我俩都是京剧爱好者,都对这一名段极为熟悉,但我们万万没有想到,70 年前的井冈山根据地,物质文化条件那样艰苦,通讯传媒那样落后,红军作战任务又那样艰巨繁重,而官兵们竟能编演出这样新奇别致且及时反映部队战斗生活的京剧节目来,真够奇葩了!

二

近读一些开国元勋、将领的传记,方知他们中有不少京剧迷,毛泽东、陈毅、叶剑英、陈赓、粟裕等等,都是京剧爱好者,就连许世友将军,不仅看戏入迷,还爱在宴会酒过三巡后,用京剧韵白咏颂《老黄忠》里的几句台词,并配上锣鼓点加以渲染。

然而,真对京剧爱到痴迷地步的,要数战争年代的邓华上将了。

邓华(1910—1980)1927 年参加革命,抗美援朝时任志愿军代司令员兼代政委,后任解放军副总参谋长兼沈阳军区司令员。湖南郴州人,祖辈三代书香门第,幼好古学,博览群书,且终记不忘。与群儿游戏,常以扁担作长矛曰:"吾乃常山赵子龙也!"

著名军旅作家吴东峰在《开国将军轶事》中载:邓华将军身材修长,面孔白皙,武官文相,然治军极严,打仗极勇,又酷爱京剧。据湖南省军区原司令员蒋金流介绍,当年在东北战场上,他初识时任七纵队司令员(即军长)的邓华时,见他乘一马车于雪原中"嗒嗒"而至,立于车上,头戴花狐狸帽,身披毛领风衣,面孔和善,风度斯文。马车上一盆火,一坛酒,一手摇留声机。留声机,专为听京剧唱片所用,形影不离。车上还有十多盘南北征战间收集到的京剧唱片。

邓华嗜京剧如命,尝戏言曰:"若娶位京剧演员为妻,此生足矣!"

据警卫员回忆:首长听京剧有讲究,兴奋时喜听《龙凤呈祥》,忧郁时喜听《苏三起解》,作战前喜听《穆桂英挂帅》,进指挥所时喜听《空城计》。

邓华亦喜唱京剧,尤喜唱《借东风》《打渔杀家》,有滋有味,有板有眼,神情毕肖。兴浓处,亦能随京剧鼓点,腾空而起,跟斗连翻,多时三五个。将军还能彩妆上演《借东风》中的诸葛亮、《打渔杀家》中的萧恩,每每出场,喝彩声满堂。

有什么样的将领,带什么样的兵。在七纵,司令员邓华、政委吴富善、副政委谭辅仁、参谋长高体乾等人,既为著名战将,又为京剧票友。在他们的带领和影响下,部队不仅仗打得漂亮,在东北战场以及平津战役中威震敌胆,而且文化生活也十分丰富,官兵热爱京剧蔚然成风。

同时,邓华尤其爱惜京剧人才。方荣翔,裘派铜锤花脸,一代京剧大师,因兵荒马乱,20岁时流落哈尔滨、长春、沈阳等地卖艺为生,其班子后被国民党71军所属第88师收编为京剧队。四平解放时,城破,88师覆灭,方荣翔京剧队走投无路,正欲收箱子流落。忽一日,门前三驾马车昂然而至,诚邀方荣翔家人及主要演员赴宴。来者称,为东野七纵的参谋长高体乾和政治部的一名处长;宴请者,为邓华司令员也。席上,将军、艺人相谈甚欢。是日,七纵宣布以方荣翔为主要演员的京剧团成立!

此后该团随四野部队南征北战演戏,抗美援朝战争爆发后,方又带团入朝,慰问部队演出长达 7 年之久。这对于鼓舞部队士气,活跃基层文化生活,作用重大。

1958 年,该团集体转业济南,改编为山东京剧团。因有朝鲜战场那段生活,方荣翔在现代京剧《奇袭白虎团》中饰王团长,演神了;一段"乘夜晚出奇兵突破防线"的唱段,声情并茂,令人叫绝,早成菊坛经典,至今传唱不衰。

三

战争年代,老一辈革命家和一批战将喜爱京剧,有多种原因,比如当时文化生活贫乏,娱乐方式缺少,而京剧又正好进入创作演出的黄金时期,一大批名角和剧目纷纷登场,深受社会各阶层的欢迎。在国统区和延安皆有评(京)剧院,他们喜欢京剧是自然的,等等。

然而,我以为最根本的原因在于当时这支部队的骨干成员大都是有文化、有知识、有理想和追求的革命军人。他们喜爱京剧,是一种自身文化修养与京剧文化品格的对接,是一种高雅深邃的艺术关照找到了与之相适应的受众群体。在这种群体的背后,阵营、阶级、职业的属性是次要的,文化鉴赏和艺术感应才是主要的。

十多年前，我去湖南浏阳采访，来到胡耀邦和杨勇幼时读书的文家市里仁学校，从校名"里仁"（语出《论语》）到校舍的徽派建筑风格便知，此乃名校也！

1927年秋，毛泽东率秋收起义军退驻这里整训，他站在院子的台阶上，讲司马光砸缸的故事，比喻革命如何打开一个缺口进而取得胜利。作为刚刚高小毕业的胡耀邦、杨勇，便骑墙听得入迷。在当时能就读并毕业于这样的学校，已经是不小的知识分子了。听罢毛泽东的讲话，杨勇当即报名参加了红军，胡耀邦因当时已为全县第一名的考分被浏阳中学录取，不忍弃学，故而又读书3年，初中毕业后即1930年才正式参加革命，此从胡的生平资料中可以查证。由此可见，当时的有识之士是多么看重读书，而读书后又多么看重从军报国啊！

再从1955年所授的共1052名将帅中，留苏、留英、留日的军校毕业生有之；从国内各军校如保定军校，云南、东北讲武堂，唐山炮校等各名校毕业的有之；而仅从黄埔军校毕业的就有32人；从其他地方各类学校、私塾学成参军的，皆难以统计。可以这样说，虽然当时中国的文化教育普遍落后，但在这支工农武装的革命队伍里，其中上层军官绝大多数还是有文化的人，而顶层或领袖级别的人物中，绝大多数都是鼎鼎大名的知识分子或者留洋归来的名牌学生！由这样的知识分子带出的革命队伍，绝不会是愚蠢的队伍；由这样的文化人构成的人民军队，其中自然是能征惯战者有之、能歌善唱者有之、能吹善弹者有之了。

另外，军队是最典型的集体生活，一种风尚、打扮或者时髦的动作、语言，文体爱好等等，最容易流行开来。三四十年代，列宁服在革命队伍中最受欢迎，许多男女战士亟盼得一件，结果不少部队领导就将它制成奖品发放，风行一时，成为着装时尚。

40多年前，我入伍到晋北高原，该部队是在冀中大地发展起来的，师团领导主要是河北人。于是京剧、河北梆子便成了"师戏"、"团戏"。一有演出，一放广播，京剧、梆子响彻营区。我恰好在这种环境里爱上了京剧、梆子，常与连队几名天津籍的戏迷战士拉琴唱戏，现代京剧《我们是工农子弟兵》《誓把反动派消灭光》等唱段至今开口就唱。最令人惬意的是，当时部队驻高寒地区，头戴粘绒军帽，身穿绿色军装，外披毛皮大衣，真是"一颗红星头上戴，革命的红旗挂两边"，不用化妆，就成了《智取威虎山》里的杨子荣、参谋长的形象。我们走到哪里，戏就唱到哪里，剧中人物与现实装束高度吻合。在这样的氛围里，热爱京剧，研究京剧，并能在今天写成这篇文章，也就再自然不过了。

中华优秀传统文化是中华民族的精神命脉，是涵养社会主义核心价值观的重要源泉。我们当代革命军人，如何发扬战争年代老前辈们培养出来的良好作风，传承优秀传统文化，建设一支"听党指挥，能打胜仗，作风优良"的人民军队，正是我们当下研究的课题和奋斗的目标啊！

名嘴忆昔

社会越发展，分工越缜密，新名词越是铺天盖地涌来。比如主持演出或者礼仪场合的人员，过去称司仪，后来称报幕员，继而称主持人，今天则多叫名嘴。

嘴而著名，是因为他们确实把嘴用到了极致，远超阿庆嫂的功夫："来的都是客，全凭嘴一张。相逢开口笑，过后不思量。"当然，张嘴说什么，绝非不思量，那是有高下雅俗之分的。

魏明伦川剧《易胆大》演出，一开场就有素面朝天的工作人员上来解释道："各位朋友，戏本来该开演了，但现在本地的几位要员尚未光临，他们有的还在作诗，有的还在打牌，待他们一到，戏就开演。"你心想：什么年代了，多大的来头，还这般摆谱、拿架子、不守时？

其实你理解错了，刚才那位上场说话的人，绝不是什么场上的工作人员，而是戏中的一个角色，旧时剧团称"报员"或"打杂师"的便是。他现在在演戏，想要表现的是剧中"龙门镇"上当年的"舵把爷"权压一方的威风。这样的报幕效果，当然新颖、抓人眼球。

如果说一台好节目好比一顶皇冠，那么负责报幕或者主持节目之人，就恰似皇冠上的珍珠。余生也晚，但几十年所观"皇冠"非少，也确有一些"珍珠"至今深藏脑海，熠熠发光。我现在就把它摆弄出来，与君分享。

"下一个鸡母"

二十世纪六十年代初，正值年少，蜗居乡下，对文艺生活特别珍爱和敏感。一次，南充地区文工团来我们乡场演出，大幕一拉开，在雪亮的灯光中，一身材高挑、五官姣好的女演员上前报幕。她大大方方地鞠一躬说："亲爱的父老乡亲们，你们好。我们南充地区文工团今天首次在这里演出，得到了你们的热情欢迎和关照（主要指乡亲们给演员们腾房腾铺、凑米凑菜、挑水做饭），我们非常感谢！今晚演出的第一个节目是：舞蹈《社员都是向阳花》！"

此节目演完后，这女演员又上来报幕，神色还是那样喜庆，音调还是那样甜美，语言还是那样简洁："下一个节目——男高音独唱《歌唱二郎山》。"完后，她又报幕："下一个节目——川剧清唱《四川白毛女》选段。"整场晚会，她的报幕词中绝无废话，而"下一个节目"的表述,始终贯穿全场。加上报完幕后,她那干净的转身,礼貌而轻盈的退场,都给乡亲们留下了极为美好的印象。

第二天,乡亲们见了面,第一句话就是:"下一个'鸡母'……"原来,大家都非常喜欢她的报幕风格,都善意而美好地模仿她普通话中带有南充口音的报幕词,只是为了俏皮有趣,故意把"节目"说成了"鸡母"。

抚今追昔,今天的名嘴,或节目主持人,或报幕人员上台表演时,情况大异:打人海战术的有之,胡拉乱扯的有之,装腔作势的有之,哗众取宠的有之,而那种"清水出芙蓉,天然去雕饰"的主持风格却少得多了,于是"下一个节目"之类的简洁化主持,就更让人留恋不已。

我常思,形成今天重床叠屋、喧宾夺主的主持状况,原因何在?

是人才过多?编制过大?力量过剩?就业过难?舞台过宽?故而成排上阵,众人拾柴,气势喜人,人多议论多,力量大?

是观众麻木?素质低下?节目高端?内涵深远,难解其意?故需集体讲解,知无不言,言无不尽,学而不厌,诲人不倦?

不得而知。

或许下文里当年的万海峰政委作了某些回答。

"少说多唱"

万海峰,13岁入伍,老红军,上将军衔,1982年至1990年担任成都军区政委,至今健在。

老首长放牛娃出身，到部队学的文化。他深知掌握知识的重要和艰辛，因而对文化人特别亲切，对文艺宣传工作极为重视。他常爱说："都说我这名字响亮，谁取的？高敬亭政委。"原来，他1933年入伍后，给红二十八军政委高敬亭当警卫员，高有文化，故取其名。

万海峰担任成都军区政委后，每逢重大节日，或者部队执行任务，他都要文工团编演文艺节目，活跃部队，鼓舞士气，并尽量亲临观看。

他任职期间，恰逢杨汝岱任中央政治局委员、四川省委书记并兼任四川省军区党委第一书记，二人关系密切。每有演出，只要汝岱同志有时间，万海峰总要约他一同观看，二人常常并肩而坐。

万海峰看演出有个特点，只要哪个节目格调不高，或者语言啰唆，矫揉造作，就爱现场纠正。特别是当报幕人员稍多一点时，他定会在座席上大声喊道："报幕员多了，多了！人多话多，耽误时间！"

一次汝岱同志在旁同看，他还扭过头来说："杨书记，你看是不是？主持晚会就跟主持大会同理，一个人就够了，两三个人就多了！多了无益，多了凑热闹！"杨汝岱同志当然只好说："是的，是的。"

部队毕竟是部队，首长说话真诚果断，执行起来立竿见影，只要首长一批评，主持人当即就改。他们现场一商议，多了的自觉退下去，而满堂观众见惯不惊，场上秩序丝毫不乱，晚会演出照常进行。

因工作关系，我多次陪万海峰政委观看各类晚会，有京剧、川剧、豫剧、黄梅戏等剧种来军营慰问演出，有自己部队或兄弟单位文艺团队来机关汇报演出，在融洽的气氛中，对不中意的节目和演员，他都会当面或事后善意地提出个人意见。他最爱边看边说："报幕员不要耍贫嘴。要少说多唱（唱歌），少说多跳（跳舞）。不要因报幕占了大家看节目的时间。"

在他看来，报节目就是通告个情况，不是节目的精彩部分，不是大家观看的重点，不该占用观众那么多时间。的确如此：主持人一多，往往是人员很"丰满"，质量却很"骨感"，"性价比"不高，当然该纠正。

尽管万海峰政委离开工作岗位多年了，但老首长当年的经典批评、文艺战士当年的现场改正，又浮现在我眼前。质朴的年代，质朴的台风，令人回味啊！

"你怎么改，我怎么报！"

2006年夏天，重庆骄阳似火，日盛一日。为纪念红军长征胜利70周年，有关方面决定，由重庆市委宣传部、重庆警备区政治部联合举办一系列纪念活动，其中就有"屈全绳、邓晓岗原创作品音乐会"。杨洪基、郑绪岚、王宏伟、祖海等著名歌唱家，都将现场演唱他们的原创作品。

在临近演出时，主题却有了改变：由原来纯喜庆性的纪念演出，改为带有赈灾性质的义务演出，时任中共重庆市委书记、人大常委会主任的汪洋和其他军地领导都将出席。这样预先准备好的主持词就不能使用，直到当天下午四点多钟，我才接到修改主持词的任务。

我抓紧时间将原主持词中过多介绍音乐作品艺术价值、词曲作者和演员身份、成就的文字删去一部分，增加当年红军克服艰难险阻走向陕北、今天重庆军民同心抗旱救灾夺取最后胜利的内容，以及企业家和观众现场捐款的善举。

我改好主持词已是下午六点过，送到当天晚会主持人、著名演员卢奇手中时，离正式演出已不到一小时。化妆间里，卢奇接过我的修改本，面有难色。我说："卢奇同志，晚会主题的改变，是今天下午条件成熟后才定下来的。我也是仓促上阵修改本子，这样临时换'本'，太不礼貌了，给你的工作增添了难度，请你谅解。"

卢奇把已经背熟并签有他大名的原本退我，很郑重地说："将军同志，我懂得修改本的意义，艺术为现实服务，你怎么改，我怎么报！保证完成好任务。"

第二天，我从《重庆青年报》记者艾丽丽的报道中见到这样的内容："昨晚我市举行'纪念红军长征胜利 70 周年大型音乐会'……音乐会的主持人可谓重量级人物，他正是扮演邓小平的特型演员卢奇。为了当好主持，卢奇特意花了好几天时间来背台词，加上对表演的领悟和运用，赢得了观众们的好评。"我又从《重庆晨报》记者李平的报道中见到如下描写："昨晚在接受记者采访时，卢奇手里还拿着一本厚厚的台词，本来以为他是在看什么新剧本，可仔细一瞧才知道，原来他在专心地背今晚的主持台词。"

从以上两则报道中可以看出，卢奇不可不谓"大腕"，但他自觉尊重文本的意识极强，哪怕要尊重的并不是什么名篇佳构，而仅仅是一台晚会的主持词。

我常有这样的感觉,演员若要临时发挥才智、语艺,短的构件可以,只言片语可以,但内容一多,篇幅一长,知识量一大,就难免显得力不从心。所以我们才要本子,才需尊崇文本。这是艺术的基本规律。

阅览高端主持,大凡那些知识面极广、信息量极大、背景材料交代极为得体、语言表述又极为精准的台词,莫不是经过多少高手费尽心血的有备之作。因而,主持人若不是"脱口秀"的强手,或不是现场发挥的天才,你最好还是干脆来个"下一个'鸡母'"好了。或者秉承万海峰政委当年的灼见——"少说多唱""少说多跳"为好,因为这样可以避减主持人那些海阔天空的胡扯八咧。当然,这并不排斥经过准备且有质量的语言类节目。

艺　术　家

　　某年某月到某地看"坝坝戏"，演的什么内容，全然记不清了，但"万年台"上两副楹联却至今不忘。

　　台前长柱上的一副长联为："不经不典格外文章圈外句；半真半假水中明月镜中花。"现在才懂得，这是一副高水准的戏联，联中无一"戏"字、"剧"字，但内容讲的全是戏，全在夸戏。靠里的马门较小，一副对联也很短。其联为：

　　"舞台小社会；社会大舞台。"

　　那时年幼无知，似乎对这副短联更感兴趣，便问父亲："社会成了'大舞台'，我们不是都在演戏啦？"父亲瞪我一眼："你还要当艺术家呢！"

几十年过去了,艺术家我没当上,但却在社会这个大舞台上饱览了另一种"艺术家"的绝妙表演:"四大名旦"比之——黯然失色;"荧屏公主"比之——稍逊风骚;妙文华章比之——略输文采。久而久之,我便成了小有名气的"戏迷","生旦丑末净""高胡昆弹灯"也都略知一二了。

近来,又有朋友倡议说:"既然你看的戏多了,不妨为这些艺术家们写点传记,既练了手中的笔,又扬了别人的名,一举两得!"我推脱不过,只好从命,也就信笔涂鸦起来。像不像,又不入档案,不过交差而已。诸君不必介意吧。

既懂琴棋诗画,又会行令猜拳,热心为公子帮忙又帮闲,也合谋干过不少缺德事,却又回过头来,指着公子的缺点对台下的看客说:"你看这家伙,这回可要倒霉哩!"用鲁迅的话说,这叫"二丑"艺术家。

叫他坐着,他要站起;叫他站起,他要鞠躬,不住点头哈腰。见了赵太爷,他是孙子;见了小 D 他们,他是老子。用毛泽东加鲁迅的话说,这叫"贾桂+阿 Q"式的艺术家。

穷困潦倒,十年寒窗。一朝中举,立即惊疯。一记耳光打醒,才知天高地远。用吴敬梓的话说,这叫"范进"式的"儒生"艺术家。

朋友之妻要文眉,见招牌上写的是"不疼痛,不泛蓝,术后使您更妩媚"。谁知做了手术后,既疼痛又泛蓝,眉眼呈"熊猫相",找上门去问理,对方死不认账。用受害者的话说,这叫"认钱不认脸"的艺术家。

"×局长啊!我妻子调动的事,完全符合政策规定,别人不符合规定的调动都办了,她拖了两三年为啥不办呢?”“同志哟,不着急嘛!今年不办明年办,明年不办后年办,迟早总会办的呀!”用罗贯中的话说,这叫“老黄忠善使拖刀计”的艺术家。

每逢晋升级别职称的时候,掌握大权的他,内定好名单后便遁隐而去。十天半月回来,名单已公布,群众意见沸沸扬扬,他却优雅轻松地说:“真是的! 当时我不在家哟!”用吴承恩的话说,这叫“金蝉脱壳”的艺术家。

“今天天气? 哈哈哈……这个人嘛,哈哈哈……这份报告嘛,哈哈哈……下月工作嘛,哈哈哈……”用周树人的话说,这叫“哈哈”艺术家。

“睡得实,吃得香,满脸放红光。人缘关系好,选票从不少。实绩谈不上,也不出洋相。跟着‘感觉’走,进步经常有。”用黑格尔的话说,这叫“无艺术”的艺术家,最高境界的“艺术大师”。

……

信笔一罗列,七八个“艺术家”出来了。朋友看了稿子后说:“这只能算个纲目,离人物传记还差得远呢!”又怂恿我拉开阵势分章分节干。他怎知我近来多病,白发搔短。若再写下去,身体难支。我便以实相告,他还纠缠不放。我把笔往他手里一塞说:“你来写吧!”

他说:“俺不如老兄写得有盐有味。”我说:“还有韵呢!”他说:“对,有味就是有韵。你看‘鹰立如睡,虎行如病’有没有韵?‘烟迷蓑草,兔走荒台’有没有韵? 全面审美丑,辨证品韵味,就像戏迷看‘丑戏’一样,丑角也能演得很美呢!”

梅花三弄

梨园田中蔓,莎翁陌上花。

信口韵白两句,道出一个人物来:四川省川剧学校成人班学员田蔓莎。

田蔓莎,好名儿。既有艺术韵味,又有女儿风采,还有攀取精神。要不,怎能年方花信就捧回第九届"中国戏剧梅花奖",成了历届学员中的头名"探花郎"。

咱们川妹子,登上了京华领奖台!

川剧露脸,梨园生辉,巴蜀溢香!

你不孤芳自赏,我则赏花之人。今夜太虚清新,月色正好,我何不操琴自娱,自编自演一曲古韵新声《梅花三弄》,献与君家。

一弄声声慢

月明星稀，

乌鹊南飞。

绕树三匝，

何枝可依？

当今周公若吐哺，

九泉孟德吟新诗。

琴声袅袅，神思悠悠。

重庆市一中校园内，活泼着一群小天使。小天使里有个田蔓莎，俊模俏样，秧藤般的身腰，瓜蔓般的灵秀。

大凡这类女儿"精"，总能碰出几分"艺术"光华来。广播里放流行歌，她哼几遍就会；电视里演《天鹅湖》，她模仿几回就成。那天，妈妈第一次带她看川剧《柳荫记》，因为停电又天热，观众散去一大半。她却"老戏迷"似的坐着不动，直到来电看完。

是那阵"凤点头"日后品出了味道，还是那段"桂枝香"留下了余香？总之，你背着学校报考川剧团了。

一考四川省川剧学校，不中。

二考还是这所学校，还是不中。

三考自降一等，是这所学校的重庆分校，依然不中。

是弱母抚孤没有硬后台？

是梨园无缘不沾瓜葛亲？

是人满为患从来就业艰？

还是山城出丽妹，大江育玉人，群妍滚滚来，考官一时挑花了眼？

抑或多少事，从来奇，说不清，道不明，落了榜也不怪！

但你不服气，大着胆子找到沙坪坝川剧团团长，当场再唱歌、再跳舞、再演小品。

不知是你献身冷落梨园的精神打动了老团长，还是你的艺术潜力被他慧眼识穿，总之，从他的目光里你看出了信息：你被录取了！你"蹦"了起来："梧桐树落不下，咱们就落泡桐树。"

这天，你永远记住了——1979 年 12 月 20 日，时年 16 岁。

"三考三落"三年多，小妹子拖成了大姑娘，虽然久了点，但毕竟如愿以偿。

二弄步步高

求知弄险，

自叹功底还浅。

停职断薪深造，

恰似盆景移沃原。

执意苦斗艳，

何愁无春天。

一曲终了,意犹未尽。我琴声再起时,思绪更缥缈。

那夜,锦江大剧场,你的小习作《刁窗》《思亲送柴》登上了大殿堂。

这是四川省为振兴川剧举办的一次青少年调演,新苗如林。

大幕拉开,你光彩照人,唱得有味,做得传神。

评选结果,你获奖了。连同在渝的评选,你两年获三奖。可喜又可贺呀!

那天,妈妈破例给你做"香香"。一筷子菜还未放进你碗里,突然问:"蔓蔓,获的啥子奖?"

"第三个三等奖嘛。"

妈妈放下筷子,女儿定住眸子。

半天,你醒过神来,发出那句惊天动地的话:"我才怪呢! 尽和'三'有缘:考剧团'三考三落',领奖状'三张三等'。无三不成文,可以;无三不成戏,不行!"

这时,你头上似乎插了双翎,翻波绕浪,起伏不止:原因在哪里?

基本功不过硬。

咋办好呢?

严格的正规训练。

哪里训练最严格正规呢?

省川剧学校!

于是,"蔓蔓"第三次爬上了省川剧学校的高围墙,试头探脑地向里张望。

戏剧性的情节发生了,学校贴出告示:凡在省上获奖的演员学员,均可免试入校。

众里寻她千百度,蓦然回首,那人却在"成都新生路"(学校所在地)。

新生路学三年,本该拿着文凭回团加薪上班了。偏不,鲁班、姜尚别师时的情景你又重演:"恩师啊! 徒儿功夫还浅,学业未成。留下我吧,再学三年"。领导乐了,同学笑了:"你这个蔓妹子,住的大屋子,用的纸箱子,起床吃饭听哨子,再学图啥子?"

何况,川剧不是热门艺术"一把火"!

何况,谁敢保你成为第二个"白居易"!

你妹子到底吞了秤砣铁了心,还耍了点小聪明。

暑假返渝的当天,你急匆匆去见团领导。

"报到啊?"团领导目光异样地问。

"报到。"

"这就对了。我们正说哩——田蔓莎学习这期毕业,咋个学校又发来录取通知书,喊下月去报到。张冠李戴,乱扯二黄。"

"不! 学校没有弄错。毕业前,我又报考了省川剧学校,他们又录取了我。我还要去学校重新报到呢!"

团领导急了,坚决不同意。

是人才谁愿养着不用,是肥水谁肯流灌外田? 田蔓莎呀,田蔓莎! 你真是个"田漫沙",田里沙满就要"漫走"!

你善打攻心战。找准团领导年长心善处下手:"你就开恩放行嘛! 退休了,我记你一辈子!"领导经不住"蔓蔓"缠,同意你第二圈入学。但要你答应三个条件：停职断薪；自费读书；学成归来。以防效尤。

于是，你像离巢的雀儿又归巢。还是睡吊脚床，用大纸箱，过清贫的学生生活。

只是学艺情更切，练功更卖力。

母亲来校看你，不免心痛——

那咿呀练嗓，会不会练出咽炎？

那成天劈叉，会不会劈伤身骨？

那挑灯夜读，会不会读垮精神？

苦到深处不觉苦，梅花恰是“苦香型”。去年底，正是梅花吐香时，你进京演出《祭灵杀嫂》《目莲救母》《七娘射子》诸戏，高腔胡弹都上，唱做念打俱佳。尤其是那“水袖功”“脚尖功”功力甚深。精妙之处还在开了旦角“变脸”之先河，变得意到神随，变得满场喝彩。“梅花奖”的妙运，游到你假小子头上啦！

三弄红鸾袄

人言人世冷，

她道人有情。

夏送甘凉冬送衾，

声声谢恩人。

侪辈逢盛世，

梨园多知音。

蔓莎同学,这三弄情最深,待咱换个曲牌再演。

转轴。调弦。开始——

原单位"釜底抽薪",乃不得已而为之。这却苦了贫家女子田蔓莎。

小田从小由母亲养大,家里经济不宽裕。如今教学费、书杂费、伙食费一概变成自理,田家大嫂撑得起吗?小家碧玉顶得住吗?

而你,却小乐天似的说:"牛奶会有的!面包会有的!"

劝君莫夸口,多亏这"侠胆义肠"的好学校:每月破例给你发八十元生活补助费,还有二十几元助学金。日子紧紧巴巴过得去。

好心大姐余老师,请你去家里搭伙,一日三餐端碗吃饭,从不问你交多少钱。

学校清寒,学生上戏,费用艰难。仗义的编戏、乐师、导演为你"单锅小炒",排成获得梅花奖的问鼎之作《目莲救母》《七娘射子》等戏,也不向你要"创作费"。

夏天热了,有戏迷送你水果解渴。

冬天冷了,有素不相识的老奶奶赠成衣御寒。

你身上穿的那件花绸袄,莫非也是戏迷送的?

奇怪之处还在于,你生日节庆,也请老师同学进餐馆,点菜花钱不寒碜。

一出戏排成了,一门功课考好了,你又买回牛肉干、巧克力,大声武气地喊:"请客啰!"连炊事员、守门人都来吃。

一次,重庆来了老同学,看你穿着打扮依然鲜亮入时,突然"诈"

你："这两年,可有多情公子暗中解囊?"

你神清气爽回答："绝对没有。"

"那日子过得潇洒嘛。"

"生逢盛世,不唱苦命'青衣'就是了。"

原来,政策放宽,你假期课余偶尔也应邀参加庆祝演出,一些企业团体、海外侨胞甘愿为振兴川剧出力,为新苗"浇水追肥",也给过你几笔鼓励性的小报酬。再三劝说,你才难为情地收下。

因为你"醉翁之意不在酒"。

可我仍然要说,假如把"梅花奖"换成"金鸡奖""百花奖""飞天奖"呢?

田蔓莎,你就"发"啰!

如此一类比,你该不会"跳槽"吧!

你哈哈大笑起来。

我琴声戛然而止。

鞠躬,闭幕,收场。

(注:大标题"梅花三弄"为一首赞扬梅花的古曲曲名,3个小标题为川剧中的3个曲牌名。本文系与苏世佐合作。)

人生如戏

做人要实,艺术要虚。做人实了,好相处;艺术虚了,才有琢磨头。不信,你看那个繁写的"戲"字,左边是"虚",右边是"戈",虚晃一枪,谓之为"戲"。于是,这戏剧舞台上半真半假的艺术表演,就给人以无限的想象空间。

简洁美

在这个艺术空间里,第一个亮点就是它的"简洁美"。在这里,戏剧艺术彻里彻外都透露出一种简洁和谐、自然疏朗的美感。从舞台布景、服装道具到故事情节,无不如此。

先说舞台布景。你看各个剧种演出《空城计》，一开场的主要场景都是汉军北伐的重要据点"西城"。西城自古便是兵家必争之地，又是阳平关一线的重要城防，当然自是货品如山，人流如织才对。可到了舞台上，几个空闲的道具箱前撑起一面绘制的城楼，活生生一座城门便呈现在了我们面前。迎战司马懿的诸葛亮，此时就站在这样的"敌楼"上，唱念做舞，弄弦抚琴，复杂的内心世界和出奇的解危妙策，表演得入木三分。

中国传统剧目，大多反映的是宫廷斗争，佳人生活。其依托的场景也多是豪华宫院、巍巍宅府，或者妙曼花园、优雅书斋。假若实景布置，不累死"宝宝"才怪。聪明的戏剧艺术家们便根据剧情适当选用一屏一幔、一栏一石，或者一桌一椅、一笔一灯之类，也就传神地营造出了剧中的景观气象。任何一件多余的物品，在这里都成了累赘。

再说故事内容，戏剧艺术无论是表现重大历史题材，还是反映现实斗争，它们大都做到了既能血肉丰满，又能简洁流畅，让观众看得省心明白。

传统京剧《群英会》《霸王别姬》《战太平》等剧目，讲述的故事内容不能说不重大，但看完后几句话就能给人说清楚。程派名剧《春闺梦》《荒山泪》，前者是根据唐代诗人杜甫《新婚别》和陈陶"可怜无定河边骨，犹是春闺梦里人"的诗篇编成；后者是根据《礼记》中"苛政猛于虎"的故事改写；二十世纪五十年代问世的京剧《将相和》更是出自一句成语"负荆请罪"。由这样的原始材料改编而成的剧目，它美如童话，味如橄榄，简洁明快得如行云流水。近看上海越剧院演出的越剧《甄嬛传》，它突出爱情主线，删去宫廷权争，所以上下两本长度不足4小时，同样很感人；而电视剧长达74集，每天看两集，也需一个多月时间才能看完。即使电视台播得起，上班族也未必有时间看得起。我曾采访过著名程派青衣张火丁，她在谈到程派剧本创作的特色时说了两点：一是故事情节一定要洗练简洁；二是意蕴、细节一定要含蓄深刻。此当为箴言大道矣！

由戏剧艺术的"简洁美"，想到日常生活的"简洁好"。现代人居室宽敞，结果彩电音响，沙发柜橱，壶瓶碗盏，猫笼狗舍，摆件文玩，占满房间案台。住房变成了库房，客厅变成了展厅。还有的将爱车内本来不大的空间也塞满了布娃娃、手提袋、吉祥物、装饰品，车厢变成了百宝箱！我说："赶快大扫除吧！人的空间人为本，减去无用、少用的赘物。唯此，住用才能舒适自在，久居不烦。"

装修房子，最见主人审美境界的优劣高下。大凡满装满挂、见缝插针者，都是不懂简洁之美的道理。墙面颜色过重、板壁花纹过多、门窗线条过繁者，多是土老财的做派。你去成都附近的安仁镇参观刘文彩故居，一圈转下来，啥叫叠床架屋、繁纹褥雕，再也清楚不过了。原来，财主觉得好看，平民雅士未必觉得好看，今人大多更是认为难看。个中美丑，自有学问。

于是有人总结出民居的装修理念："材料环保，结构明了。颜色素净，头绪见少。一物多用，易换易调。"细分析，这里充满了戏剧的简洁美，又有生活的简朴风，只是人们未把两者联系起来思索而已。

官场也讲"简洁美"。历朝历代政治清明时，官场的繁文缛节、瞎折腾大都吃不开；而"简除烦苛，禁察非法"（李克强引《后汉书》语）、崇实尚易、与民休息之风则大行其道。小民便愿生活在这种简朴殷实、气正风清、和谐舒适的时代！

格律秀

诗歌讲究"格律秀"，其实戏剧在"格律"上秀得更有水平。先看音乐。西皮、二黄是京剧的两大声腔体系，其次还有昆腔、吹腔、高拨子等，但都不占主流。西皮、二黄是啥样？几句话说不清楚，但凡有品位的戏迷，胡琴一响就明白。演员自不必说，作曲家必须对此曲牌烂熟于心，否则无法创作出具有"皮黄"特点的曲调来。这就告诉我们一个道理：在艺术创作上，如与艺术相关的各方都能共同遵守相同的原则规律，这里也可以称为"格律"，那么这门艺术就是比较成熟的艺术了。

京剧音乐是成熟的音乐。表演家知道各类曲牌声腔应该怎么唱；懂行的听众知道你唱的是啥腔啥调，妙在哪里，应该怎么听；而作曲家还能根据各种曲牌的风格，编创出新的声腔来，又不失其固有的"味儿"。这就是戏剧在音乐格律上的魅力所在。

再说脸谱，京剧脸谱是行当的外在表现。生旦净丑各类人物各用什么脸谱，是约定俗成的。诸葛亮是老生，脸谱是生行中的素面；曹操是净行，脸谱是花脸中的白脸；蒋干是丑行，脸谱是该行中的小丑，等等。

行当背后是脸谱，脸谱背后是性格，性格背后是演员惟妙惟肖的表演。戏看多了，人们就总结出各类脸谱各自不同的性格特征：比如红脸，象征忠义耿直，多有血性，像"三国戏"里的关羽，《斩经堂》里的吴汉等；黑脸，象征刚正威严和勇猛，像"包公戏"里的包拯，"水浒戏"里的李逵，"杨家戏"里的焦赞之类；白脸，多表现奸诈多疑和凶险，像"三国戏"里的曹操，《野猪林》里的高俅，《打严嵩》中的严嵩等。还有黄脸代表勇猛暴躁，如典韦；蓝脸代表刚直桀骜，如窦尔墩；紫脸代表肃穆稳重，富有正义感，如徐延昭；金脸代表威武庄严，适合表现神仙一类角色，如如来佛、二郎神等等。

我想，大约是古人演戏既没有扩音设备，又没有字幕能打，更没有特写镜头，较难传递演员的情绪变化和剧情内容，艺人们便摸索出通过脸谱来增强人物表现力的有效手段。试想戏开演后，你进入剧场，演员扮的是哪个人物，演的是哪节内容，你一时未必弄得清楚。但一看脸谱，一听唱词，也就大体明白了。

高妙就在这里，戏剧历经数百年的发展，艺术家们摸索出了通过行当、脸谱表现人物性格的最简便易行的办法，使生活中形形色色的人物，都能在戏剧有限的行当中完成归类，找到对应。演员也能通过苦练某个行当而演活某类人物。与此同时，观众还可以通过对这类脸谱化人物的故事性观摩，加深对这类人物共同性格、命运的理解，从中受到关于人生观、价值观的教育和启迪。经常在民间听到这样的话："你为官要做'黑脸包公'，别去做那'白脸曹操'！""你看你，这样做就等于给自己的鼻梁上画了一道粉！"这里的言谈，已超出了戏剧"行当"的意义,而且升华到了对官德人品的评判和教化。艺术到这个份上,其影响力已非同小可了。

戏剧注重"格律秀",说白了,就是化繁为简的哲学思想在艺术上的生动运用。同样,"格律秀"也会影响到我们的生活、工作。比如我们在生疏道路上行车时,多会停车问路,总觉得路很长、很难走。而回程行路时,目标明了,路道熟了,弯路、错路不再走了,一样长的路我们就会觉得很短。大有"春风得意马蹄疾,一日看遍长安花"之感。这背后考验的其实就是你是否熟悉路况,是否掌握了该路行进的规律。

文采丰

戏剧艺术是引诗入戏的艺术。也正因为戏中有诗、诗中有戏,才使得戏剧艺术与其他表演性艺术相比,最具文采。

我们知道,戏剧中有些大段的道白,本身就是无韵的散文;还有的重要唱段,更是优美的诗篇。这类剧作,案头看得、嘴里唱得、耳朵听得。恰似咱川北的雪梨,入口即化,渣都不剩。所以戏迷们看了还要看,以至百看不厌。

请看下列唱段。

元杂剧《西厢记·长亭送别》中,张生、莺莺恋情受挫,莺莺无奈只好送走被逼远离的恋人张生。她愁情无限地唱道:

"碧云天,黄花地,西风紧。北雁南飞。晓来谁染霜林醉?总是离人泪。恨相见得迟,怨归去得疾。柳丝长玉骢难系,恨不倩疏林挂住斜晖……"

京剧《野猪林》中,林冲被权奸陷害,发配沧州看守草料场,天寒地冻中家仇国恨一起涌上心头。他感慨无限地唱道:

"大雪飘,扑人面,朔风阵阵透骨寒。彤云低锁山河暗,疏林冷落尽凋残。往事萦怀难排遣,荒村沽酒慰愁烦。望家乡,去路远,别妻千里音书断,关山阻隔两心悬。讲什么雄心欲把星河挽,空怀雪刃未除奸。叹英雄生死离别遭危难,满怀激愤问苍天。问苍天万里关山何日返?问苍天缺月儿何时再团圆?问苍天何日里重挥三尺剑?诛尽奸贼庙堂宽。壮怀得舒展,贼头祭龙泉。却为何天颜遍堆愁和怨?天哪天!莫非你也怕权奸?有口难言……"

传统川剧《活捉》中,阎惜娇被宋江杀后,变为了厉鬼。她面对情郎张文远半娇半嗔地唱道:

"相思债欲了未了,旧日情难舍难抛。自与君北楼邂逅结相好,此情绵绵如漆如胶。花径何曾为客扫,珠帘从此为君挑。瑞脑为君做,佳馔为君调。低吟浅唱搏君笑,蛾眉深浅任君描。只说两情永偕老,谁料无情刀断鸾凤娇……"

魏明伦的现代川剧《夕照祁山》中,诸葛亮北伐失败,弥留之际,他恋国恋乡,一往情深地唱道:

"炎炎华夏金瓯缺,誓不偏安容汉贼。六出师,师未捷。天不假我寿,病魔催魂魄。死不瞑目仰天啸,回光返射,赤橙黄绿青蓝白。关羽红,张飞黑。马超锦,赵云白。黄忠橙甲弯弓射,五虎上将五彩色。拥冕旒王者,先帝昭烈……川酒醇,川椒烈。川肴美,川味绝。川语如橄榄,川歌似甘蔗。川人多桃李,川情赛松柏。拜别、诀别,黄泉无限川江路,来生再作蜀川客……"

戏曲唱词中的名段佳句太多了,引不胜引,别说让演员载歌载舞地唱出来,就是让人坐在面前一字一句念出来,也感人至深,口留余香。另有一些由京剧艺人编演的《红鬃烈马》《四郎探母》《珠帘寨》等剧作,虽唱词多为口语,但也幽默风趣,入腔入板,极其符合人物、身份和内心世界,因此同样传唱不衰。

时代在变迁,艺术形式也在发生很大变化。如今电视剧和电影成为艺术主流,不乏上乘之作,但很难让人看了再看,回味无穷,大多为过眼烟云而已。我想除某些作品思想境界不高、内容安排不当外,剧中语言缺少文采是其重要原因。因为角色讲的都是口水话、大白话,甚至与剧情时代不合的网络话,一听就倒了胃口。

另外,官场的许多文书、领导的某些讲话,也同样犯了缺少才情、忽视辞采的毛病。须知"言而无文,行之不远""言而无情,何以感人"啊!

价比优

戏剧能被大众接受,还有一个重要原因,就是它"性价比"高,无须花过多的钱,就能使其艺术效益——制作和消费得以实现。

二十世纪五六十年代和改革开放初期,文化生活还比较贫乏,幸好内地主要地县大多都有自己的剧团并经常演出。当时老百姓看一场戏,其开销也就相当于上一次普通的饭馆,一般情况下都能承受得起。也正是由于戏剧艺术成本较低,所以长期以来它总是在我国艺术领域中占有一席之地,某些时候甚至成为艺术的主流。

艺术须讲性价比,过去我们忽略这个问题,其实是不对的。试想,交响乐好不好?当然好。但那要多少人演奏,又要多大的舞台演出,同时还要花去多少艺术家的心血与汗水?于是门票当然就贵,小地方、小场面当然就与它无缘。

芭蕾舞好不好?确实好。但除了需交响乐团伴奏外,尖端而众多的芭蕾舞蹈艺术家是容易产生的吗?一般的城市能养得起这样的艺术团队吗?中国大陆目前也只有三五个较为专业的院团。

而戏剧艺术却不同,它土生土长,因地制宜,因陋就简且又出神入化:布景能虚拟化,道具能指代化,音乐更能简便化——一套"家伙"、数件乐器、几个乐师,就能奏出万方仙乐,演出人间大戏;资源共享化——一套行头,不同剧目都能使用;一台剧目,各个剧种都能移植;一个剧本,各地剧团都能改编。这样的艺术形式当然生命力强盛。

而今天电影、电视剧喜爱大制作,动辄投资几千万、上亿甚至几十亿元。某些时候值得,某些时候就未必值得。因为文化产品的艺术和社会价值,与投资多少并不完全构成正比。有些高投资的影视作品,或许还达不到低投入的一台戏剧的影响力大(特别是今天通过电视频道转播后)。还有个别高投入作品,甚至成了废品、半废品,令人痛惜。加强文化建设是全面实现小康社会的一项重要任务，而妥善处理好文化产品的投入与产能、社会效益与经济效益的关系，是我们当前亟应努力解决的一个重要问题。

此时，室外公园中的音乐声此起彼伏响起来。先是京剧声中一把京胡似游龙戏水，一路高歌，引出繁弦密鼓、仙音齐放；后是交响乐里一把提琴如诉如泣，顷刻化为万方合奏、嘉声齐鸣。细辨中，我能想象出各自乐队阵容的多寡，却难以分辨出各自艺术感染力的强弱。我深知，人多、行头多构成的艺术，高水平元素未必就一定多。

因为艺术只讲雅俗，不问富贵。萝卜白菜，各有所爱。鱼翅熊掌，各有短长！富贵人生，未必人生就富贵。这真是人生如戏，戏如人生啊！

剑胆琴心

　　乔迁新居，我不关心客厅布置，更无意卧室陈设，最魂牵梦绕的是要收拾一间可意的书房。

　　像一些穷地方偏重视教育一样，我把书房看得很重要，在不多的住房面积中，我出手阔绰地将一间南屋做了书房。房内东西两壁放书柜，北窗下置书桌。"四维空间"现已占去三面，只剩下一面南墙放闲壁立了。

　　南墙上布置点什么最合适？几位书友自告奋勇当参谋。有主张挂一幅海南岛彩色风光图的，说这样室内会有开阔感，又会产生"冬暖夏凉"的效果。因为画面上是椰树沙滩、男女沐浴、落日余晖。冬天了，会想到这里热风扑面；酷暑时，看那照片上的一汪海水和少男靓女身上的滴滴水珠,会使人凉意顿生。我未能采纳,因为我不太喜欢现代味太强的点缀。有人又主张挂一幅绣有抽象图案的壁毯,给这"线条加方块"的书柜、书籍糅进几许温柔,并提供各种想象的契机。这建议本有道理,可一问价格,太贵,只好作罢。

南墙到底宜挂什么呢?望着空空荡荡的墙壁,我有些发呆。

谁家七弦暗飞声。蓦地,一阵叮叮咚咚的古琴声随风飘来,如清泉出涧,空谷遗音,清冽而悠扬,奔越而提神。我心里一亮,南面墙上挂一琴一剑足矣!

剑,我的书橱里就有一口,是友人出差从杭州代买回来的。白刃泛着青光,剑身錾有双龙。剑柄、剑鞘都由上好的柚木做成,头尾之处还包有黄铜。它的产地恰好是越王勾践的邑地。"吴王金钩越王剑",难得的意境。我便从书柜取出移挂于墙上,书房里顿有一种典雅、肃杀之气。

琴,挂哪种最合适呢?电子琴绝对不行,不伦不类。胡琴、三弦小了些,不般配。想来想去还是挂那七弦古琴最好。可是找遍驻地大小乐器行,均无出售。

那时不像今天,文化产业十分发达,什么乐器都能买到。幸好家乡文化馆一朋友来访,我言明苦意,他道:"那有啥难?'文革'中我就做过七弦琴,回去造一张就是了。"我不信,便想考考他的造琴功夫,说:"你先介绍介绍古琴方面的知识。"

他说好!随即拉开阵势讲开了:

"此琴古人叫瑶琴,最早为伏羲氏所造。他见凤凰飞来,不栖别树,专落梧桐。乃知梧桐——树中之良材,植清净之土,夺精华之气,堪为雅乐。便令人伐之,截为三段。取上段叩之,其声太清而弃之;取下段叩之,其声太浊而弃之;取中段叩之,其声清浊相济,音色宜人。便让人送入瑶池长流水中浸泡七十二日,取出阴干,选良时吉日而制成,这就是制琴的用料。很讲究哩!"

他饮了一口茶,继续卖弄:"你可知古人玩琴有何讲究?"

"那古人玩琴有'六忌''七不弹''八绝'。这六忌是:一忌大寒,二忌大暑,三忌大风,四忌大雨,五忌迅雷,六忌大雪。如遇此时,对琴要倍加保护。"

"七不弹呢?""闻丧者不弹,奏乐不弹,事冗不弹,不净身不弹,衣冠不整不弹,不焚香不弹,不遇知音不弹。"

"八绝呢?""'清奇幽雅,悲壮悠长'。高明的琴师可以弹得'啸虎闻而不吼,哀猿听而不啼'。这就是琴声的真谛所在。"

他讲到这里卖了一个关子:"高如兄,这些琴理、琴德、琴规,都能明白、遵守么?那我就造琴,否则,免了。"

我以为他说说而已,不想今年春节刚过,他出差西安路过成都竟送来了这七弦琴。其式样、色泽、尺寸都很规范,与名家玩过的琴器相差无几。

我当即就要挂起来。朋友说,慢些,这琴剑的挂法颇有学问。随即从提包里取出一本杂志,上面印有电影《知音》的广告画——先将琴由右向左斜挂于下,再将剑由左向右斜挂于上,两者交叉,十分协调。我照此效法,将二物稳稳当当悬挂于南墙的偏上方,霎时,一个硕大的琴剑组成的"X"图形就生动地凸现在我面前。那墙壁、那书房、那整个空间立即出现一种柔美、刚劲、潇洒、高蹈的韵致。置身书房写作，也有了不曾奔涌过的灵思与才气。我为这书房的布置花销少而意境妙欢喜有余。

此后，凡伏案工作一阵，我就爱扭过头来，观赏那"琴剑 X"。"X"与"Y"在数学里是"未知数"，面前的这具大写的"X"，莫非也是自己立下的一道方程中待解的未知数？莫非也要我去破译那未曾领悟的人生？

明白了。剑，兵器之父，军人的象征，力量的所在。挂剑尽管是一种蕴藉，一种警示，一种修养，然而舞剑才是一种奋发、一种进取、一种图报。"闻鸡起舞""醉里挑灯看剑，梦回吹角连营""已将书剑许明时""未须携去斩楼兰"……一时多少诗词歌赋涌上心来，感慨不已。我以一军人的天职萌生了舞剑的念头。

舞剑，由暗里而明里，由不会而会，逐渐地像练气功一样，懂得了一些法门。

"月白风清，你取下壁间剑，一按哑簧，拔剑出鞘，龙吟清越，电光闪烁。念法诀，移步转身，白鹤亮翅，剑光划破清空，画了个寂寞的圆弧。一剑连一剑，一剑紧一剑，俯仰屈伸，追形逐影，疾逾飞电，回旋应规。舞剑人完全陶醉在自己的剑术里。"

我未能达到这种境界，但自会"一剑连一剑，一剑紧一剑"地去追逐那高深的意境，以恢复军人本应具有的技艺与风姿，锻造我们永不衰竭的体魄和胆识！

琴是剑的伴侣，悬挂壁间，朝夕相处，自是一种享受，一种排遣，一种储存。然而，长期置闲，谁能保证就不冷落那片芳心？还是应当抽闲抚弄的好。孔明抚琴退司马，伯牙弄焦结知音，谁能说这仅仅是兴致勃然，风雅而已。军人、志士与琴，原本有不解之缘！

于是，我也开始自学自悟地操弦弄韵起来。每当劳累之后，或朋友聚会，取下琴来，无须焚香，无须琴架，只将琴放置桌上，平静身心后便流动手指，或勾或挑，或揉或抹，或缓或急，完全随兴所至。你若完全不懂琴技也不要紧，古琴自会非常宽容地接纳陌生者，并不挑剔，只是稍微把握节奏与气度就够了。当洋洋洒洒一支"未名"小曲下来，你的创造、你的风采、你的寄托得到了充分的展示与发挥，那疲劳、烦恼早已无影无踪。接下来工作，效率会倍增。这时，你才会感到琴是雅乐，琴是智慧，琴是中华民族文明的摇篮。她乃极经济、极灵便、极清雅的休息身心、陶冶情操的方式，扑克、麻将、卡拉 OK 比之，自不可同日而语。

这就是我所推崇的琴剑书斋：文武之道，一张一弛；剑胆琴心，刚柔相济；流光飞韵，逝者如斯。而琴剑合璧于一斋，最能去掉时下我们极易染上的浮躁气。同时，又寄托着我们的未来。

我的朋友，不妨也试试？

大音希声

哲理篇

　　大方无隅，大器晚成。大音希声，大象无形。大道至简，大雪无痕。大奸似忠，大智若愚……

　　由是得知，一切博大精深的形物，总是体量难求的；一切宏大无比的声音，总是洗耳难闻的；一切内里丑陋的东西，总是品貌方正的。由此更得知，这些纷繁复杂事物的背后的道理，总是简洁明了但又难以践行的。

　　林语堂说："政治家的演讲，应和女人的裙子一样，越短越好！"丘吉尔在牛津大学演讲"成功的秘诀"时，只用了半分钟。核心词组就四个字——"决不放弃"，全场掌声如雷。

　　孔子说："君子坦荡荡，小人长戚戚。"

　　曾子说："吾日三省吾身：为人谋而不忠乎？与朋友交而不信乎？传不习乎？"

　　曾国藩说："量大福也大，机深祸也深。"

　　道家说："五色令人目盲，五音令人耳聋。"

　　这些看似浅显实则深邃的道理，我们如何才能领悟并自觉践行之？秘籍何在？

　　雁鸣阵阵有回声。

重剑无锋

剑为兵器之父。

在中国兵器王国里，无任何一件兵器比剑更有文化内涵的。轩辕夏禹剑，历史悠久，造于上古，传与夏商，有华夏开创之功；干将莫邪剑，神奇锋利，雌雄异体，飞起复仇，鲁迅先生曾著文称道；太阿、赤霄剑，威名盖世，前者伴随主人一扫六合、统一天下，后者斩蛇起义、建立汉邦。

然而在我心中另有一剑，名曰"玄铁"。它文丰体泰，情长意深，给人以诸多启示……

枪刺去锋

金庸先生的小说《神雕侠侣》写道，风流倜傥的义士杨过，偶得一把"玄铁重剑"，上铸"重剑无锋，大巧不工"八字。这剑好生了得，它天赐良铁，秘制重器，无锋无刃，却暗藏指天天崩、划地地裂的无穷威力。

杨过得剑之后，按其"重、拙、大"三字秘诀苦练剑艺，终成一名武艺超群、名扬天下的侠义高手，并与亦师亦友的小龙女情归江湖，神游四方。

由"玄铁无锋"想起"枪刺去锋"：40多年前，我作为新兵参加了授枪仪式。连长英姿飒爽地站立队前，高声说道："同志们，现在发给你们的是'56式'半自动步枪。我军从长矛大刀，到今天的先进武器，真是来之不易！你们看这钢枪，刺刀寒光闪闪，枪管乌黑发亮，这是我军目前列装最好的步枪。我希望你们一定熟练掌握手中武器，上了战场好英勇杀敌！"

握着钢枪，我一个疑问涌上心头。这枪上的刺刀为什么没有锋口呢？用这样无锋的刺刀能杀死敌人吗？

直到有一天，师里进行刺杀表演，我看那身材矫健的教练，端着未开刃的刺刀，与假设敌几回拼杀后，一个猛子朝密扎厚实的稻草靶刺去，立刻一个"透心凉"！

教练说，枪刺原本是有刃的，但后来发现刺刀带刃，作用不大，反而少了力道，有碍手脚。于是去掉刀锋，改为棱型，增多血槽，提高硬度和韧性，使之通体发力，威力更大。

我顿时明白：带刃的刺刀自可杀敌，无刃的枪刺更易穿胸。"青面兽"杨志的牛耳尖刀削铁如泥，自是切头如切瓜；孙悟空的金箍棒上下浑圆，也一样横扫千军如卷席。据说，皇帝赐臣的"尚方宝剑"从不开刃，因为持有者并不用它来直接斩贪杀佞，而是表明领了圣上的使命，可以仗剑执法、便宜行事罢了。

毛主席在《念奴娇·昆仑》中写道："而今我谓昆仑：不要这高，不要这多雪。安得倚天抽宝剑，把汝裁为三截？一截遗欧，一截赠美，一截还东国。"我想，诗人心中能将昆仑裁为三截的"倚天宝剑"，定是厚重无比、威力无穷的神器，至于有无锋口，无关紧要吧？

言忌词锋

重剑无锋也威，首先在于这剑自身的分量如何。杨过的玄铁神剑重81斤，关羽的青龙偃月刀重82斤，典韦的镔铁双戟重80斤，张飞的丈八蛇矛略轻一些，也有63斤。而那个从石头缝中蹦出的孙猴子，使了一根如意金箍棒，竟有13500斤！这些兵器件件威力无比、神鬼皆愁，自个儿多有分量再加主人玩得动、玩得好它，是其重要原因。

由兵器的自重，想到人品的自尊自重，一时多少修身良言涌上心来："君子自重，人始重之""君子食无求饱，居无求安，敏于事而慎于言"，等等。

难得毛主席十分欣赏这些古训，他在延安时给两个女儿取名，一个叫李敏，一个叫李讷。"敏、讷"二字，显然出自孔子"君子欲讷于言而敏于行"一语。这应当是勉励孩子们长大后说话应当谨慎、稳重，而办事却要果敢、敏捷，做一个多干实事，不说空话、大话、过头话的人。

京剧《锁麟囊·春秋亭》中一段唱词，更是把这道理讲得通俗有趣。

"蠢材问话太潦草，难免怀疑在心梢。你不该人前逞骄傲，不该词费又滔滔。休要噪，且站了，薛良与我去问一遭。"

原来，剧中主人公、富家小姐薛湘灵打发丫鬟去问同为出嫁避雨而相遇的贫家赵小姐，为何痛哭哀啼？不想这丫鬟因年轻气盛、问话潦草而吃了闭门羹。薛小姐便让老成持重的家院再问缘由，家院以诚恳的态度、谦和的言语，三两句话就问出了赵家小姐因贫富悬殊、触景生情而独自悲伤的原因。

由此看来，说话办事，态度诚恳低调好。词费滔滔，爱逞骄傲，多不受人欢迎，有时还容易把事情办砸了。毛泽东在西柏坡曾讲"务必使同志们继续地保持谦虚谨慎、不骄不躁的作风，务必使同志们继续地保持艰苦奋斗的作风"。重温这话，至今还有醍醐灌顶的作用。由此便知，"言忌词锋"、谨言慎行真是一种崇高的修养啊！

色难讥锋

"良言一句三冬暖,恶语伤人六月寒。"

是的,恶语伤人,絮语烦人,善语养人。然而无声的神色、目光、眼风等等不易被人察觉的情绪传递,也往往具有同样的作用。

艺术院校招生,最爱出的考题是:不用任何语言,请你表演出"暗送秋波"与"睥睨对手"两种不同的情感效果。这题妙在既考了学生的语文水平,又考了他们的表演才华。

于是有的考生,一看这几个汉字,就有了答案:"秋波",代指眼睛,像秋水一样深彻的眼睛;"睥睨",斜着眼看人,目中无人。眼睛是心灵的窗口,考生懂其意后表演时自然会在两种不同的神情、目光和眼风上做足文章。

我听盲人讲过,他们在受人施舍时,虽然看不清对方的容貌,有时还听不到对方的声音,但也能从中感受到施主的情有多深、义有多重!

原来,盲人能从施舍者递钱递物时的气流、速度、距离、体温等感受中,觉察出这爱的分量有几何。

到澳大利亚喂过羊驼的人大都有这样的感觉:那羊驼颇通人性,不是衣着整洁的游客喂它,不用精细对味儿的食物哄它,再不然不是蹲(跪)下身体、笑眯眯地将食物送到它嘴边,它是不会接受这份美意的。反会投来一个不屑一顾的眼神,昂首挺胸、转身离去,大有"志士不饮盗泉之水，廉者不受嗟来之食"的气概。这神情眼风，透出的是受尽了世界游人娇惯而养成的"衣来伸手，饭来张口"的优越。

四川蓬安古镇一侧的嘉陵江中，有个太阳岛，岛上水草丰美。每天早上 100 多头水牛都会争先恐后渡江上岛去吃青草。我见过那场景，身强力壮的牛儿跑在最前头，体弱幼小的牛儿落在后头，当众多牛儿登上滩头那一刻，跑前头的一批壮牛总要扭过头来以鄙夷的目光注视那些落后的弱牛。这眼风，透出的又是动物界在物竞天择中造就的"强存弱亡"的自豪。

曹孟德大败西凉马超后，但见远道前来替主说项的张松，形容猥琐、言语不敬，便厉声训斥，乱棍打走，举手投足间透出的是权倾朝野、不可一世的眼风。

关云长镇守荆州时，面对主动上门求婚联姻的东吴使臣诸葛瑾，勃然大怒："吾虎女安肯嫁犬子乎！"言语中透出的是刚愎自用、目空一切的眼风。

王熙凤见了从乡下进得大观园的刘姥姥，言词虽热络，出手虽大方，但花容下露出的是颐指气使、内冷外热的眼风。

阿 Q 对遇事要与自己争强比胜的小 D 大为不满，总想扇他几个嘴巴，脸上显出的是"五十步笑一百步"再加"柿子专挑软的捏"的眼风。

而江竹筠面对特务的严刑拷打，面无惧色，一声不吭，神情中放射出的是不屈不挠、视死如归的浩然之风……

扬雄在《法言·问神》说："故言，心声也；书，心画也。声画形，君子小人见（显现之意）矣。"这便是我们语库中"言为心声"成语的来历。这说明人复杂的内心世界，总会通过语言、文字或者面部表情相对应地表现出来。这无论从生理、心理还是伦理学的角度去分析，都是颇有道理的。如果再运用"反推"的原理去检点我们的内心世界，那么那些正义、高尚、美好的情素（不宜用"愫"），我们当然要存留、催生、繁衍光大；而那些狂妄、世俗、无知的情结，我们就要内外除清，抑制衍生，还一个健康的肌体。

儒家认为"君子泰而不骄，小人骄而不泰""君子坦荡荡，小人长戚戚""人不知，而不愠，不亦君子乎"。这就从传统上印证了古人多重视把修身养性、成就功业集于一体啊！

行避偏锋

打拳讲拳经，击剑讲剑术。原来，我们推崇"重剑无锋"，其中还真有其科学原理。

我们知道，剑与刀的外形是极其相似的，但因重量不同，招法亦不同。刀身宽厚沉重者，刀法以静势为主，以威猛为用；刀身轻便锋利者，刀法以动势为主，以灵巧为用。别的不说，单以菜刀为例，砍骨剁肉以重刀为上，挑筋剔骨以轻刀为好。

重刀忌偏锋，是刀匠造刀的一条行规。因为重刀若配偏锋，一刀下去，偏之毫厘，失之大截。那切肉断物，难有准头。

儒家学术或许从中受到启示，提出了"以正治国，以奇用兵，以无事取天下"的著名论断。

由此观之，走正路、避偏路，才能成就大业。实践证明——

共产党夺取政权，靠武装斗争，农村包围城市，最后推翻"三座大山"是正途；而靠城市暴动，"议会选举"，爆炸暗杀，擒贼擒王之类是偏路。

此番国防和军队改革，以强军目标为引领，以打仗聚焦、创新驱动、整体设计、法制思维、积极稳妥为基本原则是正途；如观念滞后、行事见迟，消积减员、独斗单打，苟全小利、枉赢赞誉是偏路。

当前经济建设，深化体制改革，转变生产模式，调整产业结构，提高创新能力是正途；而片面追求 GDP，放松经济调控能力，忽视生态建设，以拼能源消费为发展代价是偏路。

反腐斗争，以制度建设为本，以提高官德为重，以长期坚持为要，以着力构建不敢腐、不能腐、不想腐的有效机制为当务，是正途；而若靠"官员内斗、亲人反目、情妇翻脸、朋友告密"的招数取胜是偏路。

党内政治生活，重在落实制度，大人雅量，让党员在会上真正"知无不言，言无不尽。实话实说，无话不说"是正途；而滥用民主，信口开河，"当面不说、背后乱说，会上不说、会后乱说，台上不说、台下乱说"则是偏路。

……

社会飞速发展，如同奔行在高速路上的重车，龙绕蛇行是常态，曲线向前很自然。只要我们审时度势，善于总结经验教训，坚持"创新、协调、绿色、开放、共享"的发展理念,就能披坚执锐,攻坚取胜,走向胜利的彼岸。

孔子曰:"君子中庸,小人反中庸。""重剑无锋",防备的是路走偏途,提倡的是践行大道,扎根的是国学沃土,最终目的是开拓前进。

既然如此,谁还会去做这样的"小人"?

刑慎刀锋

后人总结了贞观之治的一条经验:"法贵简而能禁;罚贵轻而必行。"反复品味这句话,仿佛又是对"重剑无锋"的另一番诠释。

贞观三年(公元 629 年),那是盛世唐朝起步阶段,李世民治理的唐帝国创造了一个奇迹,作为全世界人口最多的国家(约 4500 多万),一年判处死刑仅 29 人。这成了封建社会各朝各代有记载的杀人数量最少的年度之一。

然而,更震撼人心的故事还在后头。贞观六年(公元 632 年),死刑犯一年内竟增至 290 人,这让唐太宗大为不快。年终岁末,他批准犯人们回家办理后事,第二年秋天再回来接受行刑,因秋天行刑是那时的惯例。次年 9 月,290 个囚犯全部归还,自觉入监,无一逃亡。

有史书记载,这让李世民很为难堪,一头是法律的威严,一头是人性的拷问。最后,李世民还是酌情重新判处:或释放回家,或改判其他徒刑,总之一个未杀。

当前我国正在努力推进法制社会建设,在各个领域、各行各业都制定了一系列相关的法律法规，这无疑是正确的。但是人们更多的还是欣赏"法崇简、罚崇轻"的理念，因为"法简罚轻"的背后，必定是社会政治清明、人民安居乐业以及社会管理水平大幅度提升。

于是从2007年1月1日起，国家最高法院正式收回死刑核准权，重申"慎用死刑、少杀慎杀"的刑事方针。这无疑昭示的是对人权的日益尊重，对宪法原则的深入贯彻执行，也是防止和减少冤假错案的有效办法之一。

可喜的是这一生杀大权收回后的当年，公众尊重生命的意识明显加强，严重暴力犯罪的人数大为减少。至2017年1月1日，最高人民法院正式收回死刑核准权已满10年，有关数据表明，暴力刑事案件和死刑数量逐年减少，已成常态。

"慎用死刑、少杀慎杀"本是我党一贯的执法方针。据《王震传》作者李慎明（中国社会科学院原副院长、党组副书记、少将军衔）撰文称：延安整风时期，毛主席严厉要求执行"一个不杀，大部不抓"的政策。有的同志很不理解地问："审干中，有的本人都承认自己是叛徒，并出卖过我们的同志，血债累累；也有的明明承认自己是打入我们内部的国民党特务，来刺探我们的情报，为什么不能杀？"毛主席解释说："人头不是韭菜，韭菜割了，还能再长出来。人头割错了，就再也长不出来了。红军肃反时，就有不少同志是屈打成招的。我们再也不能干那样的蠢事了。"

该文还引用了王震将军的另一段话："至于王实味被杀，那是在转战陕北过程中，在与胡宗南部队突然遭遇而大部队有可能被暴露的紧急情况下，一直属队的带队领导临时擅自处置的。这就破坏了毛主席'一个不杀'的严厉规定。事后，毛主席十分气愤地说，'还我一个王实味'。"李慎明同志在撰写该书时，从中央档案馆查阅了当年的相关资料，进一步证实了王震同志的上述说法。

的确如此，天赋人权，人命关天。除罪大恶极、非杀不可者外，我们的法律是不准擅动杀机刀锋的。士不可谩侮，人不可轻杀。林彪余党和"四人帮"及其骨干分子，没有杀；当前一些极为严重的职务犯罪者和贪官污吏也没有杀。这并非是法律的软弱，而是法制社会走向强大的表现。

王的福禄寿

雍正自幼喜读佛典,广交僧衲。继位之后,于政务之暇,降九五之尊,躬身登台讲法,还于本朝 11 年,亲自编纂宣传佛法知识的禅宗语录集——《雍正御选语录》。

该语录中一则讲道:一次,王子问禅师:"食肉者是? 不食肉者是?"师曰:"食肉是王爷的禄,不食肉是王爷的福。"

斯言妙哉。

妙其一,问得好。清室来自游牧民族,过去以肉食为主,那时马背上打天下,常年征战不息,多吃一点肉,能量耗费多,于健康无碍。但自入关后,得了天下,住进了紫禁城,活动少了,再以肉食为主,常办满汉全席,肚里油水积淀太多,显然于健康有害了。王子想已感到,王室成员多数寿命不长,包括几任帝王在内,恐与饮食有关。于是慨然提问,质疑饮食方式,故而问得好,问得妙,问到了一个有趣的大问题。

其二,答得妙。老禅师不明确答复王子,是食肉好,还是不食肉好,而是将两种食道的优劣定势和盘托出,供王子参考——"食肉是王爷的禄,不食肉是王爷的福。"

确当如此。中国古代,生产力低下,物质生活也相对贫乏,因而一般老百姓是吃不起肉的。据《周礼》和《孟子》载,只有天子、诸侯、大夫和七十岁者"方可食肉焉",且有食用的时间规定,即"朔日"(每月初一)须按以上身份之不同,分别食牛、羊、猪和犬肉。《礼记·王制》载:"诸侯无故不杀牛,大夫无故不杀羊,士无故不杀犬豕,庶人无故不食珍。"因而能食肉者,便是一种身份、地位的象征,用今天的话说,也是一种待遇、级别的享受。

故《曹刿论战》中有这样的记载:"十年春,齐师伐我,公将战。曹刿请见。其乡人曰:'肉食者谋之,又何间焉?'刿曰:'肉食者鄙,未能远谋。'乃入见。"

显然,这里的"肉食者"就是指诸侯、大夫一类有地位的阶层。于是老禅师说"食肉是王爷的禄",这话回答得确算是中规中矩了。

老禅师的后一句话——"不食肉是王爷的福",回答得就更加精到了。试想,以食素为主,不食肉、少食油方有利于健康,这在出家人中已成共识,而在王室成员中未必认可。今有老禅师巧妙加以引导,委婉说出不食肉,也就是以吃素为主是王爷的福。这无疑是向王子传播福音。

这一福音，除了具有健康方面的引导外，还有启发王室成员要以德治国、不可滥杀无辜的意义。众人皆知，出家人主张不杀生，不食肉，认为食肉譬如食子，诸畜生皆认我作父母、兄弟、妻子……故而不得杀食。就是"闻杀""教杀""见杀"皆不可为之。然而王室成员玩的是政治，掌管的是政权，不少时候是要破杀戒的。康熙、雍正年间杀人就不少，因此，老禅师劝导王爷不食肉是福分，自是一个重要命题。

其三，联想宽。"王、禅问答"最妙之处还在于可以给人以诸多联想，诸多启示，有众多的哲学含量。以此句式为例，我们可以造出许多类似现代版的"王、禅问答"句子来——

王子问禅师："权大者是？ 权小者是？"师曰："权大是王爷的禄，权小是王爷的福。"

容我加注：权力与责任相关，也与俸禄相连。一般来说，权高、位重、俸禄多，国人求之不得。但权力也是双刃剑，拿着忒大的权力为人民服务，做的事多，影响力大，是王的福；而拿着大权为自己和小集团谋利，方便好使受益大，定是王的祸。故有箴言曰：认清权字，看小我字，放大干字，守住廉字，写正人字。

王子问禅师："钱多者是？ 钱少者是？"师曰："钱多是王爷的禄，钱少是王爷的福。"

我注：钱多易享乐，人穷正奋斗。正所谓："吃喝玩乐寒门少，挥金如土富家多。"

王子问禅师："房大者是？ 房小者是？"师曰："房大是王爷的禄，房小是王爷的福。"

我注：豪宅遭人嫉妒、猜疑，惹出多少事端辛酸。且房大耗费能源多，房小耗费能源少，够住就行了。中国有句俗话叫"知足常乐"。"家财万贯，一日不过三餐；广厦万间，夜眠不过三尺。"孟子亦云："养心莫善于寡欲"。苏格拉底说得更透彻："我们需要得越少，我们越近似神。"每个人都知道，生活简单就快乐，但快乐的人总是寥寥无几。

王子问禅师："有车者是？无车者是？"师曰："有车是王爷的禄，无车是王爷的福。"

我注：汽车本是现代交通工具，私人购车当节制，数量少，排量小，以减少堵塞和污染。配公车、用公车，更当谨慎小心，越权越位求享受，会遭诟病。小布什、克林顿是骑自行车的爱好者，任总统时常在白宫大院骑车转悠；普京与梅德韦杰夫，网上都有二人骑车去开会、办事的照片；伦敦市长鲍里斯·约翰逊更是骑车族，当高官也每天骑车上下班；英国首相戴维·卡梅伦，更因常骑自行车去处理公务，多次遭媒体批评，仍初衷不改。放着公车不坐，偏要骑自行车的干活，除了带头过低碳生活外，更多是认定骑车有益于身心健康，这是多么高尚的理念啊！

王子问禅师："名大者是？名小者是？"师曰："名大者是王爷的禄，名小者是王爷的福。"

我注：名气多与财富、地位相连，在行政、文化、演艺界尤甚，往往名气越大，关注度越高，各项收入也就越丰。但这是好事也是坏事，猴子爬得越高，红屁股就露得越明显。而普通人平日间无论坐卧行走，"红屁股"总是不大容易被人瞧见的。而那些爬得高的人则不同，无论他们穿的是中山装还是燕尾服，一不小心，就可能将自己的"红屁股"暴露在众目睽睽之下。什么不合适的名烟、名表、房子、车子、票子、女人以及吸毒、嫖娼等都暴露出来了。高位与名气，不能管控，害人不浅；小康人家，安分守法，才是福分。虽有作为，但空悬名利才是高人。

回述王子与禅师的问答，又可得出一个二元悖论：食肉者不是王爷的福，仅是王爷的禄；而食素者才是王爷的福，也是王爷的寿，这些见解，已经被现代医学所证实。于是我们又可否这样说：权力、金钱、财富、待遇、名气等，来得正，掌控得好，那不过是你的"禄"，而未必是你的"福"；若是来得不正，用得不好，甚至在权力名位面前随心所欲、任意放纵，那肯定就是祸，就是灾，就是惹事折寿的根苗、元凶。

看看那些被双规的犯罪的官员，规前疑神疑鬼，"闻死刑心惊，见手铐肉跳"，在惊恐中过日子，能不伤害身心吗？规后以至刑后，名声扫地，生活环境以及生活质量大大下降，又能不折阳寿吗？

王的福禄寿，大王、中王、小王、小小王，都当深思啊！

这个与那个

重读鲁迅杂文《这个与那个》，仍有振聋发聩之感。先生巧把两类看似平常而实则重大的社会话题拿来对论——"读经与读史""捧与挖""最先与最后""流产与断种"，使人茅塞顿开，受益匪浅。

吾辈少才，慕迅翁之宏文，仿大师之笔意，借来题目，做成文章，本想发表，但细细一读，终感眼界、笔力相去甚远，大有狗尾续貂之嫌。姑请读者原谅！

官大与官小

叶小文在《论县委书记》(《新华文摘》2015 年第 9 期)文中谈道：一县委书记坐火车从县里出发去北京办事，一路走上去，自感越走越小，到了北京才感觉到自己最小。他再坐火车从北京返回县里，一路走下来，又感越走越大，到了县里，感觉"我最大"。

县委书记相当于部队的团长、政委——中层领导，本无可言其大，也无可言其小。而随着火车的往返，却发现自己的身份在变大变小，此乃身处环境的变换而产生的感觉罢了。

试想，县太爷远行，无论离去还是归来，送行接站的人一定会有。虽说当今有"八项规定"管着，但在自己领地上，虎威总还在。

而去了京城，情况就变了。过去坊间有言："不到深圳不知钱少，不到北京不知官小，不到海南岛不知身体不好。"

北京高官多，县委书记置身其中，如鸡立鹤群，确实不能算大。另再有一些社会服务人员，以为"天子脚下，皇城子民；城有多大，咱有多贵"，在外来人面前爱摆个谱，于是有些官员感到自己处处"最小"，不仅这位县委书记有此体会，可能更高一些领导进京时，也一样会"感同身受"吧。

那么如何认清自己的身份呢？

两位古人做得好。一是范仲淹，庆历三年，官至"参知政事"，相当于今天的国务院副总理。两年后，改革受挫，被贬出京城，远离政治中心，位居州府之任，却能宠辱不惊，激扬文字："居庙堂之高，则忧其民；处江湖之远，则忧其君。"

而君等进京，既无贬官之祸，又无乞讨之忧。暂离小邑，赴京公干，置身宦海，正好体味"居县衙之高，则忧其民；处朝堂之末，则忧其君"。无论进京还是居乡，都须牢记"官感"有大小，而职责重如山啊！

中央领导同志反复指出：县委是执政兴国的"一线指挥部"。那县委书记就是"一线总指挥"了。也有人说："一线一线，国民攸关。为民服务，情高如天。既在位上，责大如天。"

我想，上述要言若是记住了，无论走到哪里，心态都能平和；不管官职大小，总可坦然视之。

二是郑板桥。康熙秀才，雍正举人，乾隆进士。典型的才子县令，一级一级选拔上来的，素以体恤民情，敢于请命著称。他在《潍县署中画竹呈年伯包大中丞括》的诗中言："衙斋卧听萧萧竹，疑是民间疾苦声。些小吾曹州县吏，一枝一叶总关情。"

请看，这里的微微吾曹，小小州县，衙内卧睡，也总关心着百姓的疾苦，多么令人敬佩！

管理学中就有如此类论述：一些极其重要的岗位，不用位高权重者担任，而用位低职专者担任，如企业中的会计、出纳，技术岗位中的机械师便是。世界多个国家都如此，发射卫星、火箭，按动开关的那个关键人物，绝不会是部队的师长、旅长、团长，而一定会是一名年轻有为的士官或精明沉稳的战士。论官职，不过"兵头将尾"而已！

由此可见，官位与责任，并不完全等同。权大与权小，当相对而言之。《西游记》第 31 回说："尿泡虽大无斤两，秤砣虽小压千斤。"北方人讲："萝卜虽小在'背儿'上。"这些话含意悠长。

左边与右边

电影《我们村里的年轻人》，苏里导演，马烽编剧，乔羽作词，郭兰英演唱。真是艺术经典，名家云集了。

然而过去我每每听到那插曲《人说山西好风光》时，总感到歌词表意不准，所言"两山"的方向有问题。原词是：

人说山西好风光，地肥水美五谷香。左手一指太行山，右手一指是吕梁。站在那高处望上一望，你看那汾河的水呀，哗啦啦啦流过我的小村旁……

我们站在地图或者干脆实地一望，上北下南，左西右东，太行、吕梁各在哪里？太行山在我们的右边即东面，吕梁山在我们的左边即西面。那唱词就应当是"左手一指吕梁山，右手一指是太行。"

莫非大腕们写错了、唱错了？

幸好我在山西服役多年，深知北方人特别是文化人怎么确定地理方位：山西地处我国北方，大部分疆土过去属鲜卑、北魏、燕云之地，即少数民族聚居的地方。人们，包括汉人、胡人的景仰力、向心力，不是向北，而是向南。向南才是中心、才是中原、才是发展与希望。因而华人特别是北方人，房屋建筑，最好是坐北朝南；历代皇帝坐朝，一定、必须向南。这种坐北向南、坐高向低，方能傲视群雄、俯观天下的正统方位观念，已经深入他们的血髓，绝对习以为常了。

因而郭兰英才能毫不犹豫地唱出"左手一指太行山，右手一指是吕梁"了。后面再来一句"站在那高处望上一望,你看那汾河的水呀……"自己站在了"高处",再远眺,南向万物尽收眼底,这是何等的骄傲自豪啊!

当然,方位词的左右,是随缘而定、并不稳定的。故向北方人问路,少有答向左、向右走的,大多讲东西南北之向,这就稳当准确得多了。

由此推广开去,我们看问题、办事情,也当找准自己的站立点是否正确。若是自己的方位、立场错了,甚至反了,那也会办出"你东我西"、大相径庭的事情来。

"文革"时期,全国上下乱透了,林彪、"四人帮"还认为乱得不够。当前深化改革,反腐倡廉,有识之士和全国人民衷心拥护,但也有叽叽喳喳的不同声音,我们具体分析原因后就会发现,不注意学习、不调查研究、不掌握情况者有之,而压根儿为了个人的既得利益,而站错了方位、立场的,也有之。

还有对社会管理、公共秩序、文化教育、基层疾苦、群众福利等等敏感问题,因不同原因而产生不同站向,进而发出不同声音的现象,总是在所难免的。

凡此种种社会现象,我们不必大惊小怪。这恰如鲁迅所言:"一本《红楼梦》……经学家看见《易》,道学家看见淫,才子看见缠绵,革命家看见排满,流言家看见宫闱秘事。"

许多时候,我们只要换立场、变角度、调标高后去全面、深入地分析认识问题,也许就豁然开朗了!

月亮与郢都

心理学家告诉我们,甲地至乙地距离的远近、自己与他人交往的亲疏,感情因素至关重要。这在某些时候,甚至可能左右实际情形。

换言之,心情愉快、情况明朗时,距离远也感到近;两人相悦、目标一致时,交往多也感到少。

不是吗? 与恋人聊天,你总感时间不够;中了彩票,开车回家,你说不定还会一路高歌,自感"马蹄"嘚嘚呢!

我曾引用过这则资料:战国时期的小神童宋玉,五六岁时,父亲去郢都(楚国都城)办事,数月未归。时值中秋佳节,一轮明月高照,母亲不禁潸然泪下,便问宋玉:"玉儿,你说是月亮离我们远,还是郢都离我们远呢?"宋玉答道:"当然是月亮离我们远啦! 孩儿只听说有人从郢都来,却从未听说有人从月亮来。母亲不必伤心,父亲很快就会回来的。"果然,三天后,父亲便回家来了。父亲又问:"玉儿,你说郢都离我们近,月亮离我们远,是吗?"宋玉不假思索地答道:"不是,月亮离我们近,郢都离我们远。"父亲大惑不解,宋玉说:"举头见明月,不能见郢都。父亲以后就不要再远去郢都了,免得母亲和孩儿挂念……"

小儿宋玉这样聪明,能说出这般疼人的话,我很怀疑,但感情能左右距离的远近,确是事实。小宋玉为了让母亲免去思念,减少忧愁,盼父早归,因而说郢都比月亮离我们近,这既是事实,又是安慰;

而当父亲返回之后，为挽留父亲不外出，则又说郢都比月亮离我们更远，因为"举头见明月，不能见郢都。父亲以后就不要再远去郢都了，免得母亲和孩儿挂念"。我每每读到这里，不管事实上的真与假，眼睛都会湿润的。

由此便知，感情这东西，是万能的杠杆，一旦具备，远的可以拉近，疏的可以变亲；贱的可以变贵，丑的可以变美。"爱屋及乌""敝帚自珍""情人眼里出西施"就是这意思。宋玉对亲人言，亲人听宋玉话，一家之中，感情、血缘是纽带，话中的科学含量、真实程度如何，我们可以不过多考虑它。

但是一旦跳出这个范围，进入社会管理，比如处理公务、明断是非、评定成绩以至考察使用干部等，就切不可掺入诸多个人的感情因素。故古人云："慈不掌兵，义不理财""气养于内，情慧于中""原情论势，断自本心"（李贽语），等等，都是极有道理的。

读书时，老师对唐宋诗歌作过比较，认为唐诗"多情"，宋诗"含理"，当时不太明白，现在知道了，看苏东坡的《题西林壁》是怎样说的：

"横看成岭侧成峰，远近高低各不同。不识庐山真面目，只缘身在此山中。"

那我们就离开近物，以适当的距离、冷静客观的态度，仔细全面地观察庐山真面目以及其他事物的前世今生吧！

真与假

启功先生的书法,绝对是翰墨一绝,华夏一宝。但他总很轻看自己的作品,从不以"家"自居,更不以此捞钱。生前,平民百姓、司机员工,认识不认识的,只要你想要,他都尽量满足,往往分文不收。

这使人想起四川日报社原党委书记、社长,四川书协主席李半黎。李老"三八式"干部,在世时,节假日、晚饭后总爱头戴鸭舌帽,身穿灰制服,常在报社的大厅里临池泼墨,谁碰见了,不管何方人氏,富贵贫贱,要啥写啥,现场就干,写完才问:"你叫啥名字?"绝对不提钱字。

启功先生尤其可贵的是,对别人假冒他的作品,总是宽以为怀,以仁厚淡定之心对待之。据与他亲近的张恩和先生回忆:十多年前,假冒启功先生的作品已铺天盖地。在北京潘家园,居然三五元钱就可买到一幅。于是有人就问:"怎么分辨你作品的真假?"

他竟然回答说:"写得好的是假的,写得差的是真的。"

这话看似玩笑,实则还真道出了一些实情。原来,造假者为了不让人看出破绽,书写时就十分认真,笔笔到位,字字讲究,处处用功;而启功先生自己书写的作品,往往就比较随便、放松,有些作品就反不如人家写得好了。我手头就有几幅这样的"好作品",我看八成就是冒牌货吧!

假货漂亮,真货普通;假货迷人,真货养人。这或许还是一条识真辨假的有效办法。

金玉其外,败絮其中;真金不镀,镀金不真;香花不艳,艳花不香……这些自然界和人类社会的普遍认识规律,用在当前反腐倡廉斗争中去识别那些人前一套、人后一套,台上一套、台下一套的"两面人",揭穿那些"人生如戏,全靠演技"的投机者,那是非常管用的啊!

内因与外因

有不少这样的人,当看到别人照片拍得好时,就会问:"真不错。你用的是什么相机?"当看到别人照片拍得不好时,又会说:"瞧你这技术,太臭了吧!"而当自己的照片照得好时,很少认为是相机的作用大,多会以为自己的技术高。

这就引出一个有趣的话题来,当一项事业、工作取得一定的成绩后,我们将如何看待内因与外因,即自身与环境的作用呢?

原来,心理学发现,人们总是习惯于将自己的成功过多地归因于自身的努力,即内因的作用;而将自己的失败,又过多地归结为环境的因素,即外部条件不具备所造成。

项羽那样刚强,垓下兵败时还仰天长叹:"吾起兵至今八岁矣!身七十余战,所当者破,所击者服,未尝败北,遂霸有天下。然今卒困于此,此天之亡我,非战之罪也!"似乎这样一喊,便宽慰了自己,心理就平衡得多了。

别看某些明星在领奖台上发表感言时流泪宣称:"归功谁""感谢谁",其实多是礼貌话,其内心未必是这样想的。这从他们后来的言行中便可得到印证。

知道人有这个毛病后，我们自己就要在成绩面前善用"减法"：减掉多余的个人因素，多看环境和他人的功劳。要真正懂得，个人的作用，仅仅是一滴水的能量，只有放进大海里，才能随其翻江倒海，否则早已被蒸发晒干。

而在失败面前，我们又要善用"加法"，多找个人的毛病和教训，少找环境和他人的原因。学学古人的态度："进而思忠，退而思过"，"吾日三省吾身"。千万别把一切过错往别人身上推，往组织头上搁，更不要去强调各种"客观条件不具备"。看看王铁人怎么说的："有条件要上，没有条件创造条件也要上。"

"这个"与"那个"，恰如朝天门前两江交汇处的激流，清者自清，浊者自浊，但只要我们善于引领把控，又可激浊扬清，化弊为利，一路奔腾向前！

礼品与人品

　　人活世上，无论高官显贵，还是普通百姓，最有一件事情难以免俗，那就是"礼尚往来"。

　　以国人礼行典籍著称的《礼记》有云："礼尚往来，往而不来，非礼也；来而不往，亦非礼也。"话已说到这份上，还能不"礼尚往来"吗？

　　有史为证：春秋时期，孔子在家招收弟子开坛讲学，这在当时是一个伟大的创举，引起了鲁国国君鲁定公的注意，便派总管阳虎前去调研。孔子借故不见，阳虎便特意留下一只烤乳猪，孔子见到礼物后，也就只好备礼回访，构成了两者之间的交流。

　　当今中央有"八项规定"，不准用公款请客送礼，不准在社交、会议场合赠送礼物和纪念品等等，正雷厉风行地贯彻执行，全党拥戴，万民点赞,我一千个表示支持和执行。

然则,这并不说明坊间的一切礼尚往来都可以取消。比如帅哥爱上美女,送上一束玫瑰;小妹试探小伙,送上一枚领夹(表示想要给你爱,不知你是否接受);同学毕业,互赠一方手巾(意为我们分别后还能重逢);有作为的一对兄弟伙节日宴饮后,送上一副真皮手套(希望我们彼此都很真实)等等礼赠行为,至今也未曾消停过。假若你自己掏腰包,送朋友、同事其他更为贵重的礼物,纪检机关、社会舆论又何曾指责?

显然,我这要讲的并不是这类正常的礼赠行为,而是非同寻常的送礼故事了。

故事发生在几十年前的几位先辈大人物身上,其结局、效果与口碑,却大不相同。

1945 年 8 月 15 日,日本宣布无条件投降,蒋介石三邀毛泽东亲临重庆进行和平谈判。8 月 28 日下午 3 时 37 分,毛泽东从延安起飞的飞机降落至重庆九龙坡机场,前来迎接的陪都文化界人士代表郭沫若在与毛泽东握手时发现:毛泽东手腕上居然没有戴表。在那个年代,手表非常时髦,甚至是身份与地位的象征。党国大员、社会贤达谁没有一块高级手表或带金链的怀表。毛泽东如此清贫俭约,让郭沫若深受感动。他预感毛泽东即将在重庆度过紧张而险恶的日日夜夜,而没有一块手表看时间,那是多么不方便啊!

于是,9 月 3 日下午,当毛泽东在他的下榻处桂园接见重庆文化界人士时,激动万分的郭沫若便情不自禁地从自己腕上摘下手表,当着翦伯赞、冯乃超、周谷城等社会名人的面,双手送到毛泽东面前。毛并未感到意外,当众欣然将手表戴在了手腕上。

这是一块欧米茄机械表,外壳为圆形,表径为 4 厘米,表盘字形"12"的数字下,有"Q"符号和"OMEGA"字样,表带为棕色牛皮制,产自世界钟表王国瑞士。关于这块表的来历,一说为郭沫若游历欧洲时所购,一说是在此前不久的 1945 年夏天郭应邀访苏时,由苏联朋友所赠。

一块欧米茄手表,礼物不轻,价值不菲。一方送得真诚,一方收得坦然,收受方且佩戴终身,直至 31 年后他老人家逝世,此表才辗转送到了韶山博物馆。(见《毛泽东遗物事典》)

此表的赠送,成了毛、郭友谊的一段美谈。奥秘何在? 我以为那就是老朋友间的惺惺相惜,心灵相通,志向相符。送者情之灼灼,收者义之绵绵。这其中,既无它念,更无旁思! 只有志同道合者的相互理解、支持、鼓励与帮助。正如毛泽东自己说得好:"谅解、支援、友谊,比什么都重要。"

我们知道,毛、郭均为诗人,又同为革命者。那是 1926 年春天,在大革命中心的广州,时任中山大学文学院院长、并即将出任国民革命军总政治部秘书长、总政治部副主任的郭沫若,在全国农民运动委员会主席林伯渠的寓所里见到了一位身材瘦高、两眼炯炯有神的客人。客人主动迎上前去热情地作自我介绍:"我是毛泽东。"郭沫若一听站在自己面前的竟是大名鼎鼎的国民党中央宣传部代理部长毛泽东,甚是高兴,赶忙紧紧握手说:"我是郭沫若。"两位不期而遇的客人,都久闻对方的诗名、革命者的大名,不意在这里首次谋面,交谈甚欢,从此结下友谊。

八年抗战中,毛郭二人,一个在延安,一个在重庆,交往不多,但心心相通。郭沫若的宏文《甲申三百年祭》被毛泽东列为延安整风必读文件,其剧作《屈原》《孔雀胆》《棠棣之花》也深受毛泽东称赞。郭沫若还利用国民革命政府文化委员会主任的职务,协助周恩来在重庆为宣传共产党、八路军团结抗战的政策,做了大量工作。如今老友见面,相送礼品,送得有理,送得入情,送出了"棠棣之花,萼胚依依"的新篇章!

另有一份礼物,却送得不识时务了。

送礼人,一军团长林彪;收礼人,井冈山斗争时期的毛泽东。

据著名军旅作家吴东峰在《开国将军轶事》中载:井冈山斗争时期,红一军团34师参谋处长陈士榘,在一次反围剿的战斗中缴获一女式袖珍手枪,不知何国所造,类似"掌中宝",枪身镀金,精美绝伦。陈士榘恪守"一切缴获要归公"的纪律,把它交给了军团长林彪。林彪甚喜,把玩再三,还是割爱转送给了毛泽东。毛得枪后,弃之于地,曰:"吾用此物,红军休矣!"

毛并非不通情达理之人。同在该书中,吴东峰还谈道:1938年3月17日,陈士榘负伤,为日军炮弹所炸,头、胳臂、腿、耳九处伤口严重,转延安拐峁军队医院治疗。某日,一骑马女战士英姿飒爽,风情卓越,送一慰问信和二百元现金至。信封书"陈士榘同志启",落款处为毛泽东手笔,送信人,正是江青!

原来，毛泽东得知陈士榘负伤住院后，便派热恋中的江青亲自送信送钱慰问。而为何林彪送上的玲珑手枪受到毛主席如此冷遇呢？一言以蔽之：毛泽东，大军事家，大战略家，他一生不喜弄枪玩炮，因为他胸中自有百万雄兵。他运筹帷幄，指挥若定，用兵如神。枪，再精美无比的手枪，于他何用？这一点，颇似诸葛亮，一生只坐车，不骑马，更不冲锋陷阵。因此，完全可以判断，毛泽东不收林彪送的枪，是他自信、刚毅、潇洒、高远的表现，是一代伟人的风范所在。在这一点上，当时还嫩了点的林彪，自不可理喻。

　　毛泽东的这种风格，与他后来不接受大元帅军衔是一致的。1955年受衔时，他面对大元帅戎装风趣地说："根据国际国内的经验，我这个大元帅就不要了，让我穿上大元帅的制服，多不舒服嘛！到群众中去讲话、活动也不方便。"（见《铁血军史》）

　　礼品连着人品，礼品连着祸福。在礼品的背后，或许是人情，或许是友谊，或许是思念，或许是回报，或许是财富，或许是玄机，或许是陷阱祸水……

　　人生谁不送礼？谁又不收礼？关键是这礼品是自掏腰包还是花了公家的钱，这是分水岭之一。还有这礼品送得是否合宜，是否符合双方身份，这又与送礼者的品位学识有关。再则这送礼背后是友谊第一，还是另有目的，等等，都有纪律人品和修养的考量。

　　这真是：水至清则无鱼，水至浑则死鱼，当清则清、当浑则浑才养鱼啊！

离开书房读书

这是关于如何读书的一个话题。

大艺术家陈丹青好像说过：读书和艺术是一件很安静的事情，怎么好意思随便说出来。只怪朋友要拉我去讲课，定了这个话题，我才一着急讲了出去的。

我说，世间万事万物，相辅相成者多。国人有"五行相生"说，如"土生金、金生水、水生木"便是。而洋人对这一观点的运用，也甚为精妙。奥巴马夫人米歇尔去买花，花店老板说："你真幸运，嫁给了一位总统！"她微微一笑说："我嫁给你，你也会是总统的！"

我又说，与相辅相成相对立的，就是"相反相成"，也叫"相悖相成"。对这意思最好的注释，要算司马迁了。他在《报任安书》中说：

"盖文王拘而演《周易》；仲尼厄而作《春秋》；屈原放逐，乃赋《离骚》；左丘失明，厥有《国语》；孙子膑脚，《兵法》修列；不韦迁蜀，世传《吕览》；韩非囚秦，《说难》《孤愤》；《诗》三百篇，大抵贤圣发愤之所为作也。"

当年毛主席在"七千人大会"上，教育各级领导干部要善于在逆境中工作、生活时，顺口就背出这段话来。党内几人不知，几人不晓？

我随后才说，离开书房读书，虽不如前述内容那么紧要，但也同样有着几分哲理。现在回想起来，甚是纠结。一身漂泊，几次搬家，每次入住时，都想把书房安顿得像个样子。无论是房间的大小、朝向，还是室内的格局安排，包括书籍、电脑、音响、文具摆件的购置与搁放，都是精心设计、颇费思量的。心想，文人嘛，读书、写作时间居多，何不学学邻国"先军政策"的思路，在条件许可的情况下把书房布置得像个样子呢？然而实践证明，这一切都错了！

我接着又说，最不该买的就是电脑，特别是联上了光纤，升级为宽带后，各类信息如潮水般涌来。早上起床第一件事，就是惦记开机，浏览网页。这种浏览，内容丰富，漫无边际，奇正俱收，轻松愉快，几十分钟一晃而过。原先选定要读的书籍，虽放案头，伸手可得，但从此却冷落得灰尘满面，疏如路人。于是我很快意识到，用这样的方法去代替读书，那真是小猫钓鱼了：定不下心，聚不了神。一年半载下来，说得出名目的书籍，没读上几本。满脑子装的尽是社会上的家长里短，毫无意义且年年争说的"伪话题"。这莫非就是人们常说的"浅阅读"、"泛学习"了，我决不入此圈套。

我自以为聪明，采用了网上"份额阅读法"，即浏览新闻杂趣，占较少时间；阅读中外名著、重要文章，占较多时间。为了提高阅读兴趣，我还采取图文结合、视听交替的办法进行：读一段时间文字，看一会儿视频，听一会儿音乐。我自以为这是现代文明赐给我们的"快乐学习法"，悠哉乐哉！

但我很快意识到，上帝是决不会让你就这样轻易学到知识的。读书本是"啃酸果"，太轻松愉快了，不对劲。一段时间后，我发现对着显示屏看久了，眼睛难受。更糟糕的是，身在居室，累赘太多：远近朋友来了，你得开门吧；案上电话响了，你得接听吧；一次次千奇百怪的信息诈骗打扰，令人生气吧；某些室内本可兼顾的生活小事，你不能完全抛开吧。

这使我想起了赵树理小说《小二黑结婚》中的一个情节：三仙姑为找上门来的信徒跳大神，跳着跳着，想起了锅里的小米粥还熬着哩，于是就对女儿小芹小声说道："米烂了！"此事一经传开，成为笑话。这三仙姑在装神弄鬼时，还忘不了俗事。何况我等是凡人，读书时，不能眼前啥事都不管呀！

一番痛苦折腾后，我决定走出书房去读书，其格局大体是这样：春夏天亮早，曙光初露时，我已进入公园或小区的树林中，集中精力读书一小时以上。若节假日无大事，一早入公园，藏于树荫下，一本书，一壶水，一读小半天，人不解其意，我却知其乐。此种读书方法，可避其纷扰，聚其精神，专心于一书一文，绝无其他阅读内容、方式可调换，死钻硬啃，手中书文未看完，未读懂，未学出几分成色，未找到某种感觉或者未尝到某种滋味时，绝不换新！

日久天长，白露为霜；清风为友，浓荫为裳；鸟啼为伴，雁阵为行。在经年累月中，手里总有一本书在读，心中总有书上的几句话在翻。读得是否痴迷？坚持得是否自觉？天地日月，可以为证！

自从退休后，书与人结合得更紧了，时间的安排更灵活充分了。走出书房读书，自带茶水读书，关掉手机读书，藏于闹市读书，伴随着大嫂大妈的"小苹果"舞曲读书，置身于大哥大爷的鸟鸣莺啼读书，不带任何功利目的读书……这或许便是退休生活的一种方式，一种追求，一种境界，也是有效的读书方法吧！

感奋之余又想，这离开书房读书，对于志存高远者，是否还有更高的境界、更大的追求呢？

周恩来青年时期在南开学校读书时，曾撰一联："与有肝胆人共事，从无字句处读书。"这"无字句处读书"是否就是离开书斋学知识，投身社会干事业呢！

难怪我国著名教育家陶行知先生说得更透彻："花草是活书，树木是活书，飞禽、走兽、小虫、微生物是活书，山川湖海、风云雷电、天体运行都是活书。活的人、活的问题、活的文化、活的世界、活的宇宙、活的变化，都是活的知识宝库，都是活的书。"

由此看来，读活书，读无字书，读社会实践这本更大的书，意义更深远。

不是吗？屈原蹒跚汨罗江，读的是活书；李白、杜甫泛舟江汉湖泽，读的是活书；陆游、辛弃疾执剑击狂胡，读的是活书；林则徐、关天培虎门销鸦片，读的是活书；毛泽东吟诗出韶山、朱德仞马太行侧、陈毅笑傲梅岭关，等等，莫不读的是活书！

讲到这里，我才发现陈丹青的话多有道理：这读书的事情，绝不是一个简单的事情。教室、书斋读有字书，此为基础，自不可少，功不可没；社会实践读无字书，经受锻炼，搏击风云，增长知识，以成大业；电脑手机上，忙里偷闲，看新闻，览时事，浅阅读，泛读书，此为巧读书。

当今社会人，谁没有此经历和爱好？若有时间和机缘，走出书斋，离开电脑，丢下杂事，独自到自己喜爱的某公园、某茶社、某角落、某个别人不曾关注的地方，平心静气地、专心致志地、毫无打扰地读上几个小时你最爱读的书，且能长期坚持下去，那就是再好不过的事情了。这种爱好，这种修为，这种在怡情养性之中增长知识的办法，你若不体会一番，真可惜了！

又回来鼓动人离开书房读书了，那要书房干什么？要图书馆、资料室干什么？"杀猪杀屁股，各有各的杀法。"读书安静、自主性极强的事情，何须人多言。确实，陈丹青的话没有错！

说话也难

这里所说的"说话",并不是登台演讲,也不是长篇报告,更不是节目主持之类,要字正腔圆,全面得体,而是普普通通、平平常常的随便问话、答话之类,要说得左右逢源,滴水不漏,也不是一件容易的事。

难怪多少年前,作家池莉小姐就有一文——《学说话》颇有影响。她认为,"说话始终是一件非常不容易的事情……同行之间,不会说话,多少就要受到冷落和压抑",云云。

比如,子路问孔子什么是忧,什么是乐的问题。一般人肯定会这样回答:"衣食足,且无忧;儿孙多,且有乐",等等。

然而圣人就是圣人,孔子这样回答:"君子未得官前,乐其意;得官之后,乐其治,而有终身之乐。小人未得需要时,忧其不得,而得后又忧失。因而有终身之忧,而无一日之乐也!"

这话说得太好了,既可以立即检查自己的思想境界,又可以让自己浮想联翩,与"君子坦荡荡,小人长戚戚"联系起来思考,受益匪浅,对说这话的人更是敬佩有加。

如何让说话得体,且让人爱听,我经过仔细分析,大约有三种情况应当注意。

一是"上问下答"。比如某领导到某地检查工作,劈头就问该地属官:"辖区内社会治安如何? 大中型企业经济效益如何?"本来据实回答就是了,但实际情况未必如此。如何是好? 附耳过来,我告诉你一个办法。

你记得战国末期的宋玉吗? 对! 就是那个小神童。他五六岁时,父亲去郢都(楚国都城)办事,数月未归。时值中秋佳节,一轮明月高照,母亲不禁潜然泪下,便问宋玉:"玉儿,你说是月亮离我们远,还是郢都离我们远呢?"宋玉答道:"当然是月亮离我们远啦! 孩儿只听说有人从郢都来,却从未听说有人从月亮来。母亲不必伤心,父亲很快就会回来的。"果然,三天后,父亲便回来了。其父又问:"玉儿,你说郢都比月亮离我们更近,是吗?"宋玉不假思索地答道:"不对,郢都比月亮离我们更远。"父亲大惑不解,宋玉却说:"举头见明月,不能见郢都。父亲以后不要再去郢都了,免得母亲和孩儿挂念。"

同志哥,这故事你听懂了吗? 就是说,你答话的内容左说右说、正说反说都不要紧,关键是一定要真正领会领导的意图,说到其心坎上,帮他解除忧愁。否则,你就是"不审势即宽严皆误,后来'处事'要当心"啊!

二是"下问上答"。生活和工作中,我们许多同志都处于一种"链条环节",你可能是某些人的下级,又同时可能是某些人的上级。"下问上答"的责任,你也同样可能承担。比如,不识趣的下级向你要官职、待遇之类,这类答话很敏感,可否这样处理:

公元前 201 年,汉高祖刘邦分封功臣,文臣武将们都想趁此捞一把。而谋士兼"后勤部长"的萧何把这事看得最淡,结果所得位置最尊——封侯,任相国,食邑万户。众功臣不服气,对刘邦说:"臣等披坚执锐,多者百余战,少者数十合。而萧何仅通文墨而已,未有汗马功劳,为何位居群臣之上?"刘邦拉下脸来回答了这个问题:"你们见过打猎吗?那追杀野兽狡兔的是什么呢?猎狗也!而放猎狗去完成追杀任务的又是什么呢?猎人也!你们不过是跑得最欢的'功狗'罢了,而那萧何却是指挥你们去完成追杀任务的'功人'哩,如何比得!"看看,这生动有趣的回答告诉了你这样一个道理:那既做了重要工作而又不伸手要这要那的,则是"功人"了;虽做过一点工作却讨官要爵的,活该遭训了,其智慧、情操也与"功人"差得远呢!对这些有非分之想的部下,当头一棒打回去,也确是可以考虑的。

三是"平问平答"。你哥子巧言令色,且又手握大权,同行自然群起而攻之,使你处于一种"如芒在背"的境地。出现这种局面,你又如何回答各种刁钻古怪的问题呢?作家池莉告诉了你一个范例,可供参考。

两位著名的洋作家,一贯十分敌对。一次他们同去参加一个舞会,冤家路窄,两人在花园小径上迎面相撞了。其中一位站在小径中间傲慢地说："我绝不给一个无耻下流的流氓让路！"另一位作家却从小径上退了下来，冷静地说："我却让。"想一想，这个结局就可能给人造成这样的联想：自己不是"无耻下流的流氓"，而是别人。一句用心险恶的起问，却得到了以毒攻毒的反击！这是否可以作为回敬对手而又保护自己的"平问平答"的好办法呢。

美国总统凡娱乐时，也和普通民众是一样的。一次，里根陪夫人南希一同去看演出，南希不小心离座起立鼓掌时，被身下的凳子绊倒了，台下一阵大笑。作为同是观众的里根随即站起来说："亲爱的夫人，若是哪天我演讲时台下没有掌声，你能这么一摔，那就太给力了！"（亲爱的，不是说好了，当我的演说没有任何掌声的时候，你才来这一手吗？）

原来，善意的幽默也是回应不礼貌的笑声掌声的一杯甘草汤。

答话不易

写完《说话也难》，停笔四顾心茫然。

我以为说话要得体、对路，固然不是一件容易事，但相对于"答话""对话"而言，其难度还是要小些。因为说话的"语境"毕竟要宽泛一些，而答话则常使人有入窄胡同之感。

比如"吟对"之人就有体会，出上联较易，答下联较难。1949 年 10 月 14 日，国民党又一次将残存的"国民政府"迁设于重庆，张群见到周恩来脱口就是一句："四川重庆成都"。周公明白，这不仅仅是三个地域名词，而且是一句别有用心的上联，但一时苦思冥想也未答出针锋相对的下联来，多年后有人谈起这事，周总理都引以为憾。

那么如何答话好？随手翻开《论语》，蓦然发现孔子的学生曾皙就是答话的高手。

《先进篇》里说：一天，孔子的弟子子路、曾皙、冉有、公西华侍坐于老师身旁。孔子一番"毋吾以也"的谦虚后，就动员弟子们谈谈各自的志向。

子路第一个发言。这个素有"军事专家"美称的学生坦率地说："要是给我一个'千乘之国'治理，它周边环境并不安宁，内部还有饥荒，但我只要三年时间，就可以使这个国家的臣民英勇善战，而且遵守礼仪。"孔子听后，笑了笑。

接着，孔子又让冉有发言。冉有说："一个方圆六七十里或更小一点的国家，让我去治理，只要三年时间，这个国家就能达到温饱水平，至于要让人民懂得'礼乐'嘛，那就得另请高手了。"显然，冉有答话的口气就小了许多。

孔子又让公西华发言，公西华更谦虚了。他说："不敢讲我能做什么，但是愿意学习。学什么呢？比如在宗庙祭祀或与别国的盟会中，穿着礼服，做一个小小的司仪。"

最后，孔子让曾皙发言了。正在弹琴的曾皙缓缓收住琴音，站起来不慌不忙地说："老师，我与他们三位所说的不一样啊！"接着讲了一通什么暮春时节，换上春衣，随一群青少年去沂河里洗洗澡，在舞雩台上吹吹风，然后一路唱着歌儿走回来之类的闲情淡话。

你可千万别小看了曾皙的这番答话，此话正好说到了老师的心窝里。于是孔子当即大加赞扬："哈哈！我是支持曾皙观点的！"

我不想研究孔子这段时间是否因"道不行"而在闹"思想情绪"，还是另有更高层次的治国之策，但仅就曾皙的答话艺术而言，就使我们不能不想到，答话确是一门技术活，真要下功夫练练。

你看，子路等三人答话时，他在一旁弹琴，孔子自然不好意思让他第一个发言。你弹琴也就专心静气地弹吧，乃师不是早有教诲，雅乐可以使人"三月不知肉味"吗？然而"醉翁之意不在酒"，在乎别人答话的内容上、乃师听话的态度上。果然，前三人的答话全然不对乃师的胃口，一个个碰了软钉子，悻悻然败下阵来，再蠢的人也懂得：老师想听的不是那一套"大话"！那就赶快改弦更张吧！于是来了段"浴乎沂……咏而归"之类的"低调发言"，终于以"标准答案"赢得乃师的欢心！

由此得知，答话的奥妙之一，就在于"不为言者先，稳求人之后"。别人发表高见时，你完全可以看看报纸，品品香茶，借机观察、琢磨一下问话人"支持不支持，赞成不赞成，高兴不高兴，答应不答应"。如果问话人"支持讲""赞成说""高兴听""答应办"的，咱们就大讲特讲，大说特说，不说白不说；如果问话人不支持讲，不赞成说，不高兴听，不答应办的，咱们就不讲不说，半句也不说；说过了也收回来，等于没有说。如果硬要你说，不要紧，因为"有言在言"，前车可鉴，这就非常好说——准保说到问话人心窝里——你的话算是没有白说！说话的标准莫非就在这里？

是的。比如上级下来召开座谈会，考察"一班人"理论学习情况，廉政建设情况，财产申报情况之类，你就不妨先听听别人发言，然后再说话。如果硬要你"打头炮"，你就可向京剧《苏三起解》里的押差崇公道老伯学习。

戏开始后,崇公道面对狱官说:"苏三起解啦,请把公文赏下吧。"狱官念公文道:"长解一名崇公道。"崇公道答:"有。"狱官道:"护解一名崇公道。"答:"有。"狱官道:"嘿,我说你一个人怎么当两个人的差事?"答:"老爷,没你不圣明的。这趟差事有点苦,上一个人不够干,上两个人又有点富余,况且又是个女犯,没有什么油水,所以就让我一人干了。你干脆就招一招手,我就过去啦。"谁都明白,这是吃空饷,是贪污。可崇公道答话委婉,以"情"动人,哀兵制胜,也让狱官落了个人情,自己又占了便宜,顺利过关。这话就答得有水平。

更有水平的是到了会审大堂上,面对按院大人诸官,文书念公文道:"长解一名崇公道。"崇公道:"有。"文书:"护解一名崇公道。"答:"有。"按院大人:"长解是你,护解又是你,一人担当二役,分明是一刁棍。扯下去打了!"崇公道:"且慢! 小人有话回禀。文书上面有小人的名字,方敢答应。无小人的名字,不敢答应。请三位大人详察。"堂上三位大人同应:"长解回明,其刑可免!"这崇公道一顿屁股也就真免了。

原因何在? 崇公道话答得好,天衣无缝。怎么好法? 这老头第一次答话,用的是"实话实说",以情取胜。第二次答话用的是"上推下御",巧示后台,以"理"取胜。当按院大人直问为何二差同派一人时,崇公道"王顾左右而言他",把话题引向别处。意思是差事不是我派的,名字不是我写上去的,要查,你们当找洪洞县衙去,与我有多大关系?

聪明的大人们谁不懂得,纵有猫腻,并无恶果,官场水深,得过且过,多一事不如少一事。于是同声应道:"长解回明,其刑可免!"大家都落得好人了。

茶八话七

近读古人诗话，方知写诗很讲究含蓄不露，平和内敛。宋人魏庆之在《诗人玉屑》中说，写诗"用意十分，下语三分，下语三分，可见风雅；下语六分，可追李杜；下语十分，晚唐之作也!"一言以蔽之，写诗用意要精深，下语要平易，才容易出精品。

此话很有道理，也岂只作诗而已，为人处事也当参考。儒学主张"中正平和"，雅人讲究"茶八话七"。因为茶满则溢，话满则过。事办过头了，后遗症就多，后人难得收场处理。

比如小伙子向姑娘求爱，据说最准确的语言是："我爱你。"假如小伙子说："我最爱你。"姑娘可能理解为："莫非你还同时爱有其他女人?"假如小伙子又说："我真爱你!"姑娘又可能理解为"莫非你还假爱过我?"假如小伙子赌咒发誓说:"我真真真爱你!我最最最爱你!我爱你爱成'发烧友',体温升到100℃!"姑娘这时一定明白了:"原来你神经不正常。对不起,拜拜!"

王麻子剪刀,北京传统名牌产品。据说有一段时间,真真假假铺排上市——"老王麻子剪刀""祖传正宗老王麻子剪刀""天字第一号老资格王麻子剪刀""天下唯一,人间独有,举世无双之老老王麻子剪刀"。假如我去购买,就只要"王麻子剪刀"。

减肥乃时尚,国人多神之。于是有了减肥药,继而有了"包减肥新药""减肥无效包退包赔(药)""日服1克,减肥2两(药)""一月减肥8斤,腰围减少6寸(药)""绝对天然物质,不厌食、不腹泻、不乏力,包你成为赵飞燕(药)"。假如真有此药,"楚王"九泉当高歌,厂方早获"诺贝尔医学奖"!

"商女不知亡国恨,隔江犹唱后庭花。"太平盛世可贺,靡靡之音、狂歌劲舞响彻长城内外;文化信马由缰,影星、歌星、笑星、球星走穴大江南北。有人且又"天马行空,独往独来";漫天要价,霸道横行。这起因似乎也与言过其实的宣传有关:"歌星""大腕""著名歌星""国际级著名歌星""本年度国际国内票房收入最高之著名歌星"、"敢唱、敢露,敢拥抱、敢接吻,'此曲只应天上有,人间能得几回闻',有幸听一曲、三月厌肉味之响彻云霄之超级大歌星!"须知,过犹不及。对此类明星,有头脑的人从不买账。

近读流沙河散文《诗界五品制》,受益匪浅。先生以辛辣的笔调讽刺了那种滥给诗人"戴高帽子"的时弊。他依次归为:国际知名诗人——著名诗人——诗人——诗作者——广大诗歌爱好者。

他说:"一品到五品,从高排到低,尊卑井然有序,暗合周公古礼。

不过,这五品的名称长短不齐,长到七字,短到两字,不统一。还有,前三品是人,后二品是者,也不统一。建议改称诗公、诗侯、诗伯、诗子、诗男,冠姓于前。例如,艾诗公啦,臧诗公啦,邵诗侯啦,公诗侯啦,舒诗侯啦,流诗伯啦等等。这样正名,叫起顺口,排字省工,填表醒目,且有助于振兴国粹,让洋人看了眼红。"

忆"文革",咱们早尝过"四个伟大""最最最"等"副词"之苦头。毛泽东同志对"高帽子公司"也颇为反感,并身体力行反对之。近来受命修史,读1986年《胡乔木关于辞书重要人物条目不用颂扬性评价语问题给中央政治局常委的信》,更使人耳聪目明。他建议《中国大百科全书》和其他辞书的重要人物条目释文,各种代表性著作(如《毛泽东文选》《邓小平文选》)的注释,一律不用"伟大的无产阶级革命家""最有威望、杰出、卓越"一类形容词。他说:"这种写法除可减少争议、减轻中央领导人负担外,还有利于避免已故者、现任者、未来者评价悬殊所引起的不良影响。"邓小平同志批示:"我赞成。"其他常委圈阅同意。

原来,列宁在给《格拉纳特百科词典》所写的《卡尔·马克思》的著名条目中,就仅有导师简要的传略,并无其他颂扬性语言。在《简明不列颠百科全书》中,美方所编华盛顿、罗斯福词条的身份陈述语分别为:"美国将军、政治家,首届总统。""美国第32届总统,曾连任3次,任职13年。"我方所编毛泽东条目为:"中国最主要的马克思主义革命家、战略家和理论家,中国共产党、中国人民解放军和中华人民共和国的主要缔造者"。看看,何等扼要持重,言简意赅啊!纵比伟人,横比自己,喜戴大红大紫高帽子的歌星、影星、笑星、球星,能不汗颜吗?胡扯神吹产品质量的厂家、商家、广告家,能不羞赧吗?

霞满升空

风物篇

鸿雁喜蓝天为伍，大鹏量云程为乐。落霞与孤鹜齐飞，秋水共长天一色。

春去秋来，寥廓蓝天，征鸿盘空，倏隐倏显。极云霄之缥缈，序雁阵之行伴。观碧空之瑰景，叹风物之人间——

城镇繁华人如海，铁路公路车如帆。青山座座如棋布，炊烟袅袅社林边。这旁园圃菜蔬绿，那边田筹菽浪翻。钓翁江边走，顽童笛声欢。人间风物这般好，般般景象看不完……

我在黔江观山景

我正在黔江观山景，耳听得八方起回声：

如果说武陵山水甲华夏，那么黔江山水则甲武陵；如果说武陵山水是华夏风光的一顶皇冠，那么，黔江山水则是这顶皇冠头上一颗最为耀眼的明珠！

美景何人造？盛衰岂无凭！天地且作答，空谷传足音。

万壑有声

黔江位于武陵山腹地，其"武陵胜景"可不是打个擦边球、挂个虚名而已，那"山水林石江湖洞"的各样景物，可以说是美够了滋味，美出了品格。你仅看那千姿百态的石，大义凛然的山，深不可测的壑，就让人有回回看不够，始终看不透，看了还想看之感。

我们的采访直奔主题。首先参观城区东南方向的一条大峡谷，一个以土家语"芭拉胡"命名的城市大峡谷。

此时天布阳和，群峰披金，深谷滴翠，浅街如洗。站在巨型石壁观音画像对面的观景台上，我顿时想起宋人王禹偁"万壑有声含晚籁，数峰无语立斜阳"的诗句。在这充满禅味的肃穆宁和的氛围中，我们认真倾听着导游小姐深入细致的讲述。

原来，黔江有老城、新城之分。老城区修建在城西的小平坝上，这里因地势平坦、土地肥美而成为建城安家的理想之地。但在前些年城市扩容选址时，黔江的决策者们却不按常规出牌，不往城西的平坦之地发展，而向城东南方向的山陵之地进军，居然瞄准了一条幽深狭长的大峡谷搞建设，几年间悄没声儿地在这峡谷两岸的"肩头"上，造出了一座别具风貌的新城！

黔江建设者们这一"反弹琵琶"不要紧，竟然"反"出了一座东方式的卢森堡，"反"出了一座世界级的峡谷城！

以幽谷深壑著称的地貌我见过不少：比如当年刘邦项羽两军对峙的千古鸿沟楚河汉界，山西平型关下——五师伏击日本板垣师团的黄土大深沟，西藏雅鲁藏布江的马蹄形大峡谷和美国的拉斯维加斯大峡谷……而其中的马蹄形大峡谷因不通公路最难光顾，我还乘坐军用黑鹰直升机盘旋上下，深入考察，并通过新华社向世人作过报道。

但我实在地说，这些大峡谷要么远离人烟，野性十足；要么血腥味甚重，鼓角声尚存。卢森堡的城市大峡谷好些，但因身居闹市中心，这公国又地寡人多，游者如潮，与其说去看谷，不如说去看人，峡谷景象完全淹没在人海之中，恰如吾国节假日的车站码头，拥挤不堪，观景心情减去大半。

然而这里的峡谷城绝然不同，它有谷有河，有山有水，有城有人气，各项元素搭配极为合理，且景观地设天造，让人目不暇接。

我们行走在大峡谷的栈道木梯上，栈道虽险峭，但有惊无险；峡谷虽不长，但神龙见首不见尾。导游小姐说，这峡谷均是典型的喀斯特地貌，它们已横跨 7 个地质年代，全长 10 余公里，平均垂直落差 500 余米。在这极为奇美而又宝贵的谷地上下，有关部门已规划出建设面积 7.4 平方公里，现已建成面积 15 万平方米，而景观、休憩建筑面积竟达 2.5 万平方米。于是在这峡谷城中便出现了融山、洞、峡、瀑布、湿地、森林、街道、佛教文化以及土苗汉风情于一体的奇特景象。其中那悬刻于断崖峭壁之上的巨幅观音浮像，为唐代文物，身高 123 余米，世属罕见。还有那巍立于孤峰之上的文峰宝塔，生就于峡谷两岸的"孝子遇仙""酉阳夕照""孙猴望月"，以及刚刚落成的"天街别院""飞桥跨山""玻璃长廊"等等现代建筑，无不让人叹为观止！我想，幸之大幸啊！这里的大峡谷不是生在重庆、万州等繁华闹市之中，没有让开发商无节制地修房建屋，目前还处在适度建造的掌控之中。

原来，黔江建设决策者们坚持了一个理念：楼景不与谷景争视线,开发不与自然争高低。只有坚持合理开发利用,手下留情,心中不贪,才能永葆这城市大峡谷的风采,永葆这城中大盆景的活力,永葆这人与大自然的长期和谐生存!

这才是当今城市发展的要言妙道,也是这黔江城市大峡谷建设理念的意义所在!

欸乃传情

黔江城北的名牌风景胜地——小南海,是我们游黔的必到之地。我爱那里的山青、水绿、石静、人秀、歌美,因为这些恬美风光中天生就有几分禅意。几年前,渝黔高速公路修通时,我为其收费站撰写的楹联是:"阿蓬江可寻渔父;小南海自有观音。"

小南海原名小瀛海,本是一个美丽的高山堰塞湖,是那场地震留下的永久性的纪念。在那次地震中,这"大地宝宝"的脾气也忒大了一点,它活生生炸裂山川,撕开山脊,掀动巨石,堵住江河,瞬间便营造出一个偌大的人工湖泊来。

清《黔江县志》生动地记载了这次大地震:"清咸丰六年(公元1856年)夏五月,壬子,地大震,后坝乡山崩。先数日,日光暗淡,地气蒸郁异常,是日弥甚。辰巳间,忽大声如雷震,室宇晃摇,势欲倾倒,屋瓦皆飞,池波涌立,民惊号走出,仆地不能起立。后坝许家湾……溪口遂被湮塞。厥后,盛夏雨水,溪涨不通,潴为大泽,延袤二十余里……适浸寺址,四面汪洋,宛如金焦,泽名小瀛海,土人讹为小南海云。"

上天就是这样允凶允吉,大灾之后,必降大福。这次大地震,除留给我们传神的文献记载外,还留下了一套完好齐备的实物见证,其中最喜人的当然还是那个集山、水、岛、礁、林于一体的堰塞湖,也就是美轮美奂的小南海。

小南海之美,美得周全和谐。因是上帝赐予,所以鬼斧神工,美得让人难以置信。你看群山——群山罩云,群山环绕,群山如墨;看小岛——小岛如螺,小岛如翠,堆立银盘,星罗棋布;看碧波——波色如黛,波光如镜,波水荡漾,游人不惊,即便山洪暴发,池水也清澈不染,总以一池碧玉之质呈献游人。

小南海之美,还美得天真无邪。你看那些散落湖中的大大小小的顽石,有的如一座座山峰,有的如一枚枚禽卵,有的如盛开的蘑菇,有的如屹立的桅帆,还有的如刚刚下水的牛儿、鹅鸭,正扑唰唰冲向湖心,游向那与之朝夕相伴的金色沙滩。我每次站立岸边,凝神观望,总有一种"神到三亚海滩、梦游天涯海角"之感。这景象从外形到色泽,从身姿到气韵,都无不令人久久怜惜! 真是"花如解笑还多事,石不能言最可人"啊!

小南海之美,还美得悠然自在。这在登舟游湖中最能得以体现。我曾随人游过青海湖,因其太大,不着边际;我也曾乘兴游过西子湖,因其太热闹,船挨船,人挤人,不觉是游湖,倒觉是赶渡;我还想游一次长白山中的天池水域,已到水边才知,有外事纪律规定,未经审批不得下池,因而未能成真。

然而我游此湖则感受大异,它湖面不大,湖水不深,浪涛不急,群山不高,尤其游船不甚多,游客也绝少喧闹,一切都可以在静静悄悄、不紧不慢中进行。假如你登舟前还有什么火烧火燎的事情烦心,上船后全都可以消解得无影无踪。

　　当然,小南海之极美,还是当船游至湖中时,摇橹的土家妹子主动提出为你唱几首土家山歌助兴。此时你只要掌声响起来,那土家妹子便放缓船速,拿稳姿势,开口就唱,什么"送郎送到豇豆林,手把豇豆表衷情。要学豇豆成双对,莫学茄子打单身……",什么"喝你一杯茶呀,问你一句话。你的那个爹妈哟,今年有多大? 喝茶就喝茶呀,哪来这多话,我的那个爹妈哟,今年八十八……"那简洁优美的旋律,那明白晓畅又风情动人的歌词,定会让你无比陶醉。

　　俗话说:一方山水养一方人。小南海的山水养育出的是仪态端方、生性活泼、歌喉婉转的清品玉人。她们劳动致富,生活简朴,不染风尘,让人尊重;她们"欸乃一声山水绿",串串笑声解人愁,让我们无不沉浸在山水自然清新寥廓的艺术享受中。如果说城里人平常听惯了歌厅、舞厅的音乐之声,我说那情调是难与这扁舟渔影中飞出的天外之音相比的;还有某些以"卖唱"营利为目的的景点,那格调就更不能与这里的品位成色同日而语了。仅此一点,我就得为这里的欸乃风情点赞再点赞!

濯水流芳

黔江主城南行 26 公里,我们便到了濯水古镇。

濯水古镇,这次同行采风的文友多有描写,余避"实"就虚,少叙古镇景物,赘谈古镇文化——濯水的码头文化。

要说码头文化,多了。重庆是大码头,濯水是小码头,成都是旱码头。成渝两大水、旱码头余且不写,为何钟情起一个小小的濯水码头来了呢?

我说,过去的大码头,如今往往是水陆通衢要道,都市繁华重镇,它早已并入城市文化之列。若现在还要把它硬归为码头文化,似乎有些以偏概全了。

然而濯水古镇不同,它深居武陵山,傍依阿蓬江,码头文化的几大要素——水道、舟桥、城镇、历史、商贸、人气,至今一样不缺;单就这里城镇功能的结构规模看,确也似乎小了些,城市文化的胚胎才刚萌芽,而码头文化的特色却十分浓郁。因此,我瞄准码头文化着墨,与事实相符。

濯水码头文化能够形成,这首先要归功于这条、也是我国唯一一条自东向西流淌的内陆河——249 公里长且全程流过黔江全境的阿蓬江。

原来中国的地形都是北高南低、西高东低,因而大江大河也都是北南、西东流向。如今这条大河改变了水流方位,它由东向西流入,这本身就是水文史上的奇葩。

特别是它在特立独行的流动中，又联合了乌江、酉水，一起形成了武陵之西的三大水系入黔。有了这一水系，它便将三湘大地、江汉平原乃至长江中下游地区的各类物资，携同其精神文化一并逐波而来，快速地流入这土家苗地；山区的各类土特产及其他财富，也同样通过河运到达各地。难怪自唐宋以后，濯水古镇便商铺云集，钱庄林立，而且成了渝东南驿道、商道、盐道的必经之路，重要的物资集散地。特别是近年间，这里的交通状况大为改善，渝怀铁路、渝湘高速公路、319国道从这里交汇穿过。濯水古镇又进行了"修旧如旧"的大规模改造，街巷商号、会馆舞台、茶树酒楼之旧时格局，全得保留。那曾两度修建、横跨在阿蓬江上的廊桥，雕梁画栋，气势恢宏，据说其长度宽度都稳居亚洲第一。

这些设施的重构，使我真切感到，一个活生生的文化古镇又展现在我们面前了。然而，古镇站立起来了，滋养这一古镇的文化精髓是什么呢？我们在新的历史时期又当如何继承和发扬呢？

在几天的采访活动中，我们的共同探讨有了成果：码头文化是濯水古镇文化难以改变的精魂，码头文化的本色就是这样一个极有意义的组合："利字为本，义字当先，情字藏胸，娱字开道，信字保底。"

在我看来，如此"五字诀"的码头文化，它既存留于普通的大码头，也更灌注于像濯水古镇这样尚未迈入大都市阵营的小码头。从濯水古镇的各类设施修复上可以得到印证，从我所结识的几名濯水籍的战友、朋友的性格特征上，更可以得到证实。"不重田头重街头，不傍屋头傍码头"的价值观念，还会较长时间在濯水人、物之中得以延续！

"沧浪之水清兮，可以濯我缨；沧浪之水浊兮，可以濯我足。"我愿这曾经荣获过"国家级历史文化名镇"称号的濯水古镇，将在社会主义先进文化的浸润中大放异彩！

（注：本文标题脱自京剧《空城计》中的著名唱段："我正在城楼观山景，耳听得城外乱纷纷。"此段毛泽东、周恩来等老一辈无产阶级革命家都非常喜欢，至今常被京剧艺术家和广大爱好者演唱。）

巫溪的山来巫溪的水

大山大水出大美。

重庆山城景色如是，长江三峡风光如是，巫溪境内的茫茫山水，也当如是……

一

音乐是语言的翅膀。不管这语言本身多么平淡无奇，但只要有优美的旋律裹挟，这语言往往就具有了一种格式美、旋律美，历久难忘。

多年前我在山西当兵，郭兰英来部队慰问演唱《交城的山来交城的水》，由于条件的限制，未打字幕，我听成了"交城的山来交城的水，不'叫'那个交城她'叫'了文水……"。

当时就纳闷，既然是交城的山、交城的水，为什么不叫交城要叫文水呢？后找来歌本看了才知，人家唱的是"交城的山来交城的水，不'浇'那个交城她'浇'了文水"。

因为交城在北，地势高。文水在南，地势低。在交城浇田灌地时，甘贵如油的水有时就会流到文水那边去。在我老家的方言中，大多不说"浇地"，而说"灌地"。再加之，几乎所有演员在演唱这首歌曲时，歌词中"浇"字一音，也都唱成了"叫"字的音，于是我听错词意也就在所难免了。

几十年过去了，山西民歌《交城山》早已成为响彻华夏的经典歌曲。这歌曲虽在"文革"结束后有过内容改编的版本，但那是特殊年代的特殊产物，我们且当别论。

前不久，《重庆晚报》组织市里部分作家赴巫溪采风。接连两天，在县委常委、宣传部美女部长熊莉的带领下，参观了县里的各类景点。走着走着，当年郭兰英演唱的那首山西民歌的优美旋律，又响在耳边。那流传久远的歌词，也在不知不觉中变成了如下内容：

"巫溪的山来巫溪的水，巫溪的山水实呀实在美。巫溪的大山里出了巫文化，巫文化呀润养得山水更加美……"

二

先说巫溪的山。巫溪之山,美在其形。

巫溪位于长江上游地区,属大巴山东段南麓福地,为湖北省神农架余脉所在。由于这里会聚了"川陕鄂渝"四地山川形胜之灵性,那山体便有了千姿百态的本色,以及高低错落的韵致和绵里藏峰的质感。

你知道重庆最高的山峰在哪里吗? 不在奉节,不在巫山,更不在城口,而在巫溪的阴条岭! 它最低海拔为 139.4 米,最高海拔为 2796.8 米。如此高程的出现,就使重庆山峰的极点,非它莫属。况这山峰,山势耸立,沟壑深幽,是典型的地质大切割形态,你若站立其间,大有"千山万壑鸟飞尽,一石丢出有回音"的空阔之感。

你知道重庆最大的原始森林在何处吗? 不在万盛,不在南川,更不在黔江,而同样也在巫溪的阴条岭上! 巫溪雨水充沛,植物茂密,有坡必有树,有山必有林。阴条岭的森林保护区面积达 12 万亩,其中原始森林为 8.7 万亩,这是重庆目前最大面积的原始森林。这些原始森林把巫溪的雄山峻岭一装点,仿佛让坚硬的山体披上了裘皮的盛装,尤显出几分高贵和柔美。

你知道重庆面积最大的高山草场在何方吗? 不在武隆,不在彭水,更不在江津,而在巫溪的红池坝! 红池坝为国家 AAAA 级旅游景区,市级著名风景区和旅游度假区,传说还是当年楚国重臣春申君黄歇的故居。或许是春申君留下的这片草场"春意不歇",两千多年后依然草木繁美。它东西长33公里,南北宽18公里,总面积达36万多亩,一举成为重庆乃至整个中国南方最大的高山草场!

站在草场中央极目远望,使人想起《敕勒歌》中描写的景象:"敕勒川,阴山下。天似穹庐,笼盖四野……"这里的四野边处,仿佛有条山的巨龙,盘桓在草场的周围,以阻止外来的物种闯入这私家的林园;又仿佛有道坚固的城墙,拱卫着繁华的城池,在提醒醉游的行人别忘了各自的归程;还仿佛长白山天池边上镶着的围堰,在护卫着秋涨的池水别漫到山下。如此天台草场的规模和气势,唯有当年康熙、乾隆用过的"木兰围场"可与之一比。

三

再说巫溪的水。巫溪之水,美在其质。

来巫溪采风,首先感慨巫溪的水是多么的碧绿,天是多么的湛蓝。无论河里、沟里、田里,还是池塘里一切可称水的液体,都绿得让人心动,蓝得让人口馋。不禁想起苏东坡过三峡的做法,打几瓮带回去,慢慢享用。

我们知道,最优质的水是无色无味的。高山野外、阡陌桑田大体量的水流,只有在毫无泥沙混入且无任何污染的情况下,通过阳光的折射以及周边环境的映衬,才能变得这样蓝,这样绿,这样清澈可爱。

巫溪水就有这样的幸运。

记得 6 年前我陪一位中将来巫溪采风，谈起县里的发展规划时，时任县委书记的郑向东坚定地说："许多地方用 GDP 来衡量政绩，而我们县最大的政绩不是 GDP，而是要为重庆的子孙后代保留住这最大的一片绿水净土。多少年后，其他地方的经济发展了，而我们这里的青山绿水保住了。人们都纷纷来这里旅游观光，那就说明我们这一届班子没有白干！"

向东书记的话今天初步兑现了。如今巫溪的山岭沟壑基本实现了植被全覆盖，有效地防止了水土流失。全县长期坚持发展有机农业，所种粮食蔬菜，化肥、农药尽量不用。城镇普遍实行污水、垃圾净化处理，使污染源头得到较好控制。

我们爬上城郊云台山俯望县城全景，只见边缘处一"C"字形的白色建筑物格外醒目，一问，方知那就是县里最大的污水、垃圾处理厂。这座现代化的工厂为县城实现生活、生产零污染，发挥了重要作用。

当然，巫溪之水还美在其味。

水，本来是无味的，然而巫溪之水却别有一番味道。河水是甘爽的，泉水是回甜的，而那口日夜流淌不息的宁厂盐泉之水，又是咸香咸香的。

我在内蒙古边防执勤时，因脚部负伤而多次用盐水擦洗伤口，那兑好的盐水送上来一看，总是浑浊浊的。再一尝，味多苦涩。而巫溪盐泉流出的盐水，不仅清澈透明，而且又香又咸，且咸得纯粹，咸得正宗，咸得带有一股山区特有的秀木幽香之味。我想若用这盐水煮豆荚、泡咸菜，必定是人间美味。

原来，流出盐泉的山叫宝源山。宝源山高耸入云，秀木参天，方圆数里不见人烟，这古老盐泉就是从巍峨的宝源山深处流出来的。流了五千多年而不枯竭，可见盐泉在宝源山中藏得有多深，资源有多丰富。特别是这盐水在流涌的过程中，又经过了山体地壳层层叠叠的过滤，当然就很环保，就很入味了。

四

最后才说在巫溪山水的交泰中，还美在其魂。这魂，就是名扬天下的巫文化！

说来也巧，五年前，巫溪县委、县政府在重庆市召开全国巫文化研讨会，从北京到长江、珠江地区一大批知名的巫文化学者汇聚一堂，侃侃而谈。从发言语气到神态的恭谦程度中，我发现这哪里是学术研讨，哪里是百家争鸣，分明是一批大学者在那里虔诚地认祖，在一个偏远的古王国里寻找巴蜀文化、湘鄂文化、黔桂文化的根，寻找各自精神家园的"大槐树"！

从专家们凿凿有据的考证中我听出来了，所谓巫文化，就是上古时期以"巫咸国"（即以唐尧时期的宰相"巫咸"之名而封的国号）为中心，也就是今天以巫溪宁厂古镇及其宝源山为主要区域而创造的一种地域文化。这种地域文化，以盐文化和药文化为主要内容，以占星术和占卜术为主要形式，形成了早期长江流域文化特别是巴楚文化的雏形。

我历来坚信,社会文化的繁荣,总是以社会经济的繁荣为前提和条件的。偏僻的巫溪大山沟,能成为上古文化的圣地,必定内有乾坤!

原来在人类鸿蒙开篇的时期,各自都还处在茹毛饮血、裹皮为衣的年代,人类对于一种必不可少的生活用品,就已在四下寻找了。这种物品,就是食盐。因为人类离开了食盐,几乎就不能生存。

十分有幸,在巫溪的宝源山下,一股盐泉早在那里哗哗流淌,不舍昼夜。当找到这一难得的宝藏后,我们的祖先一定是蜂拥而至,高兴极了。他们先是一番狂饮,再是瓢装罐运。随着人类生产生活水平的提高,才出现了建厂兴业,晒盐煮盐,运盐卖盐,以盐立邑。

到了尧帝时期,这里已经因盐业而建起了大名赫赫的"巫咸国"。这国之本土,就是以今巫溪县县境为中心而展开的;这国之首府,就是以今巫溪宝源山下的宁厂古镇为基础而修建的;这国之交通大动脉,就是宁厂古镇当街那条顺流而下并蜿蜒注入长江的大宁河!

这样得天独厚的生产、生活条件,若不弄出一些文化动静来,就怪了。随着巫咸国的兴旺发达,随着水路、旱路各方客人的纷至沓来,这里出现了商人与文人齐驱、政客与门客并驾、巫师与医师争奇、歌女与淑女斗艳的繁华景象。于是,进一步以兴隆盐业、发展生产、强国富民为主要内容的盐文化;以治病疗疾、占星卜卦,以求长生不老和富裕安康为主要目的的药文化,也就应运而生。而且有多种资料证明,其时的巫文化,就是那个时期华夏文化,至少是三峡地区文化的重要一脉了。

再往后，这里部分人群迁徙至湖北长阳的钟离山一带，形成了巴人民族，产生了显赫一时的巴文化。于是巴文化、楚文化和黄河文化的大融合，又产生了伟大的华夏文化，出现了反映这个时期社会生活的《山海经》《诗经》《楚辞》等伟大作品。这些作品，对这些地区的文化影响深远，今天若从巫溪县境内传唱久远的"巴山夜唱""五句子山歌"等演唱形式和内容中追根溯源，就可寻得当年《诗经》《楚辞》和巫歌神调的影子。

　　我们继续前行，决定去看看巫文化的诞生中心——宁厂古镇。

　　沿宁厂河逆流而上，不远处，沿河夹岸而建的宁厂古镇就呈现在眼前。看惯了大都市繁华街道，真不敢相信在这样一个夹皮沟里，还有过曾经名噪一时的巫咸国首府。而首府唯一遗留的证据，自然就是那眼从宝源山流淌出来的盐泉。

　　宋人宋永孚说这里"一泉流白玉，万里走黄金"。我则说这里"一泉涌盐汁，立地建国邦"。当然这巫咸国的古建筑早已荡然无存，好在还有清后期直至改革开放后的九十年代留下的沿街建筑，包括制盐、存盐、销盐全部流程的遗址，和盐水通过空中管道源源不断地输送到盐厂蒸煮、过滤、积淀的一系列设备骨架。我们轻手轻脚地走着，参观着，生怕脚步重了会让这些珍贵的遗存散了架，使今后修复时失去参考。

　　参观中，美女导游告诉我们，当年宁厂因盐立国的详细资料，不好找了。现在仅可查到的是清乾隆年间，宁厂仍有盐灶366座，煎锅1008口，号称"万号盐烟"。因其盐质白如雪花，细如粉面而行销川、陕、湘、鄂、黔等地,并作为贡品送往皇宫。直到改革开放后的九十年代,因生产规模受限和其他原因,而停产至今。但宁厂古镇总是游人不绝,人们都要来亲自看看这里昔日的繁华,和因繁华而产生的上古文化。

离开宁厂,离开巫溪,巫溪的山水之美总在心头萦绕。逐渐,一个再浅显不过的道理在我心中扎了根:若这山水之美仅美在其形,美在其质,那当然是要让人心旷神怡、流连忘返的;但这山水之美,若是除了形美、质美外,还美在其神,美在其魂时,那这里的山水就一定成怪成精了,就一定让人牵肠挂肚,挥之不去,甚至还要以身相许了!

显然,在这样勾魂摄魄的大美风光中,除了文化,还有什么能如此重要呢?

上 天 街

仙女山海拔高,上有天街仙镇,是重庆人的避暑胜地和后花园。

在仙女山开发建设十周年到来之际,重庆晚报胡万俊主任带领我们上得山来,住了一夜,游了一圈,自觉要比京剧里的刘秀"上天台"轻松、吉祥、美好得多!

我们乘坐的考斯特从海拔 600 多米处的河谷地一路上爬,不多时便到了山顶。入住酒店后,便开始参观。一路前行,我发现眼前的植物叶片不大,多呈针叶状,而且枝干十分茂密,多有灰白色的刚直格调,一问海拔,方知已达 1629 米。也就是说,我们在不长时间内已垂直升高了一千米。看来,这上天街是上得名副其实了。

一个下午的游览参观后，多数朋友晚上都去看《印象武隆》。我因看过，便和几个兄弟伙选择了自游夜市，结果收获颇丰。

本来，我辈之人对夜市并不陌生，改革开放初期广州、深圳的夜市，随后南京、成都、昆明的夜市，我都游过。他们从卖旧衣旧裤到新装革履，从经营字画古玩到电子产品、化妆用品，不一而足。

然而，当今仙女镇的夜市却与过去那些传统的夜市大不相同了。首先是卖品的种类有了变化，普通的衣物、玩件少了，而酒吧、食店、咖啡厅、啤酒屋等可现地尽情享受的消费多了。再从夜市的地点看，过去那种下午四五点后像耍魔术般出现的地摊、大排档全然绝迹，各类销售都是在正规的铺面或装饰规范的街面进行。再从消费者的神情看，他们或是在桌前文雅地举箸用餐，或是在太阳伞下悠闲地饮酒品茗，或是在沙发长凳上相依而坐，亲密交谈，尽显欧美人雅致的消费格调，不见过去国人那种袒胸露背，吆五喝六的食客本色！

看完夜市，时间尚早，有人提议，何不再玩味玩味这天街夜景。而且提出，看景就看景，不要去照相，免得互生打扰。

我选好位置，在心神稍息片刻后便进入状态。我的第一感觉是，仙女镇的春夜真宁静，空气真新鲜，灯光真温柔，视线真良好啊！此时街上车辆和行人都不多，中外风格的各类建筑无不尽显其态，好像画家笔下的静物让人尽情观瞻。

我走上一高台，略抬望眼，仙女镇的全景立即展现在我眼前。她并不像重庆市内的夜景那样不着边际，灯山火海一大片，反而不见城廓的质地。这里的仙女镇就像一个巨大的孔雀蛋斜卧在这高山盆地中,她有边有缘,可亲可感,谦虚内敛,决不拒人于千里之外。她美人立中央,四周有山林卫护,恰似黛绿色的筒裙包裹着曼妙的身材。而那山林间若隐若现的灯火,又恰似佩置于身上的项链、耳环、胸针、玉镯之饰物,典雅得体,绝无珠光宝气之嫌。再看远处的天际线,恰好为她割去了不必要的臃肿,使得不胖不瘦的佳人尽可在舞台追光的照射下轻歌曼舞,尽显芳华。

当然更美的还是头顶上的这片夜空。这夜空,无高楼之遮挡,无雾霾之污染。她清澈见底,银河浅挂,北斗斜移,一切都显得那么空旷、宁静、安谧。

看到此,我仿佛进入了立体电影院,回到儿童时代,在看一场宣传宇宙知识的科教片;又仿佛回到了初中的教室,老师带着我们在朗诵郭沫若的诗歌《天上的街市》:

远远的街灯明了/好像闪着无数的明星/天上的明星现了/好像点着无数的街灯/我想那缥缈的空中/定然有美丽的街市/街市上陈列的一些物品/定然是世上没有的珍奇/你看,那浅浅的天河/定然是不甚宽广/那隔着河的牛郎织女/定能够骑着牛儿来往/我想他们此刻/定然在天街闲游/不信,请看那朵流星/是他们提着灯笼在走。

朗诵完毕,老师对诗歌作了具体的分析和讲解。他说,诗人运用联想的手法,把满天繁星和满市街灯进行换位描写,地上有星一样的灯,天上有灯一样的星,这两种不同性质的物体,在诗人的笔下却形成了共同的意象,这种共同的意象给我们提供了丰富的想象空间……

老师话音未落,就有同学立即提出一个可爱的问题:"老师,这首诗歌写得很好很美,但是作者写诗时还处在万恶的旧社会,那么他要表达什么样的主题思想呢?"

老师温和地说:"对了,作者所要表达的主题思想,正是本节课必须弄清的一个问题。当年郭沫若写这首诗时,他还在日本留学,中国还处在北洋军阀掌权的时代,中国社会还比较黑暗,但越是黑暗的时候,人们就越是追求幸福光明富有的美好未来。这就如诗中所描写的那样:'街市上陈立的物品是世上没有的珍奇,牛郎织女骑着牛儿在自由行走'等。因此,完全可以这样说,《天上的街市》所描绘的就是一幅'和平、宁静、富有'的社会理想图,这与陶渊明的《桃花源记》有异曲同工之妙啊!"

郭沫若诗中的美好追求,老师深入浅出的主题引示,这一切的一切,不想都在今天仙女山的建设、十年发展的辉煌成就,以及中国改革开放后翻天覆地的变化中,找到了答案。

次日清晨,我并未早起,天已大亮,才带一哥们姗姗出门,再游天街,以观晨景。

实话说,此时街上行人同样不多,尽管七点已过,但整个仙女镇似乎还缱绻梦中。我知道,这里是具有国际名头的旅游度假休闲之地,镇上除了少量的居民和服务人员外,其余都是前来休闲观光的游人。须知国人出游度假有个习惯,多在一年之中几个法定的长假或者学生的寒暑假期间,为的是能与亲人结伴而行。还有,重庆是座火城,每年七八月酷暑难当时,党政机关和企事业单位多于此时安排公职人员休假，仙女山便成了"北戴河"，常常人满为患。而当下这些机缘都不具备，仙女山便成了一年之中风光尚好而客人稀少的"反黄金季"。这大概便是小镇此时慵懒闲散之原因所在了。

我们信步来到镇口路边，便被一种久违的景色吸引住了。你道是什么奇观？平凡得很，就是那路边地头草丛之中的滴滴露珠，正在旭日的照耀下大放异彩！

长期生活在大城市的居民，除雨后的早晨外，这露珠平常之日是难以见到的。只可惜雨后的植被俱被雨水打湿，路边的树叶草丛所挂的是露珠还是雨滴，就让人难以分清了。

然而仙女山不同，它海拔高，空气干净，草丛树叶纤尘不染，每逢春夏秋季的夜晚，当后半夜气温下降后，便会普降甘露，即化气为露，凝于植被，挂于枝叶，质似水晶，形如滚玉，一经朝阳的照射，无不晶莹剔透，楚楚动人。于是才有白居易"可怜九月初三夜，露似真珠月似弓"的诗句。

到了深秋，便"蒹葭苍苍，白露为霜"。露变为霜，如蛹化为蝶，更为美丽迷人。冬季来临，又转霜为雪，积雪为冰，天地皓然。此时的仙女山又变成了水晶般的童话世界，冰凌凌满树尽银枝，白茫茫一片真干净。仙女山景象万千！玩雪的人，观冰的人，满山满岭。

我赞美仙女山的冰雪之姿，是因为我们常见的"气、露、霜、雪、冰"本为天地间的凡物，但只要顺了天时，应了气候，得了名头，又生对了地方，也同样会成为世间名品，人间贵物，令众人推崇礼赞啊！

我们继续前行，前面是仙女山国际高尔夫球场。入场一看，情况并不乐观，场内的发球台、球道和休息室已然无存，但果岭、草坪、沙坑、水池等物俱在。

一经了解才知，原来，2014 年 7 月前后，国家发改委、国土资源部等中央 11 个部委联合下发了《关于落实高尔夫球场清理整治措施的通知》，要求对全国各地高尔夫球场按照"取缔、退出、撤销、整改"四类要求进行处理。这里的高尔夫球场适合于哪种处理方式，我们不得而知，但"青青芳草地，幽幽绿水潭"的存在和留用，说明这些陈设还是具有旅游观光价值的。游客若要观赏具有欧美风情且又培育有素、气势宏大的人工大面积草场，这里仍不失为一个极好的去处。

我们沿着步道往草场深处边看边走，行走间不由得想起韩愈那首《早春呈水部张十八员外》的诗："天街小雨润如酥，草色遥看近却无。最是一年春好处，绝胜烟柳满皇都。"

眼下，这落后了一两个节令的仙女山草地，正是对韩诗最好的注释。你看，那满地草皮此时才意欲，或者初冒出绿色的嫩芽，远看似有，近看似无，这恰与少年唇上初初长出的绒胡子相反，近看似有，远看却无，柔弱得不忍磕碰。

由此一联想，我们对眼下这片草坪竟然也不好意思下脚去触碰它了，尽管在草坪中走动嬉闹都是允许的行为，但面对如此柔弱的美色，又如何忍心去践踏呢？

然而此时忽然想起一件事情来，我俩就顾不得这些了，便径直穿过草坪向外疾速走去——因为我们预先约定的登车返渝的时间已到，我们要速返宾馆，准备回到"人间"了！

白帝城的魅力

"源洁则流清,形端则影直。"这是说事物要能永久地存在下去,就要本身行得端,站得直,名正言顺根基牢。然而进入文化艺术范畴,许多时候情况就会大有变化了。比如重庆奉节白帝城的历史渊源和真实情况,与我们今天众人的普遍认定是大不一样的。

我们若是听戏文、看电视、游三峡,每当面对刘备"白帝托孤"的史实时,总会产生许多疑问:吾蜀主刘先帝当年兵败夷陵时,莫非"慌不择路"才找了这么个巴掌大的祠宇做行宫?莫非有意为之才把"司令部"设在这悬崖峭壁以做最后的拼死抵抗?莫非为避开人多口杂,走漏军国机密才在这陡入云端的地方做"政治交代"……

最近,登临白帝城参观后,答案找到:原来我们现在看到的白帝城，并非当年刘备临终托孤的白帝城。公元 223 年，刘备弥留之际，从成都召来诸葛亮，将国事、家事托付于他，其准确位置是在距此几公里外的奉节县城，即现在的师范学校所在位置，当时的永安宫内。然而多少年来，人们总是张冠李戴地把早在刘备还未出生时就已修建的一座殿宇，作为道场圣地祭拜。这殿宇是修给当地一位较有作为的将军"白帝"——公孙述的。

"大江东去，浪淘尽，千古风流人物。"如今，奉节城内的永安宫逐渐淡出大众的视野了，"白帝"公孙述的名字，也早被人淡忘了，而象征托孤重地的白帝城却名噪海内外。更奇怪的是，这种错位指代，多年来却得到了人们的认同，多种艺术作品在表现刘备托孤这一悲怆历史事件时，总是下意识地把托孤的重地设置在这样一个悬崖峭壁上。壮哉！雄哉！美哉——"鸠占鹊巢"的白帝城！

我也游过湖北的"黄州赤壁"。苏东坡的《念奴娇·赤壁怀古》用词很有分寸，他不说"当年是周郎赤壁"，而说"人道是三国周郎赤壁"。到底是大文豪在作千古绝唱，没有把握的事绝不说死。其实，多数史学家认为，著名的赤壁之战不是在黄州而是在嘉鱼或蒲圻打的，苏东坡怀古怀错了地方。但前些年，湖北一伙中青年学者又出示证据，一口咬定赤壁大战就是在黄州而绝不是在其他什么地方打的，苏东坡怀古绝对没有错位。孰是孰非？我态度超然得很，绝不肯定一方而否定另一方。

在下家乡四川省西充县，也是一个小有名气的文化县。中华人民共和国中央人民政府第一任副主席张澜就出生在这里，但由于行政区划的历史变迁,张澜出生地曾一度和现在都属南充市区管。于是乎,张澜出生地又有了县、市之争。此争论曾弄得两地有关人士很不愉快!

农民起义将领张献忠的殉难地,过去的教科书写的是盐亭县"凤凰山"。近年来,我县史学界又拿出"钢鞭证据",证明张献忠的殉难地不是盐亭凤凰山而是西充凤凰山。一些教科书为此做了更正。盐亭人不干了,吼道:你西充县的几个臭文人,凭啥抢走我们一个"农民英雄"!

据我所知,诸葛亮的躬耕地,施耐庵、罗贯中、曹雪芹等人的出生地,一直都在你争我夺中公婆各持一理,相互绝不"谦让"。愚以为,此类有损和气的争论大可不必,胡适之类的"小心考证"也仅可限于学术圈子。特别是那种劳民伤财的盛大研讨会,更不必召开。因为费九牛二虎之力,花钱财无数,即使证实了某名人胜地只在甲处而不在乙处、丙处,这岂不让少数人高兴,多数人败兴乎?

怎么办好?学一学奉节人的胸怀,不管你刘备托孤重地是在奉节城内还是白帝祠内,反正都是在咱县境内。由此推之,其他有争论的名人胜地,也不管它居于何处,只要属于我神州大地就当幸莫大焉!历史上有过记载的,我们认它;新考证出来而又言之有据的,我们也认它。泱泱中华几千年文明史,名人胜地出现一批"ABCD"之说,又有何妨呢?

余秋雨先生在谈到争论不休的"东坡赤壁"时说得好:对于这地方,大艺术家即便弄错了也会错出魅力来,因为在艺术中只有美丑而无所谓对错。是的，以文化艺术属性为主要特征的名人胜地，不是"几何定理"，不是军机大事，更不是国界勘定，何必那么较真呢！还是宜粗不宜细好，"多一说"比"大一统"好！美学上的"朦胧美"，建筑学上的"错位美"，不也是一种美不胜收的景致吗？

雀　儿　柳

　　我一故友，情怀古雅。退休后用多年积蓄在郊外租一隙地，结庐种圃，过上了"南山采薇，东篱把酒"的闲适生活。前不久，他邀我前往参观，并执意要我从园中任选一花木以为馈赠。我眼睛一亮，选中了一株"雀儿柳"。老友连呼："有品位！有品位！"

　　我爱植柳，渊源已久。吾乡有一小河，名曰柳河。那时"样板戏"虽未诞生，但沿岸景色却颇似郭建光唱的那段"西皮原板"："芦花放，稻谷香，岸柳成行。"每逢春季，河面上便柳丝如垂，柳花如雪。这柳花色如兰瓣，状似菱角，飘洒江面后随波逝去，恰如一只只知暖戏水的鸭儿。秋冬之交，这柳树又成了农民们的"燃料公司"。他们给柳树"剪发修头"后，柳枝成了一冬的柴火，柳干便如忠诚的卫士敦敦实实守护在河堤，严防河岸的崩失。其状其态虽有些孤寂，但你无须操心，春风一来，它又披薇挂翠，染绿两岸。此时有趣的是，农民犁田归来，若将使牛用的柳条顺手插至渠边田头，只要这时节雨水还算充沛，不需数日，一株新柳就加入了家族的行列。因此，凡我到过的长城内外，大江南北，总可以见到柳树的朋辈。不然，鲁智深当年何以能在黄土高坡倒拔垂杨柳，王之涣又如何会在玉门关前咏柳长太息，左宗棠又如何在收复新疆后植柳千里留美名！于是我亦击节讴歌：柳，当是中华民族繁衍流长的象征，哪里有柳树，哪里就有她的子孙；柳，又是劳动人民不屈不挠的写照，旱不死，涝不死，刘不死，"一岁一枯荣"。柳，还是优等的木材，如垂柳、蒲柳，高达数丈，参天齐地。其木质绵里藏针，肌理细腻均匀，修房立屋，造琴制器，莫不适用。

我将"雀儿柳"植之后院，虽劳作不多，但遐思不少。头一问便是，植柳高手是谁？喜爱劳作的神农、夏禹？还是嗜好种植的汉帝刘秀？错了。深夜读史，几行文字闪入眼帘，原来植柳的高手算得上晋朝的陶氏祖孙。史载陶侃做武昌太守时，甚喜植柳。他不仅自己植，还组织官员军民植。一次，都尉夏施偷了公家的柳树栽在自己门前，陶侃见后下车问道："此乃武昌门前柳，何以种在此处？"夏施惶恐不已，连忙认错改正。看来，陶侃植柳的高妙，不仅在于植活，而且在于求真，决不允许贪他人之功为己有。时过数年，他的曾孙陶渊明更是未曾出仕先种柳，少小年纪便端然在自己门前植柳五株，并写下惊世骇俗的奇文《五柳先生传》，以此自况。今读奇文，不仅为先生飞扬的文采所动，更为先生勤苦清贫、刚正不阿和洁身自好的美德所感染——不为权贵摧眉折腰，不与世俗同流合污，原来也是植柳人的初衷所在啊！

我之植柳，玩赏而已。久而久之，又有所悟：杨柳柔弱婆娑，婀娜多姿，既是美化环境的佳品，又是陶冶情性的活物。你看那柳条绵若长藤，能工巧匠们可用它编筐织椅，化为绕指柔；农夫牧童还用它捆物飞鞭，盘桓游刃而不折；更喜骚人墨客，睹物生情，写出了多少咏柳、叹柳、歌柳、惜柳的精美诗词。我性情刚直，处事急躁，多看柳枝，尤其多读"柳诗"，日久天长，必有裨益。

譬如《诗经》云："昔我往矣，杨柳依依；今我来思，雨雪霏霏。"简短几句，味道就不薄。

还有唐代韩翃与柳姬的一段"唱和之作"就更撩人心扉："章台柳，章台柳，昔日青青今在否？纵使长条似旧垂，也应攀折他人手。""杨柳枝，芳菲节，可恨年年赠离别。一叶随风忽报秋，纵使君来岂堪折。"

又有庾信《枯树赋》中的一段感慨："桓大司马闻而叹曰：昔年种柳，依依汉南；今看摇落，凄怆江潭。树犹如此，人何以堪！"这样读下去，我想对怡人性情多有好处。

我乃探花郎

清代一副名联，流传至今。

说是乾隆年间，江西举子刘凤诰殿试中得第三名，乾隆见其貌不扬（背略驼），心有不快，便顺口吟出一上联："东启明，西长庚，南极北斗，谁是摘星手？"刘凤诰立即对出下联："春牡丹，夏芍药，秋菊冬梅，我乃探花郎。"乾隆大悦，便钦点刘为探花郎。

这段故事真假先不说，但它确实道出了中国传统四大名花"牡丹、芍药、菊花、梅花"的品位影响。近读明代奇书李渔的《闲情偶寄》，见书中也有关于四花的描写，于是睹物萌情，笔走龙蛇，献文与诸君了。

花王

牡丹被封王，那是实至名归的事。据载，它在清代末年就被正式封为"中国花王"了。

首先，牡丹花朵大，花色艳，花季又在春天，正值人们踏青赏花的时节，很有一点"花开正当时，姿色不浪费"的味道。

再则，牡丹开花还自带一种幽香。千万别小看了这丝幽香，那可是"花艳体肥"的花卉多不具备的品质。《花经》有言："香花不艳，艳花不香。"你看那些大名鼎鼎的香花，如兰草、米兰、桂花、水仙之类，哪一类不是花小色淡香味浓，羞答答藏于枝叶之中不肯抛头露面呢！

唯独牡丹花大大方方高挂枝头，色香尽显，难怪人们要赞美它"国色天香""雍容华贵""花开时节动京城"了；难怪世人将色艺俱佳的杨贵妃与之媲美了；难怪像李白这样的狂士也要放下身段当面为它吟出"云想衣裳花想容，春风拂槛露华浓"的诗句了……

假若仅此而已，那牡丹花的王位似乎还来得不够硬气，幸有武则天贬杀牡丹一事流传，才使得它的封王平添了几分骨力。

李渔在《闲情偶寄》里这样记载：

牡丹得王于群花，予初不服是论，谓其色其香，去芍药有几。择其绝胜者与角雌雄，正未知鹿死谁手。及睹《事物纪原》，谓武后冬月游（长安）后苑，花俱开而牡丹独迟，遂贬洛阳，因大悟曰："强项若此，得贬固宜，然不加九五之尊，奚洗八千之辱乎？"……如其有识，当尽贬诸卉而独崇牡丹。

牡丹不掌社稷倾危，不领朝廷俸禄，当然无所谓封王，也无所谓遭贬。然而众人硬要将它推上王位，其实就是人们对这种不畏强权精神的一种赞美，一种支持！

在封建社会的宦海长河中，那些站立历史潮头的弄潮儿，那些有操守、有骨气的佼佼者，那些敢为民请命而触犯最高统治集团利益的"逆鳞人"，不都被贬出了千古美名吗？

屈原爱国遭嫉，流放沅湘，投汨罗江自尽，贬出了一个爱国节日——端午节；陶渊明不为五斗米折腰，解绶而去，返归田园，贬出了一个钟爱山水、清心可掬的大诗人；柳宗元、王安石反对时弊，不畏成法，革新图强被贬，贬成一代文宗；苏东坡文才盖世，遭人忌妒被贬，贬成了顶天立地的文化巨人；海瑞廉洁刚正、除暴安良被贬，贬成了千古廉吏偶像……

再说牡丹被贬洛阳后，洛阳人倍加培养呵护它，把它发展成为一种观赏产业。据说没几年下来，洛阳"家家植牡丹，户户飘花香"，蔚然成为时尚。"姚黄""魏紫"争芳斗艳，色动京城，吸引国人乘车坐船，争相前往观赏。史料载，那时嫁接一株"姚黄"，价五千钱，观看一次"魏紫"，价十钱。当时成了牡丹发展史上的黄金时期。

今牡丹天下种植，河南山东此业最盛。每逢暮春，鲁豫大地一望无际，遍地开花，色动中原，名噪华夏。巴蜀之地虽不盛产之，但垫江、彭州也多有栽培，年胜一年，且不跑远路，无须重资，便能观赏，岂不幸哉！

花相

花相，古人多指芍药。

牡丹被尊为花王后，与之形状色泽都极相似的芍药便自然被尊为花相了。李渔在《闲情偶寄》中说：

芍药与牡丹媲美，前人排牡丹为花王，排芍药为花相，冤哉！我公道地说，天无二日，人无二主，既然牡丹已经尊为花王，芍药怎么能够齐驱并驾、擅自称王呢？因而也就只能屈居相位。能否有一个略低于王位又高于相位、类似五等列候的位置来安置芍药呢？我翻遍历代种植之书，都以种种理由否定之。看来，前人评定花位的办法，只是注重了表相而忽视了本质啊！

李渔为芍药鸣不平，情有可原。据他记述，他从甘肃带回牡丹、芍药种子各数十粒，种下后，牡丹成活极少，而芍药成活极多，且花开无恙。看来，芍药适应性强、出苗率高是不可否认的事实。但仅凭这一点就要抬高芍药地位，甚至有点怂恿相位去篡夺王位的意思，那就太不地道了吧！

这里还须指出，李渔忽略了一个他在《闲情偶寄》里一开头就排定的花木品质的序位，那就是：木本第一，滕本第二，草本第三……他说：

草木之种类极杂，其区别大致有三，木本、藤本、草本是也。木本坚而难痿，寿命较长，根深固也。藤本之根略浅，故弱而待扶，其岁犹以年纪。草本之根愈浅，故经霜辄坏，为寿止能及岁。

无论什么花木,要经得住风霜雨雪,挺然独立,生命长久,根强根深是关键……

根据李渔这一论定,我们把牡丹与芍药略加比较便知:前者是木本,灌木植物;后者是草本,宿根类植物。两者虽然枝叶相似,花朵相似,色泽相似,开放时节也大体相似,但品质高下是不言而喻的。你只要用力捏一下各自的枝叶筋骨,牡丹的枝条坚韧强健,毫无伤损,而芍药的枝条则柔弱无力,不断则破,汁液长流,稍时便花容落色,生气全无了。

若喜盆栽牡丹,冬天一到,虽枝叶飘零,但第二年春天又照样枝繁花茂,笑迎东风;而芍药则可能一冬不起,原因多半是寒冷冻坏了根茎而导致整株死亡,来年还得另植新苗。由此得知,两者无论从生命力的强弱,还是花枝花笼的强度,牡丹都要强胜一筹。排牡丹为花王、芍药为花相,那是公正客观、无可挑剔的。

写到这里,我似乎觉得李渔的观点一定另有蹊跷:莫非他对芍药的"草根"另有所指,多有同情;莫非他对芍药的柔弱、凋零抬爱有加,怜香惜玉,因为芍药自古就被称为爱情之花,后人便有"憨湘云醉眠芍药裀"的经典描写;更莫非他对牡丹的王位心存块垒,不便直露。那好,让我们再读读他的这段描写:

牡丹系木本之花,其开也,高悬枝梗之上,得其势,则能壮其威仪,是花王之尊,尊于势也。芍药出于草本,仅有叶而无枝,不得一物相扶,则委而仆于地矣,官无舆(车)从,能自壮其威乎?

明白了,牡丹有高枝支撑,有"官场"威仪,而芍药这些条件全无,又是草本植物,枝笼庞大,一遇风吹雨打,只能委身于地,何能威风得起来?

这便是芍药这草根之花,无靠山、无后台的下场吗? 李渔要苦心孤诣为它鸣冤叫屈的原因,莫非就在这里吗?

李渔,你太高贵,太睿智了!

花魂

称菊花为"花魂",那是对它十分贴切的礼赞。因在我国,菊花种植历史悠久,文化符号鲜明,精神气韵充沛。在华夏众多花卉草木中,菊花的品格风貌当算优中之优了。

李渔说菊花者,有如牡丹、芍药一样种类繁多,花色迷人,而且还可营造出千姿百态来供人观赏。有资料介绍,我国菊花经过长期的人工优选培育后,于公元 8 世纪传至日本,17 世纪引入欧洲,18 世纪进入法国,19 世纪到了北美,现已遍及全球。

是的,菊花是当今华夏民族乃至世界各国选作市花最多的花卉之一,是用作切花材料最多的花品之一。2016 年杭州 G20 峰会上,一款叫作"太空盛菊"的烟花发射后,那西湖夜空顿被朵朵菊花占领,形神毕肖,万众欢腾。

菊花首先具有清香高洁,素雅无华的美好气质。你看传统的菊花以黄白二色为主,花瓣收敛,花枝轻盈,花态娴静如处子,香气清远如蕙兰,故而历代文人志士多把它作为圣物讴歌:屈原因谗遭贬后,吟出了"朝饮木兰之坠露兮,夕餐秋菊之落英"的诗句;陶渊明归隐田园后,写出了"采菊东篱下,悠然见南山"的心境;孟浩然被朋友盛情款待后,又有"待到重阳日,还来就菊花"的约定;李清照孑然一身、孤寂冷清时,唱出"东篱把酒黄昏后,有暗香盈袖。莫道不销魂,帘卷西风,人比黄花瘦"的心声。假如我们能够常去读这些诗句,那对提升我们的文化品位,陶冶我们的情操,美化我们的心灵世界是极其有益的。

然而菊花最震撼人心之处,还在于它从形色气韵上所具有的一种高贵向上的力量展现。菊花的色调主要是大黄、赭黄,大有皇室王服之气象。其花朵迎霜怒放,不屈不挠,多有一种凛然挺立、孤高肃杀之气,于是众多雄才大杰才最爱以咏菊为题,抒发凌云壮志,激发战斗热情,一吐齐天抱负,读之让人大受感染。且看以下两诗:

"待到秋来九月八,我花开后百花杀。冲天香阵透长安,满城尽带黄金甲。"

这首《不第后赋菊》,是黄巢当年科举考试落榜后所写的极有名望的诗作。《资治通鉴》载,"巢少与仙芝皆以贩私盐为事,巢善骑射,喜任侠,粗涉书传,屡举进士不第",于是举旗造反。京剧《珠帘寨》中朝廷命官程敬思有这样一段唱词,把黄巢造反的原因说得一清二楚:

"用手儿接过梨花盏,学生大胆把话言。甲子年间开科选,山东来了一生员。家住曹州并曹县,姓黄名巢字巨天。三篇文章做得好,试官点他中状元。三日插花游宫院,宫娥彩女笑连天。万岁见他容貌丑,斩了试官贬状元。斩了试官不要紧,贬了状元惹祸端。祥梅寺,贼造反,将我主驾逼西岐美良川……"

此段唱词因叙事性强，传奇生动，入韵上口，戏迷们无不喜爱。

而黄巢这首咏菊诗，由于联想奇特，设喻新颖，辞采壮美，意境瑰丽，极富感染力和号召力，也便成了中国历代咏物明志诗篇中不可多得的上乘之作，而菊花作为物象做出的贡献，那是功不可没的！

近读清人笔记《通幽趣录》，方知朱元璋也有一首"咏菊诗"令人叫绝。文载，朱打天下时，一次与谋臣李善长、胡惟庸等人一起感叹道：黄巢一介落第武子，后能创金甲百万之众攻陷唐都，称大齐皇帝，吾当如何？随后朱元璋诗兴大发，便步黄巢咏菊诗之意境、韵脚，吟出了一首意象开阔、气势凌厉、义薄云天的名诗："百花发时我不发，我若发时都吓杀。要与西风战一场，遍身穿就黄金甲。"这诗简直把朱元璋蓄势待发、精神抖擞，誓与敌人血战到底的英雄气概抒发得淋漓尽致了。

由是观之，菊花的灵魂深处永远潜藏着"高雅＋激越"的崇高气韵，吐露出"战斗＋辉煌"的胜利精神，因而我们若能多观菊花，多品菊韵，多读菊诗，那是会受益多多的。

花胆

李渔是极爱给花木"封官赐爵"的。他在《闲情偶寄》里又说：

"花之最先者梅，果之最先者樱桃。若以次序定尊卑，则梅当王于花，樱桃王于果。"

托先生吉言，1985年国人进行国花评选，梅花占得"花魁"，牡丹仍为"花王"，双双并驾齐驱。但我觉得，一个"花魁"、一个"花王"，排位重叠，终是不美。如果综合多种因素考虑，不如改称梅花为"花胆"更妥帖一些。

梅绝对是有胆气的高洁花木，它除了与牡丹并列国花二王外，还与松、竹并称"岁寒三友"，与兰花、竹子、菊花并为"花中四君子"。

在中国传统文化中，梅花的刚强坚贞、卓尔不群主要体现在严寒之中。每当隆冬到来，百花一派凋零，唯独梅花凌霜傲雪，战风斗寒，迎来满园春色，以致成了我们中华大地最有骨气的花木，成了我们华夏儿女不畏艰险，奋力向前的精神象征。

"文革"本是革文化的命，花卉属文化范畴，自然要被革命。于是养花成了资产阶级思想的一种表现。那时你阳台上如果有几盆花木，就极有可能被"打翻在地，再踏上一只脚"。如你养了牡丹，该花雍容富贵，那你灵魂深处可能就藏有"嫌贫爱富"的思想基因；如你养了芍药，该花属草本无骨，那你无产阶级政治立场自然不会坚定。唯有梅花安然无恙，因有毛主席诗词"咏梅"之类赞其风骨，你岂奈它何！

梅花的卓越高洁，还在于它越是天寒地冻，越是奇香袭人。这一至香至色的品格，吸引了多少文人墨客的赞美。"忽然一夜清香发，散作乾坤万里春""遥知不是雪，为有暗香来""梅须逊雪三分白，雪却输梅一段香""疏影横斜水清浅，暗香浮动月黄昏"，等等诗句，至今脍炙人口。尤其一代忠臣文天祥，在被元军押往北京途中，咏梅一首：

"梅花耐寒白如玉,干涉春风红更黄。若为司花示薄罚,到底不能磨灭香。"多豪气!

由于梅花的独特韵味,赏梅便成了国人的一种文化崇拜,且历代文人雅士总结出了一套赏梅的学问。

如赏梅要着眼于色、香、形、韵、时等要素,即着重欣赏梅的花瓣颜色、梅的香气传溢、梅的树桩形态、梅的神韵情调、梅的观赏时段等等。

有雅士提出:"梅以韵胜,赏以格高。"赏梅从来就离不开"横、斜、疏、瘦"和"四贵四不贵"的标准:即贵疏不贵繁,贵合不贵开,贵瘦不贵肥,贵老不贵新。

还有雅士认为,梅贵桩头老,不贵花开繁。大街上繁花满枝的梅条随手可得,而苍劲嶙峋的梅桩,遒劲倔强的枝干,形若晨星的花朵,再兼盖一层薄雪的意趣,最为提气传神。画家称之为"古梅一树尤精神",俨然天成水墨画。赏梅若是赏到这一份上,自就入了境界。

当然,如果你有兴趣再去读一读宋代张功甫的《梅品》,那你就会完成由观梅花—赏梅韵—识梅胆的一次审美大飞跃。

这二十六宜是:淡云,晓日,薄寒,细雨,轻烟,佳月,夕阳,微雪,晚霞,珍禽,孤鹤,清溪,小桥,竹畔,松下,明窗,疏篱,苍崖,绿苔,铜瓶,纸帐,林间吹笛,膝下横琴,石枰下棋,扫雪煎茶,美人淡妆簪戴。

朋友,春夏秋冬四种花木我们一一叙毕,当下正是梅花开得正繁时,观梅品梅正当时,我们何不一尝呢!

花木品性

"春风自爱闲花草，蛱蝶何曾拣树栖。"明末清初钱谦益一副对联，引起历代多少学子议论纷纷。其实本意就是雅人多有赏花品木之趣。

冬去春来，万木复苏，诸多花卉便又争奇斗艳了。在融融春日里，读明末清初李渔的《闲情偶寄》，从优秀的传统文化里吸取营养，确是一种难得的精神享受。这里容我略述几类花木，与诸君共赏。

群芳领袖

李渔称桃、李二花为群芳领袖，那是很有道理的。

他说:桃李之花,能统领群芳,皆因众多花卉皆不出红白二色,然桃花为红之极纯,李花为白之至洁。"桃红李白"一语,足尽二物之能事……

中国是桃李之故乡,在《诗经·魏风》《尚书》《韩非子》《山海经》《吕氏春秋》等著作里,都有关于桃李的记载。这表明至少在迄今三千多年前,黄河流域广大地区就已经遍植桃李了。

桃李二树不仅花色正道,历史悠久,而且地位高端。《礼记》中就把桃李二果排为祭祀神仙的五果(即"桃、李、梅、杏、枣")前列。由此可见,桃李之树,确为树中之先祖;桃李二果,确为果中之正品;桃李二花,则为群芳之领袖了。它们扎根本土,代代相传,春天开花,美艳无比;夏天结果,饱人口腹。始终在营造着一个象征着春天、收获、美好的理想世界。难怪陶渊明在《桃花源记》里才会把桃花、桃树、桃源描写得那么纯美迷人。唐代崔护的一首《题都城南庄》,"去年今日此门中,人面桃花相映红。人面不知何处去,桃花依旧笑春风",好生传神。

我曾作过这样的思考,在中国百花苑里,很难有像桃、李二物这样形影不离且历史文化、形态价值、重量等级极其相般配的花木。

你看,一大堆成语的出现,就已经说明它们是多么密不可分:"李代桃僵""投桃报李""桃李不言,下自成蹊""城中桃李""方桃譬李""桃夭李艳""桃李遍天下",等等。这般相依相存、亲密无隙的美好合作,不是伴侣胜似伴侣,不是兄弟胜似兄弟,真令人艳羡至极。

在中国传统文化中,桃李文化又始终充盈着饱满的生命意义。

由于桃李结果多，色泽美，香又甜，老少咸宜，因而桃李具有生育、吉祥、多福、长寿的民俗象征意义。在传说中，桃是神仙吃的果实。吃了头等大桃，可"与天地同寿，与日月同庚"；吃了二等中桃，可"霞举飞升，长生不老"；吃了三等小桃，也能"成仙得道，体健轻身"。因此，民间年画上的老寿星，手里总是拿着"寿桃"，其乐无比。

桃文化还具有镇妖除恶的自卫意义。《山海经·海外北经》中有"夸父逐日"故事：夸父奋力追赶着太阳，他口渴，喝干了黄河、渭河之水，又继而奔往北边的大海去喝水。"未至，道渴而死。弃其杖，化为邓林。"这邓林，就是桃林。由于这桃木是夸父的手杖所化，充满神性，因而后人用桃木做成各种法器，或画成桃符，让它去发挥消灾避难、镇邪纳吉的作用。也因此才有宋人王安石的"总把新桃换旧符"的诗句流传至今。

风流红杏

杏树被称风流，与李渔有关。因他在《闲情偶寄》中明确记载："是树性喜淫者，莫过于杏，予尝名为'风流树'。"他还举例加以说明："种杏不实者，以处子常系之裙系树上，便结子累累。予初不信，而试之果然。"

李渔之言，显然与现代科学相去甚远。杏树结果与否，肯定与处女衣裙无半分钱关系。然而这却说明一个道理，果树要结果，就需要人琢磨、挂念、关怀之。俗话说：树木树木，心到才活。无论什么树木花卉，种下后都要关心它的生存、营养和健康状况如何，是否该施肥、灭虫和剪枝整形了，等等，切不可种而不管。如若你当真给它挂上了处女衣裙,那就充分说明你对果树关心到了家,剩余的就是该如何学习科学管理之类。如此一来,杏树焉有不果之理!

如果说李渔对杏树的养植缺乏科学道理,尚不足为道,然晚唐诗人薛能的一首《杏花诗》就大为不敬了:"活色生香第一流,手中移得近青楼。谁知艳性终相负,乱向春风笑不休。"

我们说杏花虽然艳丽,但绝不会与青楼女子为伍。杏花不是烟花,美女不是妓女,多情更非负情。薛能对杏花如此刻薄,太不公平,怕是先前吃过美女的亏,才在这里挟私报复吧。

后来不少文人骚客的"杏诗",虽因人生际遇不同而对杏花感慨万千,但大体都能接受。如晚唐吴融的两首:"一枝红杏出墙头,墙外行人正独愁。长得看来犹有恨,可堪逢处更难留。林空色暝莺先到,春浅香寒蝶未游。更忆帝乡千万树,澹烟笼日暗神州。""粉薄红轻掩敛羞,花中占断得风流。软非因醉都无力,凝不成歌亦自愁。独照影时临水畔,最含情处出墙头。裴回尽日难成别,更待黄昏对酒楼。"

前诗沉醉美色不能自拔的忧伤,后诗妄自菲薄甘愿寞落的幽怨,我们都能理解。但我说,你心中的块垒,确与杏花的美艳无关,如此多愁善感、借题发挥,怕于身心健康无益。

幸好到了南宋,有叶绍翁一诗问世,其境界大开,内涵深远。那诗应是:"应怜屐齿印苍苔,小扣柴扉久不开。春色满园关不住,一枝红杏出墙来。"

我想既然春色如许,杏花姹紫嫣红,美得完全爆了棚,一两枝红杏出得墙来,也是情理之中的,就是枝枝红杏都出墙,抑或拆了围墙让人尽情参观又有何妨呢?诗人莫非正是此意?

杏树是诚实的,春来就开花结果;杏花是美艳的,被国人称作"二月花神",比着少女的慕情、娇羞与嗔态;杏花还是高贵的,庄子喜欢她而多有记载,孔子更爱她,据《庄子·杂篇·渔父第三十一》中说:

"孔子游乎缁帷之林,休坐乎杏坛之上。弟子读书,孔子弦歌鼓琴。"不难想象,孔子讲学时,杏树环绕,花香溢人,琴声袅袅,美景如是:夫子在花影中传道,弟子在熏染中读书,书声琴声,融为一体,何其美哉!

如果你有机会去山东曲阜孔庙参观,还可见到孔子第45代孙孔道辅监修的杏坛,行行杏树,生机盎然。当然,我们重庆周边许多地区也可赏杏,进入林中,你可染一身浪漫风流。

花灯玉兰

李渔认为:"世无玉树,请以此花当之。花之白者尽多,皆有叶色相乱,此则不叶而花,与梅同致。千干万蕊,尽放一时,殊盛事也!"

李渔之意是,玉兰之美,美在通体白色,超过了人们想象中的玉树。再则玉兰开放时,像梅花开放一样,"花不见叶,叶不见花",各不干扰,自显其妙,又能千枝万朵一起开放,白生生满树皆是,那是何等热烈的景象。

更可爱的还在这里:玉兰形体洁白,酷似路灯,又多植公园内、大道旁,春天花开时,道旁的路灯与树上的"花灯"融为一体,千盏万盏,白如凝脂,美如繁星。你若是看花了眼,还以为道旁的路灯,就是放大了的花灯;园内的花灯,就是缩小了的路灯呢!

原来这丰神如玉的景象，正是工程技术人员"天人合一"的杰作。据说开初的造灯者，就是以白玉兰为原形，仿制出了路灯，名曰"玉兰灯"；以紫玉兰为基调，仿制出了霓虹灯。可见这里的灵感，皆来自玉兰。其几何尺寸，完全受玉兰的启发！

诸花皆忌雾霾和阴雨，玉兰因皎洁而甚之。雾雨一来，不用几日，花色大变，因而玉兰又成了雾雨天气的哨兵。正所谓"峣峣者易折，皎皎者易污。"养花一年，败花几日，天杀妖霾也！

正因如此，李渔才提醒道，故观玉兰要把握天候，抢在雨雾来临前抓紧观赏，观得一日是一日，赏得一时是一时。"若初开不玩而俟全开，全开不玩而俟盛开，则恐好事未行，而杀风景者至矣！"

这里且让我把一首唐代杜秋娘的诗献与诸君："劝君莫惜金缕衣，劝君惜取少年时。花开堪折直须折，莫待无花空折枝。"

清品水仙

水仙，乃花卉清雅之极品。虽说"梅兰竹菊"也都雅，但在水仙面前，似乎略逊一筹。

因为这些花木，都出自泥土，而水仙成株后，却植于清涟，濯于绿波，与污浊绝缘。她茎若象牙，叶若绿葱，娴若温玉，静若处子，被称为"凌波仙子"。因而李渔才说：

"水仙一花，予之命也！予有四命，各司一时：春以水仙、兰花为命，夏以莲为命，秋以秋海棠为命，冬以蜡梅为命。无此四花，是无命也；一季缺予一花，是夺予一季之命也！"

什么叫花痴，我以为这就是真正的花痴了。

七十年代生活困难，部队也常吃粗茶淡饭，于是战士们说："面条是我的命，若有了豆腐，我就不要命。"李渔则不同，水仙、夏莲、海棠、梅花四花，都是他的命，四条命一条也不能丢。何以如此？

李渔说，妇人中面似桃，腰似柳，丰如牡丹芍药，瘦比秋菊海棠者，比比皆是；然淡而多姿，不动不摇，又能作态者，唯水仙也。水仙的妙处就在于她的超凡脱俗，淡雅端庄，虽不搔首弄姿、扭捏煽情，也能生出美态来。这一美态，爹妈给的，出自天然，绝非去韩国首尔整容所得。

在传统花卉中，水仙还有其高贵的出身。传说水仙是尧帝的女儿娥皇、女英的化身。她们二人同嫁舜帝，姐姐为后，妹妹为妃，三人感情甚好。舜在南巡时驾崩，姊妹双双殉情于江边。上天怜悯二人的至情至爱，便将其魂魄化为水仙，因而才有这般的高洁。

这只不过是美好的神话而已，中国水仙并非纯粹的国产货，它是唐代从意大利引进而来。它在中国已有一千多年栽培历史，早已完全国产化了，现已成为世界水仙花中独树一帜的佳品，已成为中国十大传统名花之一。

中国水仙自古就与兰花、菊花、菖蒲并列为花中"四雅"；又与梅花、山茶花、迎春花并列为"雪中四友"。它只需一碟清水、几粒卵石，就能很好生长。每逢寒冬腊月，置一盆水仙于案头窗台，还能吸走你所在空间的废气噪音，释放出宁静温馨的气韵，营造出安宁清心的氛围。故而雅人的客厅书房，各地的戏曲晚会，政协、老干部茶话会的桌上，总会摆放着水仙。

寒果梨儿

梨树从花到果，贯穿一个"寒"字。李渔说："雪为天上之雪，此是人间之雪；雪之所少者香，此能兼擅其美。"李渔还想把一联唐诗改为"梨虽逊雪三分白，雪却输梨一段香"呢，妙哉！

梨树花寒、果寒、味寒、籽寒、木寒（故有梨木枕宜夏天用），简直就是寒品的化身，这些在百科全书上都有介绍。更有意思的是，历代的文人墨客正是利用了梨的寒性、梨的谐音，来暗示离人的意冷心寒。比如，夫妻、朋友分梨而食，愁容满面，这是很令人伤感的场面。戏剧中唱道："梨（离）花落，杏（恨）花开，梦绕长安十二街……"这种离情别意的形象化表演，楚楚动人，传唱久远。

金圣叹是明末清初的大文学家、批评家。当他批点完《水浒传》《西厢记》后，一身疲劳，便躲进了附近的报国寺休整。一天夜里，已批书成癖的他躺在床上辗转反侧，到了半夜毫无睡意，便披衣秉烛去见方丈，想借佛经予以批点。鹤发童颜、长须飘飘的方丈得知来意后，慢条斯理地说："想批经书可以，但有一条件在先，我出一上联，你如能对出下联，方可批点……"

此时忽听得"笃笃"几阵梆子声传来，老方丈灵机一动，脱口说出了上联，"半夜二更半"。金圣叹冥思苦想，绞尽脑汁，就是对不出下联来，只得抱憾而归。

三年后，金圣叹因"哭庙案"被判斩杀。刑场上，他泰然自若，临刑不惧，并向监斩官索酒畅饮，且边酌边说："割头，痛事也；饮酒，快事也；割头而先饮酒，痛快痛快也！"然后问前来诀别儿子："快告乃父，今天是什么日子？"儿子哽咽着说："八月十五日，中秋。"听到"中秋"二字，金圣叹突然仰天大笑道："有了！有了！老和尚的上联，我对上了，'半夜二更半'……不就是要对'中秋八月中'吗？"既有今日，何必当初——还去借佛经批点呢？

本故事的看点还在下面。

说是金圣叹一番醒悟后，又对两个儿子"梨儿""莲子"（均为二子乳名）说："乃父将去，吾儿尚小，今有一副对联，正好描述了我的心境，那就送与二子，权作离别之言吧。"随后吟出了这副著名的"别子联"："莲（怜）子心中苦，梨（离）儿腹内酸。"在场人无不为之动容，梨儿、莲子及金夫人号啕痛哭不止。

从此，梨树便真正成了名副其实的悲情树木。过去大户人家，一般不种在庭院、门前。当然，我们今天品梨观花，大可不必再去翻这些陈年老账了。春即到来，渝北、南川、璧山、永川等地，皆多有观赏梨花的景点，请君莫负春光。

娱情芭蕉

在传统文化里，芭蕉常与孤独忧愁相联系。雨打芭蕉，既有悲意，亦有欢情。故事还得从清代文人蒋坦说起。

蒋坦的书房种着一株芭蕉。秋天一到，雨打蕉叶之声让他心烦。有一天，他到院中摘下一片蕉叶，题下几句闲词："是谁多事种芭蕉，早也潇潇，晚也潇潇。"妻子秋芙看到，便也取来蕉叶、笔墨续了下联，挥毫题道："是君心绪太无聊，种了芭蕉，又怨芭蕉。"

原来，蕉叶如纸页，还真可在上面题诗写信。难怪李渔要说："竹可镂诗，蕉可作字，皆文士近身之简牍。"而且还能日题数遍，反复使用。先生就曾在蕉页上题过一诗："万花题遍示无私，费尽春来笔墨资。独喜芭蕉容我俭，自舒晴叶待题诗。"

写到这里，想起两首名诗来。一是唐人钱珝的《未展芭蕉》："冷烛无烟绿蜡干，芳心犹卷怯春寒。一缄书札藏何事，会被东风暗拆看。"二是元朝诗人张可久的《清江引·秋怀》："西风信来家万里，问我归期未？雁啼红叶天，人醉黄花地，芭蕉雨声秋梦里。"此两首诗作，均把芭蕉比作信札，太有诗情画意了。

看来，这芭蕉树上不仅有便笺可取，还有情书可藏，更有"蒋干"（曾以盗书出名）之忧啊！院内种芭蕉，既绿化了门庭，增添了情趣，又减少了开销，节省了资源，真是一举多得的好办法。

诸君不妨一试。

家乡冻桐花

家乡桐花的一冻，太有香气、太有诗意、太有文化了！

近来气温骤降，持续奇寒，刚有一点生气的芭蕉新叶又耷下了脑袋，我想家乡的桐花又该开冻了吧！

那年春节回乡探亲，很想多住一段时间。重温那"冻桐花"的喜悦，饱赏那桐花盛开的景象，哪怕只闻一闻那忽断忽续、魂中梦中的香气，即刻起程也无怨无悔了。可是军务在身，马虎不得，节令未到，便怏怏然离开。"冻桐花"的细枝末节也就只好继续留在记忆里。

我家乡川北，是盛产油桐的地方。党的十一届三中全会后，油桐树种植得更多了。那山山岭岭、坡坡坎坎自不必说，就连农户房前院后也有栽种。桐树挂果后，若农民写信没有糨糊封口，举手摘一个桐子切开顶部，就会胶汁长流。用它黏糊牢靠得很。秋天了，将那残枝败叶用作燃料，农民十天半月不用烧煤；所卖油桐的钱，一家人用来做冬衣还绰绰有余。正因为这样，"冻桐花"也就给人带来另一番喜悦。

大约每年阴历二三月间吧，天气本该像个春天了，可是家乡的气温会突然下降一阵。两三天不算，若是四五天温度还上不来，就有阅历较深的农民带头穿上过冬的棉衣，遇上年轻人就喊："冻桐子花啰！"那语气很有点兴奋，颇像今天电视里播音员遇到久旱之后预告"近日将有大雨"一样来精神。年轻人自然无须理会，照样穿着春衣趁着农闲逍遥逍遥。如果这时气温又陡然转暖，老农们便知，这回桐花不会开，气温还要降，棉衣不能脱。这时，年轻人就会趁机讥笑穿上棉衣的老者："我看不是冻桐花，怕是冻了您老人家吧！"老农们便会快活地反驳："'放牛娃儿不要夸，二三月间桐子花。'你看嘛，二天不冻得你牙巴打抖才怪哩！"

果然，一天气温骤降，更多的老农又在喊："冻桐子花啰！"这回十有八九是真的。只要那天晚上老农们在被窝里能被冻醒，他们就会说："这回桐子花定开了，今年定有好收成。"第二天早上起床你就看吧，那漫山遍野、沟沟壑壑的桐树上全都白了，好像昨夜刚下过一场大雪。此时若用"忽如一夜春风来，千树万树梨花开"之类的诗句来形容这银白的世界，都显得很不够。因为梨花的花瓣比起桐花的花瓣来到底小得多了，也薄得多了。咱家乡的桐花开时大若银圆，厚若羊脂，有如城市公园里白玉兰开放的景象。但实在地说，白玉兰开放时花朵疏少,又哪及桐花开放时那样茂盛繁多。桐花开放时是花的世界,花的海洋。她山山岭岭连成一片,村村寨寨融为一体,又一个早上猛然出现,简直比大型歌舞团"比舞"还要整齐鲜丽。你说这样的景观哪里去找?

自然,如果哪一年翻春过后就一天比一天暖和,偶有几个小寒潮还不至于把桐花冻开,也听不到老农在村头街口高喊"冻桐子花啰"的快活声音,只是有时听他们三三两两在议论:"今年咋个还不冻桐子花呢?"语气中有点企盼和焦急的味道,那就不妙了——节令到了或是过了,桐花虽然会开,不过就有点"羊子拉屎——稀稀拉拉"的,气氛与色彩都差得远了。更要紧的是,这年的油桐绝不会丰收。老农们还会心照不宣地告诫家人:"今年病多、瘟多。情况不好,就赶紧打针吃药,不要节省那几个钱。"

桐花冻开后,自有一种玉洁冰清的姿色,又有一种清新淡雅的香味。其实,此时农民并不关心这些。他们最关心的是水稻的育苗,玉米的播种之类的农活。如果这时有城里长大的文化人或者外县外省的商人来吾乡出差访友,他们就会被这壮丽的景色陶醉得目瞪口呆。就会有少男少女问:"大伯,这叫什么花?""桐子花。""怎么叶片不见就开了花呢?""'此花与诸卉不同。它是花不见叶,叶不见花'呀!"少男少女们一听这回答,又会惊讶一番:"大伯你怎说得这么好呢?"那大伯就会哈哈大笑起来:"我学的是川剧《画梅花》里的台词哩!"若是这少男少女们再有一定文学修养,一听梅花,再细看眼前的桐花,她们都在不同季节最寒冷的时候开放,而且都素雅清淡,无遮无盖,芳香宜人而又造福于人类时，定会催生出多少奇思妙想来！

家乡的桐花似乎比一般的花卉花期要短些。它大约在一周之内完成"男欢女爱"之后就纷纷谢落了，坡上沟里又像洒满了一层乱琼碎玉。过去农民们不懂得它用处大，也就随它"零落成泥碾作尘"了。近几年来便有农民像林黛玉一样，扛着花锄，背着背筐，提着扫帚，先把那些比较鲜活的花瓣一堆一堆扫拢，背回家中倒入粪坑内泡肥。其余比较干枯或夹土较多的，就挖坑埋在树根下，以增补桐树一年生长的营养。这劳动虽无"黛玉葬花"的情愫，却有与之相当的美感，老实农民干起来也很抒情的。

然而更为奇妙的是，用这桐花泡出来的肥料，它夏天不生蛆，施田庄稼壮，禾苗虫害少，厕所里也少有臭气。我理解，粪坑里倒入了这大批量的桐花，厕所里也就如同城里人洒了"空气清新剂"，味道自然不会差。当代的农民到底有学问，他们把这水肥称为"桐花肥"。知道它吸了大自然的精气，金贵得很。一二个月后，他们就会闪闪悠悠地挑着这"桐花肥"去浇灌农作物，而且会边走边自言自语地说："今年的桐花肥泡得酽。颜色、味道多周正！"似乎这季庄稼的丰收又有把握啦！

桃花林内有吾村

"满树桃花红似锦，桃红又是一年春。人面桃花常相映，桃花林内有吾村。那缓缓的溪水明如镜，正好洗我花衣裙……"

这是川剧《桃花村》里姚小春的一段唱词。此戏说的是唐代才子崔护春游都城南庄，于桃林之内巧遇村姑姚小春，二人缠绵问答，互生爱慕之情的故事。

菜花黄，李花白。杏花细雨，桃花小汛。作家美女齐聚，才子佳人如流。原来姹紫嫣红开遍，有机农业景色如许……

近几年来，我只要应时回西充桑梓之地，总会多见桃红柳绿、人气日高的景象。假日周末，城里人来西充农村田原秀爱撒欢，锄地摘果的生活情趣，已成一道风景线。

当然,西充花样生活的景观,皆缘于有机农业的崛起。过去回西充,也从乡亲们口中得知,县乡各级领导也曾号召兴农业,办企业,搞种养,富民生,招数换了不少,但往往劳而少功,成效不明,建设美好乡村成了一句空话。

原来,西充无大江大河,无舟楫之便,更无铁路运输,过去发展工业总是落后于邻县。于是县委调整思路,认清昔日的"三无"之地,正是现在发展新型农业必须具备的无污染之地。便决定通过转型发展有机农业,带动其他各项产业,把富民强县的目标落到实处。通过十年努力,今天方有了"游充国田园,享有机生活"的喜人景象。这才是"绿业乾坤大,林下日月长"啊。

那日,我回西充金华山登高远望。金华山位于县城西南面10余公里处,海拔450米高,是四川省100个最佳摄影点之一,也是俯看全县概貌的最好位置之一。正巧,县委陈泽斌书记也在那里下乡。他说:"高如同志,每当县里要决策某项重要发展项目的时候,每当我工作倦怠需要振奋精神的时候,每当有客人、朋友前来参观访问需要干部带路的时候,我都要登上金华山,远望周围的农业发展景象,那才真是清风徐来,万壑藏胸,眼界大开,知后而明进啊!"

他停了停,望着右前方说:"前面是凤鸣镇,那一带土地肥美,向阳通风,若再种上几千亩玫瑰多好!"

我问:"在乡下,那么多玫瑰花好销售吗?"

陈书记摇摇头说:"这么多玫瑰花,若是仅在乡下销售,不知哪辈子才能卖完。你可知道,那玫瑰花正是提取玫瑰精油、制造法国香水

'香奈儿'的主要原材料。精油优质，香水才能优秀。我们县出产的玫瑰花，正符合他们无污染的严格指标要求。因此商家已与我们签订好合同，我们产多少，他们收多少！"

随后，陈书记又目光前移，指向远处说："你看太平、古楼那边，既有山坡，又有平坝，要是在那里再种上万亩桃树、李树、梨树多好！几年后，又多了一个花果飘香、观花采果双受益的好去处啊……"

陈书记走后，我心久久难以平静。西充过去是穷乡僻壤，如今变成了半县山水半公园，一地风光一锦绣的中华名县，好生了得！

我举目北望，正前方的远处再远处，正是我的出生地中南乡。距家乡五公里处的槐树镇，是三国蜀汉大学者谯周的故乡。谯周年幼丧父，孤苦伶仃，随舅父生活。他发愤读书，废寝忘食，通晓五经，谙熟礼法，上懂天文，下知地理，被时人称为"蜀中孔子"。

蜀汉建兴二年（224年），丞相诸葛亮推举他为典学从事，负责学校、生徒、训导、考核、升免等职事。蜀汉延熙元年（238年），被调任太子家令。后历任中散大夫、光禄大夫等职。他曾对姜维多次北伐虚耗国力表示不满，并著有《仇国论》，力陈北伐之失。特别是当魏国三路伐蜀，兵临城下时，他力劝刘禅顺应历史，开城议降，避免了一场恶战，保护了成都人民的生命、财产，赢得巴蜀群众的普遍爱戴。

此时正值阳春三月，花红柳绿，草长莺飞，在淡淡的云雾中，我想那大学者、人文主义先驱谯周的棺椁，不正就安放在家乡那浓浓密密、漫无边际的松林翠柏之中吗？那一沟沟、一树树的桃花、梨花、杏花，不就是家乡亲人送给他的硕大无比的花环、花幔吗？

啊！这些年家乡漫山遍野种下果树花木、翠柏青松,除了给人们提供大量的经济收入、休闲娱乐外,莫非还对长眠地下的纪信、张澜、鲜英等豪杰先贤的英灵功德,在无声地祭奠吗!

我目光回收,落到了距我家几步之遥的雨台山小学。那天课堂上,吴老师正在讲述一个家乡流传很广的故事:

古时候,一个财主请了三名匠人修宅子。宅子修好后,财主给他们送来了两篮又大又红的水蜜桃,并说,你们吃完这两篮桃子,就来领工钱吧。

那时家乡还不会种桃树,这三个匠人也从未见过这种稀罕物,便各自有了心思。那木匠先对石匠、泥水匠说,今天是竣工的好日子,既要发工钱,又要吃桃子,你们先在工棚好好待着,我去买回几样酒菜庆贺庆贺。果然,这木匠出门不一大会儿功夫,就买回了酒菜,刚一进门,不想那石匠、泥水匠便抢起一根大棍子,同将这木匠打死。

原来,当木匠出门买酒菜的时候,那二人就商量:这桃子只有两篮,三人不好分配,不如我们共同将木匠打死,便能一人分一篮了!于是便出现了刚才那一幕。谁知,当这石匠、泥水匠吃下酒菜,还来不及分桃子、领工钱的时候,就双双口吐白沫死在门前。显然,这木匠早已安下了杀死二人、自己独得桃子的歹猫心肠,在买回酒菜的途中就在酒菜里下了老鼠药……

吴老师讲到这里,神情严肃地说:"同学们,这就是家乡版的'二桃杀三士'的故事。听完这故事,我要同学们思考三个问题:一是地主老财设下这毒辣的计谋安的是什么心？二是人性中的自私是多么丑陋，我们怎么从小培养自己向善向公的美好品德？三是为什么地主老财要选用桃子来诱杀三名工匠？"

我记得对于前两个问题，当时同学们都回答得很好、很一致，但唯有第三个问题，莫衷一是。我也记不清那时老师是怎样归纳的了，但是多少年后的今天，在经历了三年灾荒时期、"文革"动乱时期和改革开放的今天，似乎可以这样回答：一是用"二桃杀三士"这个成语，来"旧瓶装新酒"，便于故事的传播；二是用那两篮"又大又红的水蜜桃"作诱饵，很具故事的诱惑力；三是西充这一带的人们当时还不会种桃子，它还是"稀罕物"，如果像今天这样普遍，别说两篮桃子，就是两车桃子也不可能去杀人夺命的，这是很重要的一点。因此可以这样说，物质财富的丰富多样，总是人类文明进步的阶梯；创造更多更好的物质财富，既是提高人民的生活质量，又是提升人类的精神文明、道德情操和社会公德的不竭动力啊！

老师，这番道理，我是否懂得太晚、太浅了呢？

在西充有机农业的配套发展中，我还不能不惊喜其新农村建设与改造工程的迅猛推进。

今年3月初，我随《重庆晚报》和西充县有关部门组织的重庆作家团到家乡采风，沿途见到那一排排一幢幢带有江南风格的乡村别墅，真让人耳目一新。那青松翠柏、似锦繁花掩映下的农家小院，似乎比城里的高档小区更有吸引力，比当年崔护随兴所至的"南庄柴门"更是不逊多少韵致。当连续参观完几处花样田园和人文景观后，我们来到了被誉为"中国有机生态循环第一村"的凤鸣镇双龙桥新村入住。

次日清晨一早，我起床唤上同行的作家乡友马郎甫超，同去领略这小镇风情。这里小桥流水，杨柳依依，小巷幽幽。一排排形同小别墅，又似农家院的街区向前延伸，座座建筑皆是穿斗小青瓦、白墙坡顶房，腼腆而含蓄地展现在我们面前。漫步在春雨初停的小街小巷中，我多想遇见一个桃红色的仙子，或如戴望舒在《雨巷》中所描述那样"我希望逢着，一个丁香一样的结着愁怨的姑娘"。

果然，我们前行到小街尽头，右边一拐，便见一座座稀疏有序的农院展现眼前。我们正入神观看，路边有一年轻大姐轻声唤道："二位先生，请院里用茶。"我们见那农家小院清静敞亮，桌椅茶具干净整齐，大姐也干练清爽，一双儿女机灵可爱，便忙进院里坐下，边饮茶边细谈。谈中得知，大姐名叫何华平，三年前她除去以旧房抵资外，另花七万元购得这套168平方米、一层一底的农家院，办起了农家乐，还在房前屋后栽种蔬菜果木。各项收入，除支付日常用度和供两个小孩读书外，绰绰有余，典型的小康人家。

县旅游局副局长杨焰君告诉我们："这一带经过大力发展有机农业后，不少地方已是田园变花园，农区变社区，村民变市民了，人们的物质文化生活水平显著提升。"

几小时后，我们随采风团离别了小镇，离别了西充故乡，真有些依依不舍。那青山绿水中的家乡美景，那桃林翠竹下的柴门情韵，何日才能长相陪伴呢？

牛儿哞哞

　　我的老家在川北地区一个有名的丘陵县——西充县，所在的村子离县城至少也有 80 里路。以前公路未通时，最先进的劳动生产方式就是牛犁田、牛耕地了。现在说来也惭愧，多少次回乡，也未见到农民在田地里头用什么现代化的机械工具劳作。倒不是这里的人太穷，买不起机械工具，而是小路弯弯，田地坡坎不平，机械化作业确实施展不开。

　　于是耕牛就成了农民的朋友，土地的生灵。每次探亲回家，一见牛儿，就感到家乡还是家乡，乡愁还是乡愁，一切都是那么温馨和谐。

　　可是这些年每每回去时，总觉得家乡的青山绿水间少了点什么神趣，缺了点什么精灵，但驻足细想、细看后，又感到山还是那些山，水还是那些水，庄稼还是那些庄稼，只不过农村的人口是明显减少了，熟悉的老人更难见着了，树木比过去茂密多了，人的服装、房舍的品位，也比以往提高一大截了。而究竟缺了点啥呢？一时又不大想得起来。

前几天，家乡经济信息员、少年时的朋友屠生来城里办事，走进我家后，我把这些感觉讲出来，请他帮我解开那种说不清道不明的"哥德巴赫猜想"。怕他听不明白，我又导演式地连说带比画地启发他："就是说，现在家乡的山川原野间，人情风土中，有啥如诗如画的东西失传了。比如炊烟，现在是看不见了，我知道农民用上了沼气。这都不算，你说还少了点啥？"

他一拳擂过来，笑弯了腰地说："你们这些文人儿哪——少了点啥？我知道——少了点，或者说根本就没得黄牛、水牛、崽儿牛；更看不到'牧牛图''斗牛图''一人一犁牛耕图'了。"

接着，他哼了一段川剧《别洞观景》的改编版："'渔翁们，手持钓竿江边走。牧牛童，倒骑牛背横吹短笛，声音多雅秀。牛儿哞哞，声声入画楼。家乡这般美，农夫乐悠悠。'你说说，是不是觉得少了这些？"

我顿时醒悟过来，高声叫道："好你个屠生，'知我者，二三子'。你龟儿子就算一个。"

随后，我顶认真地问他："农村真没了牛，那农民们犁田耕地怎么办？""怎么办？你咸吃萝卜淡操心。笨办法总还是有嘛！粮食还不是照样种出来，饿不倒你。"

此时，我长叹一声，大约脸上的表情很有一些痛苦。

谁知他反唇相讥道："你遭了！不在城里用心思当官，还在想那些农村里头的事。"

我与屠生是中学时的同班同学。那天，语文老师讲《分马》一课，这是选自周立波小说《暴风骤雨》中的一节。老师不紧不慢地说："南方农民的牛，北方农民的马，都是他们的命根子。《分马》，表面上写的是农民们分得马儿的喜悦心情，其实，更主要的是写他们翻身得解放、当家做主人的时代风貌。在农民们看来，偷牛盗马就是江洋大盗，爱牛爱马就是爱田爱土。因此，你们放学回家后，应当照顾好生产队的牛儿、马儿……"

爱牛爱马，或许是农民的本色。那时，我家的老屋并不大，前半部分住人，后半部分就圈牛和猪。猪是自家养的，养成后的一切收入全归自家所有；牛却是生产队公有的，队里总是让最负责任的人家看养，而且还有一条不成文的规定：养一头牛，一年给你多少精饲料、粗饲料和多少工分是固定好了的。而平时你究竟给牛喂了什么，实在是没法监督你。但是，一旦你家养的牛儿掉了膘，皮毛失去了光泽，农民们就会指着鼻子问你："那牛饲料，你人都吃了！"这话一旦成了全队农民的共识，你家的牛就不要再想养了。因此，课余时间，或放学回家的路上，我总要尽可能给牛儿拔一抱青草，放到它跟前；而喂猪儿的猪草，我却从未打过。最有情趣的是假期中，南山放牧，"牛角挂书""牛背吹笛"，那便成了我的专利……

我真想不通，当今的农民为啥不养牛，便又问屠生："现在的牛儿都到哪里去了?"他不耐烦地说:"你还在想那些事。实话给你说吧——死了、吃了、卖球了。"

我大惑不解,要他讲细一点。他叹了口气说:"现在的人心乱啦……"

他说:"农村包产到户后,牛儿也分下去了,或三四户人家一头黄牛,或五六户人家一头水牛。这个月你家养,下个月他家养。耕田犁地的时候,轮流使用。开初,农民们还像生产队时代那样精心养牛,时间一长,就扯起皮来。你家埋怨我家没有喂好,我家又埋怨在你家掉了膘。用的时候,你家又埋怨我家用得多,我家又埋怨你家一夜用到天明。生产队时期,有工分制约你,现在不兴评工分,不兴配饲料,一切全凭良心办。这牛能饲养好吗?包产到户初期,全组有 9 头牛。这几年,病死、累死了 4 头,养不下去卖掉了 3 头,送到大餐馆当菜牛吃掉了两头。这样,咱家乡的牛儿子、牛孙子就全绝种了。"

我心沉痛,问:"我家隔壁周老太爷呢?"

"死了。"

我所问的周老太爷,是生产队时期养牛的好手。中华人民共和国成立前,他贩牛运马为生。一看牛犊的骨架,就知这牛将来长多大的身胚;一摸牛的牙齿,就知这牛有几岁零几个月的年龄;一看这牛的眼神,更知这牛性情是温驯还是暴烈。那年,他受队里委派,去达县(今达州市达川区)山区买回了一头母水牛,毛色并不光亮,身架也并不健美,人们都埋怨他价钱开高了。他蛮有把握地说:"光看外表,价格是不低,但你只要看得懂肚子,这价格就太便宜了。我保它 5 个月后,下出一头牛儿子来。"

"下牛儿子? 咋个下法?"我拍脚打掌地问他。周老太爷笑眯眯地说:"这牛妈妈到时候像拉屎一样,大腿一张,牛儿子就下地了。"

"牛儿子下地后,能走路吗?"

"能走路。它到时候还要拜天地、拜四方,拜生它的妈妈和养它的主人呢!"

这5个月中,我时时想起周老太爷讲的牛妈妈下牛儿子的事,牛儿子拜天地、拜四方的事。那一定很有看头啊!

这天到了。下午我放学回家,周老太爷悄悄告诉我,牛妈妈要下牛儿子了! 晚饭一吃过,我就跑到他家牛棚。牛棚里已经有了七八个人,大多是生产队的干部,还有周老太爷一家人。周老太婆在熬红糖姜开水,周老太爷笑眯眯地往熊熊燃烧的柴火堆上加柴。人们脸上都是或隐或现的喜色。我时不时兴奋地问:"牛儿子啥时下地?"周老太爷就轻轻拧我一把,意思是不准我大声喧哗。

直到下半夜,我见母牛的目光开始半张半闭地下垂,嘴也微微张开,拉风箱似的喘着粗气,后腿叉开着,做出跨马蹲裆式。周围的人都站起来,就有几只手轻轻地抚摸着牛妈妈的额头、脊背、腹部。母牛目光也变得更加温驯动情,似乎有了泪花,头也完全倒在了周老太爷的怀里。我预感到牛儿子就要出生了,就往前挤,一定要看清牛儿子怎么像拉屎一样从妈妈的两腿之间钻出来。可是周老太爷拉住了我,用命令的口气轻声说:"走开一些,牛妈妈这时见不得生人。"

我被围在了牛屁股外面,急得抓耳挠腮。不一会儿,就听周老太爷兴奋地说："乖儿子，你总算下地了。你这'雀雀'长得这么鼓，又是一个干活的好劳力！"他接着又对老婆子喊道："你还不快拿抹布来！"周老太婆一转身离去，我从人缝里看清了，小牛犊已经下地，卧在干草堆里，浑身冒着热气。周老太爷用早已备好并用开水煮过的剪刀，给牛儿子剪掉脐带，又顺手接过老伴递来的干抹布，轻轻擦着牛儿子身上的黏液。同时自言自语地说："你们看这毛色多光，眼睛多鼓多亮，膘也是长够了的，身架骨比它妈还抻展。只可惜是头牯牛，要不，还会给我下一串小孙子。"

"牛儿子怎么还不拜天地哩！"我等得不耐烦了，不禁喊叫起来。周老太爷这时才和颜悦色地把我搂在怀里，点燃叶子烟杆说："快了，牛儿子就要拜天地、拜四方了。"

果然，不一会儿，牛儿子用水汪汪的眼睛好奇地看了几遍周围的人群后，那流线型的肉腿就像折尺般地收拢过来，一纵身站起来了。刚要起步走路，突然"扑通"一声，跪在了草堆里。我就听见周老太爷像司仪般拖长声音喊："一拜天地——"牛儿子稍事休息，第二次站立起来，试图举步，"扑通"的一声又跪了下来。周老太爷又拖长声音喊："二拜四方——"

当牛儿子再次出现这套动作时，周老太爷又喊："三拜高堂——"事情非常凑巧，牛儿子三次站立三次扑倒后，走路像是练会了。它第四次站立起来后，在牛棚里走了几步像样的路，就一头钻进牛妈妈的肚皮底下，用头去撞那鼓鼓胀胀的大奶子。周老太爷就顺势把奶头塞进牛犊嘴里，说："牛儿子的祭拜已经完了，你们都回去睡觉吧！"

第二天，他家后院的大桑树上，就挂了一个红布袋。大人们说，那里面装的是牛儿子的胎盘，是请苍天保佑牛儿子免灾免难。

我把刚才想到的这些情形告诉了屠生，屠生一本正经地说："你还是读书人，那牛犊生下来后，是在练走路，拜什么天地？那胎盘挂在大桑树上，是告诉社员们，他家养的牛下崽了，这段时间不能用。"我说："那是，那是。可是那周老太爷对牛儿也爱得太深了，可惜他已经谢世了，要不，咱家乡的牛儿，还会遭斩草除根的祸殃吗？"

屠生叹了口气说："老弟，时代过去了，比不得呀！"接着他反问我，知不知道那牛儿子的下落。我说："不知道。"他点燃一支烟，吐一个圆圈后说："那你就听哥子讲来。"

他说的时间，是我参军后的第二年春天，毛毛细雨下个不停。李秋娃给生产队犁秧田回来，扛着犁头，吆着那头已经6岁的牛儿往家走。过响水滩石桥时，牛儿一个"硬底滑"踩虚了脚，四仰八叉栽进了两丈以下的河水里。简直是石破天惊，全队社员赶来了。李秋娃为稳住大家的心，忙说："猪浮三滩，牛浮四海。水牛下水，问题不大。一会儿就会自己游过来。"可是过了半个时辰，那水牛如漂浮物泡在河水里，怎么也游不过来。社员们急了，下水去把它拖上岸来。原来，这水牛因个大体重，下水又猛，水面的弹力已将牛儿的尾椎骨闪断，完全瘫痪了。周老太爷当时就蹲在河边呜呜地痛哭不止，李秋娃也吓慌了，一纵身跳进河里要自杀。全队人救了李秋娃，又用四根杠子扎成八人大轿，把牛儿抬回了周老太爷家的牛棚。全队上年纪的人哭成一团，骂李秋娃断子绝孙。周老太爷从公社请来兽医，煎汤熬药,石膏夹板捆腰,什么办法用尽,牛儿还是站不起来,见了他就流眼泪。两个月过去了,这牛儿一身肥膘掉了一大半。就有镇上合作商店的朱经理带一厨师来到队里,找到干部要买下这牛儿做菜牛。周老太爷闻讯赶到,一步冲到厨师跟前,恶声恶气地吼道:"要杀牛,你先杀我!什么混账东西!吃了我们种的粮食,还不过瘾,还要来吃我这牛儿子。你祖宗三代不得好死!"说完、骂完,就一屁股坐在地上,号啕大哭起来。朱经理连忙解释说:"周老太爷,不是这意思。这牛是治不好了,最后还是死。不如趁它还有些肉,杀了还可以卖几个钱!这完全是一片好心,完全是为社员们着想嘛!"

队里干部看实在不可能杀牛了,劝走了朱经理他们,又安慰了周老太爷。之后,周老太爷更加精心地护理这牛儿。

无论是人还是牲畜,大约还没有治好高位瘫痪的先例。半年后,那牛儿还是死了。那时,农村生活还很困难,周老太爷怕人去吃了这牛儿,就将它埋在了他后院的竹林里,又请来石匠錾石立碑,上书庄重的隶体:"吾儿千古。"

讲完这故事,屠生眨眨眼睛说:"你龟儿子听入了神,怕又在收集啥写作素材。"

我说:"我首先考虑的倒不是这些。吾乡既有爱牛如子的美传,现在人们生活水平又提高了,牛饲料也多了,就应该把牛儿养得更好嘛!"

屠生一脸正经地说:"搁倒起!你以为人的生活好了,思想觉悟就提高啦?没那回事。实话实说吧,现在是人心不古啊!"

他接着往下讲："前些年,那几头牛每次还没断气,组里一伙小青年就跑来了,下刀子的下刀子,剥牛皮的剥牛皮,取下水的取下水,一头牛最后被分得尸骨不留。狗日的几个内行,还因为牛肝子分不平打过架。说什么'牛肝马肺猪大肠',是上了书的。牛身上最好吃的就是那肝子。你说这些人有心肝没有?"

"牛都吃了,卖了,村民们犁田莫非都用拖拉机?"因为语文老师讲《分马》那堂课时就讲过:"同学们,你们一定要爱惜耕牛,耕牛是农民的命根子,也是祖宗们留给我们这个时代的特殊产物,要不了多少年,耕牛就会消失,铁牛就会普及。农民们耕田犁地,往拖拉机的驾驶楼里一坐,'突突突'一天下来,几十亩田地就耕翻完了。那时候你们要看耕牛,到动物园去找吧!"

屠生哈哈大笑起来:"你做梦去吧!村里有几户人家,是早买下了拖拉机,可全都用来跑运输,挣现钱!"

"那冬田怎么犁?插秧前的陈水田又怎么耙?"

"这可就叫作英雄创造历史了。过去的历代农民,都是牛儿耕田耙地,现在不同,全是人挖。"

我瞪着一双"牛眼睛"不得其解。

屠生说:"你这个书呆子呀!农民们是有办法的。他们从牛儿早已绝迹的外乡学来了一套技术,让铁匠打了一巴掌宽、两尺多长的一种挖田工具,叫作'田锄'。立冬时分,一家人就扛着田锄,到冬水田去挖。一天下来,一个个弄得一身一脸都是泥浆。干活速度也慢得多,但农民们说:'这还是比养牛合算。养一头牛,弄得几家人生气。'"

我说："耙田、耙地呢?"

屠生说："也有办法。耙还是那种耙,只是由牛拉变成了人拉。壮劳力两个,像牛一样在前面拉耙,年长的在后面掌耙。一家人两三亩田地,一两天也能耙完。"

我仰天长叹一声："这不是又回到刀耕火种的年代了吗?"因为20世纪60年代初有过这事,那时农民耕种自留地受到限制,禁止使用耕牛,只能使用这种笨办法。

屠生说："是,是这么回事,可话不能这么说。这也是没办法的办法,说不定哪天又会生出什么新法子。"

我说："新法子就看你想不想。你屠生在农村就是搞信息、技术致富的。我给你出个主意,你回去就买他几头耕牛,专门成立一个犁田耙地服务组,农忙时就专门出租耕牛、犁铧,合理收费,说不定还能富起来呢!"

"搁倒起,现在咱家乡农民小心眼儿多得很。一会儿会说你收费高了,一会儿说你又赚了多少钱,这种生意干球不得!"

屠生一看表,离开车时间还有一个小时,他"哎哟"一声,告辞就走。我送别屠生回来,心中升起一层"秋风归来自掩门"的惆怅:农民没有了耕牛,田园少了一种诗画般的情趣,语文老师当初的预言"正打歪中"……"回首笑牛牾,指鞭问牧童",难道多情最是我?

乘风破雾

评说篇

头顶不会总是艳阳天,忽时风雨忽时晴,才是人间好景象。你看——

暴风雨就要来了,在漫漫天空中,狂风卷集着乌云,在乌云和天空之间,鸿雁像白色的闪电,在高傲地飞翔着。

一会儿翅膀碰击着闪电,一会儿箭一般直冲云端,它叫喊着。就在这勇敢的叫喊声里,乌云听出了欢乐,暴风雨听出了渴望,天空听出了愤怒的力量、热情的火焰和胜利的信心……

这是勇敢的鸿雁,在怒吼的天空中,在凶厉的闪电里,高傲地飞翔;这是胜利的预言家在叫喊:让暴风雨来得更猛烈些吧!

鸿雁、海燕差别大吗?只不过高尔基笔下的海燕飞得低一些、近一些,而鸿雁飞得高一些、远一些罢了。

那若隐若现的鸿鸣,就是它们穿云破雾的佐证。

从测字算命到"大师"发功

这是一个伟大时代的卑微话题。

它是小众的,又是大众的;是神秘躲闪的,又是堂而皇之的。孟子说过:"大而化之之谓圣,圣而不可知之之谓神。"

一

前不久,我与妻子小任到某风景点旅游,行走交谈间,为一点家务事争论起来。突然,一陌生男子跟过来,对我诡秘地说:"先生,谨防'小任'要害你!"

听他一言,我像丈二的和尚摸不着头脑,心想,我们夫妻出门在外,谁认识她叫小任? 我们刚才争论的家务事,这人是怎么知道的?即便妻子与我意见相左,也不至于反目成仇吧!

我即问妻:"你真要害我?"

妻子一愣,随后转身,询问那位紧跟不放的陌生人:"你是算命的?"那人答:"是的。"又问:"算什么?"那人答:"天地阴阳、凶吉祸福、贫贱富贵、生老病死,科考生子、股票涨跌,无所不算,无所不测。"

听到这里,我妻严肃地对他说:"你走开吧,我们不看相算命。"

那人只好离去,仍边走边说:"本人刘伯温在世,前知三千载,后晓八百年。当今天下,小人成灾,小人不在天边,即在眼前。诸位君子,小心为上啊!"

听过这番话,我方醒悟过来:刚才主动搭讪的那人,口称"小任"者,实为"小人"也!"任""人"同音,其意相去甚远。我张冠李戴,误听路人之言,实在不该了。

二

让历史回归到三百多年前的那个春天,明朝京都,虽已春暖花开、阳光明媚,但随着明王朝的油灯将枯,气数已尽,皇宫内外已是一片萧条、人心惶惶了。

此时,闯王李自成的起义军,已把北京城围了个水泄不通。崇祯皇帝朱由检困在紫禁城内真是心烦意乱,坐卧不安! 他唤来随身太监王承恩,说:"走,随朕出宫,微服私访,或许能遇异人,让我大明江山转危为安也未可知。"

于是，君臣二人换上便衣，出了宫门，辗转来到前门大街，抬头一看，远处有个测字摊儿，摊前有副对联。上联为"舌卷春雷惊神鬼"，下联为"眼悬秋月识王侯"。

摊儿后，坐着一位测字先生，四十多岁，个头矮小，但神色自若。原来，他叫宋献策，刚被李自成封了"开国大军师"。他领了闯王将令，在大军攻城之前，潜入城内，扮成卜师，传递情报，以做内应。

崇祯皇帝走上前来，打着地道京腔问道："先生，我测一字可否?"宋献策抬头一看，见此人衣着整洁，气宇不凡，又有体面的跟班随后，已知其有几分来头，便道："有劳先生，请开尊口。"

崇祯皇帝正琢磨，说个什么字呢? 一抬头，见路旁有家"大友粮油店"，便自个首先"拆"了一字，将"油"字一分为二，去掉偏旁三点水，留下一个"由"字来。便说："有了，我测个'由'字!"

宋献策听后，佯装一惊，说："不好，这'由'字正如时下，农民离田出来，容易惹事啊!"

崇祯改口道："先生，你听错了。我说的是'友'字，朋友的'友'，而非理由的'由'!"

宋献策说："哎呀呀，这'友'字更不好了，那是'反'字出头，农民造反啦!"

崇祯又改口说："先生，我测的是'又'字!"

宋说："那是'圣'字失土，江山有亏啊!"

崇祯说："我测的是'有'字!"

宋说:"'大明'二字,各少一半,剩余的,方合为一个'有'字!不好,大明的半壁江山已经丢了!"

崇祯说:"非也! 我说的是'尤'字。"

宋说:"'龙'字无腿,方为'尤'。"

崇祯说:"不对! 我说的是'酉'字!"

宋说:"'酉'字被砍头,首领完了!"

帝怒:"胡说什么,我测的是'幽'字!"

宋一字一句回答说:"这就更糟糕了,山中藏了两条丝带,说不定啥时会闹出两条人命来呀!"

崇祯听到这里,已浑身散架,大汗淋漓,忙从袖中掏出一方丝绢,准备擦汗,不经意间,手一哆嗦,手绢掉落前胸,像用西餐时脖下挂了一条餐巾布。王承恩急忙上前拾起,不断用丝巾甩打自己,并连声自骂自责道:"奴才该死,奴才无用!"

宋献策见状,哈哈大笑,收摊扬长而去。

果然第二天,李自成攻破了北京紫禁城,崇祯皇帝朱由检和贴身太监王承恩,双双吊死在一墙之隔的煤山上。

这是我至今所看到的测字中最为生动、最为传奇的故事了。双方从"由"字起测,到"幽"字结束,一共八字,全部上口押韵,音相似字不同,这就便于崇祯皇帝随时改口换字,重新卜测,以求迎来吉祥之意。但是,崇祯无论怎样换字,宋献策总能字字测出凶意,句句直点明王朝死穴,而且所述内容,都与农民起义军以及明王朝的实际处境高度吻合。

尤其好玩的是最后：崇祯丝巾掉落以及太监拾巾甩打这个细节，虽非测字，但却有着极强的暗示意义，正可谓"行为测字"也！预示着他们的死法与丝带相关。

崇祯测字，显然是艺术家们创作出来的一段思想性、文学性都极强的故事，不是真实的历史。比如其中的"圣"字、"龙"字皆用的简化字，当时明代还没有正式出现这样的简化字。再比如测字那一日，正是身肩重任的宋献策组织围城部队发起总攻的头一天，有多少军机大事需要处理，他怎么可能离开大本营、独自进城来摆摊测字呢？

现在我们得知，这段故事早期为北京艺人编演的一段单口相声，后经许多著名的艺术家、作家不断修改而成。它利用卜师测字这一民间传统的手法，巧妙地演绎了腐败没落的明王朝必然灭亡的结局，因而是健康有益的，也是深受人民群众喜爱的。

三

测字算命，在我国具有悠久的历史。《易经》开创了此项事业的先河，它以阴阳五行、相生相克相济的辩证体系为理论依据，去寻找事物发展变化的客观规律，其爻辞多含朴素的辩证原理。进入春秋战国时期，百家争鸣，也促进了测字算命的兴盛，当时出现了一大批方术大师，其中鬼谷子被称作算命术的祖师爷。唐宋以后的李虚中、徐子平、刘伯温、宋濂等术士学者，都发展丰富了这一学问。当然，在泥沙俱下的历史长河中，此门学问也不可避免地浸润着较多的封建迷信思想，一直影响到后世当今，用此谋利赚钱、养家维生者，大有人在。

我观测字算命之类，从本源上讲，是中国哲学、儒学、道学、玄学、民俗学、风水学、心理学等多门学问的综合体现。在正常情况下，它研究的是人和事物发展变化的一般规律。它根据已知的某些条件，去寻找该事物的未知条件和发展趋势，从而推断结果，这是有科学依据的。因为世间万事万物，既存在着它的"定数"（规律），又存在着它的"变数"（非规律）。这里，我们如能从那人或那事物的"定数"，即普遍规律中去预测其未来或结果，这结论在一般情况下是准确的，可供借鉴的。反之若不是这样，那情况就变得比较复杂，预测的结果也就很难与实际情形相吻合了。

为此，各类方士卜师在给人算命测字时，各种琢磨、算计的手段，无所不用其极。诸如暗地调查、察言观色、内心揣摩、心理暗示、话里套话、语义双关、混淆概念、循循巧诱、换位推测等等技巧，都会被他们用得稔熟。

因此，玄学知识中也有积极的一面。我们若有闲暇，读读易经爻辞、谶语格言，这对于修身养性、自我警示、心理预防以至少犯错误，不无好处；而另一面，诸如签怎么抽，卦怎么打，相怎么看，命怎么算这些神秘主义、哗众取宠且缺少科学根据的过程、手段，我们确可不沾不惹、不信不干，躲它远远的。

事情如果仅仅这样，倒也罢了。但从近来媒体报道的情况看，一些神汉大仙、奇人异士、气功大师们的所作所为，又十分令人惊讶了。

他们或以"神水治病"，非法行医，多次致人亡命；或以"空杯来酒""脸盆遁蛇"四下制造神奇；或以"意念移钞""白手疗疾"屡屡迷惑民众；或者干脆自吹自擂，"我一发功，几十米外也能戳死人"，以此吓唬揭发者。当然这类"气功大师"的真面目很快就被人揭穿。

神话戳破，尘埃落定；大师现形，发人深思：何日"气功大师消闲"，"德、赛先生"走运，则民族兴盛焉！

四

遥想改革开放初期，一批神功大师像雨后毒菇一样冒了出来。会议室里、大礼堂内常常成了他们现身说法、讲功布道的经堂，而且听者如云。据说，大师们多能现场发功，包治百病，就连百里之外，大凡知晓此信息的人，只要心诚不疑，同时遥听，也能资源共享，接功受益。

我曾在某单位大礼堂听某"大师"讲气功课，其盛况，堪与今天明星们的大型演唱会相比。特别是当"大师"进入发功表演时，身体一晃动，半礼堂听众也都浑身摇摆起来，状同筛糠、打摆子。我邻座一男童，不出十岁，那身体摆动时，上下协调，起伏均匀，双眼微闭，不能自制。每次全场发功停止后，还须大人抱住他的全身，帮助他收功，那情形让我看呆了。

当时我也始终弄不明白，其中奥秘何在？现在懂了，那叫"情绪感染"，是在人员集中时、在某人的诱导下，大众最容易传染、最容易放大的一种心理感同、精神互动。

因此，酒鬼们大多喜欢集体闹酒，影迷们大多坚持到电影院看电影，"忆苦思甜会"最好把大礼堂坐满，明星演唱会一定选择超大的体育场举行。掌声不热烈时，定会有训练有素的主持人进行煽动式的鼓掌示范。

今天社会大进步、科技大发展、文明大提升，神汉大仙、奇人大师们大行其道的时代本来早就结束了，但他们变换手法继续行骗敛财的故技，并未灭绝；那种尤其善于渗透社会，善于与"政商艺"各界要员、名人勾肩搭背，招摇过市，拉大旗以作虎皮的新招，还依旧盛行。

当然，这里一个巴掌拍不响。有伸出橄榄枝的，就有喜欢这一口的。社会上某些理想缺失，精神空虚，终日无所事事的人，便从封建迷信中寻找寄托，把烧香拜佛、求神打卦、测字算命当成离不开的"精神鸦片"。

也有一些年轻人，深受封建迷信思想毒害，遇事讲运气，进步靠贵人，也就主动与"大师"结为朋友，求得帮助和指点，以图在事业上投机取巧有作为，这其实是一种幼稚可笑的表现。

另有一些品味低下的官员，希望仕途顺风顺水，企盼前程青云有路，便把信奉"大师"魔力当成了前进的动力。特别是做了亏心事，生怕鬼敲门的人，随着反腐倡廉的深入，这些人担忧狐狸尾巴露出来，终日惶恐不安，为寻找心理慰藉，神灵保佑，只好把神汉大师视为"救命稻草"，因而使他们的"特功"生意风生水起，求仙拜佛热度空前。

"青山遮不住，毕竟东流去。"从计划经济到市场经济，再到全面建成小康社会，这的确是一个步步转型的时期、一个脱胎换骨的时代，文明战胜落后、科学战胜愚昧、富裕战胜贫穷是必然的。

古时，有汉文帝"可怜夜半虚前席，不问苍生问鬼神"，多受世人诟病。有唐太宗"国将兴，听于人；国将亡，听于神"，多受人追捧。当今的达官大佬"不信马列信神功，不问苍生问贵人"，也确实可悲！

眼　　拙

　　认人识物，准确精到：久违之人，冷背之物，见面时，一认一个准，这叫眼尖。川渝方言："眼水好。"

　　信鸽爱好者，深谙此道。信鸽要从千里之外飞回旧巢，其"眼水"深浅，眼沙粗细，至关重要。于是，信鸽市场上的选购者，戴着放大镜翻鸽之眼皮，看鸽之眼沙，便成了一道风景线。

　　吾为"菜鸽子"，眼水不好。有熟识者，长久不遇，猛一见面，对方是谁，虽心知肚明，但常常难以一口叫出名字来。于是自己尴尬，对方难受，类似鲁迅小说《故乡》里描写的情景常常重现：

　　"……阿呀呀，你放道台了，还说不阔？你现在有三房姨太太；出门便是八抬的大轿，还说不阔？……"

冤哉枉也！一则这类人多半反应迟钝，言词木讷，常有几分呆相，当今社会难得阔起来。二则他也未必仅仅对你如此，还有许多要员、上司、老友见面，也常常一时叫不出名姓来，何必奚落于他！

更糟糕的还有另一种眼拙。某先生戴一名表（多在"表哥"犯事前），在你面前摆来晃去，你却半天毫无反应。既不会说百达翡丽、江诗丹顿、帕玛强尼之名，也不晓有爱彼、宝玑、豪爵之物。经人再三暗示，你才非常迟慢地醒悟过来：不就是一只进口表嘛！我戴的也是。须知，此进口表非彼进口表也，你的几千元，人家的几十、上百万元，能比吗？眼拙之至！

某好友开一跑车，毫无声响地停在你面前。车身不大，轮子也小，路人惊艳不已，你却表情淡淡，还以为是台新型女式电动车！赞美之词半句无。你事后才知，这叫帕加尼 Zonda，产自跑车之乡意大利，上市至今 4 年多，全球仅产 40 辆，最高时速可达四百余公里，通常只能让许多人对着它模糊的背影望洋兴叹。今天老友邂逅，你竟一脸漠然，眼拙之极！

某女士向你款款走来，不穿金，不戴银，拎一手包，戴一墨镜，穿一皮鞋，太平常不过的打扮了。而眼尖人一看便知，该女士拎的是爱马仕手袋，法国产，纯手工定制，价值数万元。戴的卡里卡墨镜、穿的古驰皮鞋，均为世界顶级名牌。其中的珍品，能花大价钱买到已是幸运，还有诸多顾客下了订单因缺现货而在耐心地等候。你呢，有眼不识金镶玉，心里还在想，好清爽简朴的打扮哟！难怪别人骂你：眼睛有病！

说来也怪，越是大品牌，不是道中人，越是看不懂。就像越是高人，藏得越深，以为街坊；面对仙风道骨，你还以为营养不良。原来，千里马需要伯乐的慧眼，大名牌需要大行家的见识。在他们的火眼金睛面前，名牌大牌、A货、B货，绝不会看走眼。哪怕是辨别照片、录像上的实物，也是一看一个准。而你我这等凡胎的肉眼，就欠这点儿功夫了。

　　尽管眼拙与时尚无缘，但眼拙与心静却相关。眼拙的前提是人憨，人憨的背后是心慈，心慈的后面是神静。面对物欲横流、五光十色的商品社会，眼拙人憨、心慈神静一点儿好。

　　一是不心躁。佛学有言"跳出三界外，不在五行中"。眼拙，是最好的践行之道。外面花花世界，世上五彩缤纷，你视而不见；面前灯红酒绿，高楼车水马龙，你不沾不惹；网上鱼龙混杂，段子热闹掀天，你不入法眼……这般修炼成真，当今社会也不乏其人。你看那来往匆匆的上班大众，灯下教子的大哥大姐，晨练不误的老伯大妈，他们当中为数还少吗？

　　二是不攀比。"不知有汉，无论魏晋。"我用惯了价廉物美的传统品牌，如中华牙膏、百雀羚搽脸油、三枪牌内衣、二锅头白酒之等级的日常生活用品，其他品牌，其包装、气息、价格和信誉度，都碍难接受。老品牌几十年如一日用下去，心安理得。其他品牌、名牌，即使好上了天，也不关心，不动心，不上心。大有一叶障目，不见泰山的犟劲。此时再读《论语》，"贤哉！回（颜回，孔子学生）也。一箪（盛饭用竹器）食，一瓢饮，在陋巷，人不堪其忧，回也不改其乐。贤哉！回也"，自觉无比亲切。原来安贫乐道，知足常乐，早已为国人所称颂。

　　三是不落俗。别以为穿戴金贵、新潮，就一定时尚风光，高雅过人，其实这事要具体分析。大商人油头粉面、戴一硕大的宝石戒指，出没于豪华酒店，我们都不以为然。若一领导干部以这套装束打扮迎面走来，我们只好退避三舍。记得多年前我在北京开完会后去机场返程，送行的是一对战友夫妇，均坐后排，我坐前位。女方不时从身后递来一把瓜子，以示热络。当最后一次递来时，我才发现瓜子里埋藏着5只又长又尖且鲜红如血的指甲，顿时呕吐起来。战友急问何故。我巧答："晕车!"尴尬过后反思，长甲红染，又埋藏在食物里，总有食品被污染，极不卫生之感；长甲血红，从背后伸来，总像《西游记》《聊斋志异》里一些恐怖场面的描写；军人规定，不留长发指甲，更不准浓妆艳抹，世界同然。既有实战所需，又为军姿所要，这在我们一辈人心中已成定势。当今社会，这些认同感在某些人心中已被颠覆，还以为时尚，以为高端，实为俗不可耐，大谬。由此，我们更加深信，人生眼拙是一宝！眼不见为净，耳不听不烦，心不躁是安。

　　当然，眼拙不是眼瞎，耳静不是耳塞，心安不是心迁，皆不可同日而语焉！

换个说法

美国现代成人教育之父戴尔·卡耐基说，即使你再喜欢吃三明治、香蕉，也不能用它来钓鱼。必须换成鱼爱吃而不是你爱吃的诱饵，才有收获。

这话太精到了，就如多么准确贴切的语言，若在描绘某些事物时语境不妥，或有伤大雅，我们也不能用。这在修辞学上叫"直言"换"婉言"，即"换个说法"便是。其宗旨无非是说话时玩点文字小花招，使听话人好接受，自己也不讨人嫌。

譬如国人讳死，某仙翁去世，你当着亲人的面切不可说："怎么，他死啦？"应当称他谢世、逝世、作古、寿终正寝、撒手人寰、乘鹤西去等等。假如你嫌这话太文气了，至少也当说个："怎么，他老了？"或者"去了？""走了？"云云。

再如某先生听力很差，近于耳聋，或者一只眼睛失明。我们又切不可当面叫他聋子（尽管他不一定听得清），或瞎眼之类。你也别管他是否曾经自诩过有"文聋雅瞎"的旷达，此时最好还是换成这样的说法：耳背、耳重，或眼睛不好。倘是熟识人，顶多私下幽默一句"半边月儿明"或"一目了然"，足矣！

此类换个说法，修辞学有忠告，语言中有俗成，作为"礼仪之邦"的后代子孙，我都举双手赞成。但另有一些"换个说法"，我却不敢恭维了。

翻开《资治通鉴》第十四卷，内有这样的记载：古代大臣有因不廉行为而被罢官的，不说他不廉洁，而说他"簠簋（音 fǔ guǐ；方曰簠，圆曰簋。古代指食器）不饰"；有犯了污秽淫乱罪名的，不说他淫乱私通，而说他"帷薄不修"；有因软弱无能不胜其职的，不说他蠢笨缺才，而说"下官不职"。这里的换个说法，显然是为"尊者讳也""显者除也"！高官显贵们的种种劣迹败行，自然可以淡化得"青山隐隐，流水悠悠"了。

近读曾国藩，方知这老先生也是一个善于"换个说法"的修辞高手。他自与农民起义军作战以来，受挫岳州，困顿靖港，兵败九江、湖口，亡命三河等地。作战中多次险些被擒，总要投水自杀，然而他给朝廷的奏章中却这样写道："臣下起兵数年，与粤匪作战，虽连连受挫，危时元气大伤，险时全军皆寒……然则，臣等湘军依然披坚执锐，屡败屡战是也……"看看，他的"屡战屡败"，颠倒两字，换成了"屡败屡战"，湘军不屈不挠的战斗精神也就充分展示出来了。

"文革"中"换个说法"的苦头，我们也吃得不少。本来是"闭关自守""关河空锁祖龙居"，我们却叫它"独立于世界民族之林""外国的月亮岂比中国圆"；本来是民不聊生，经济到了崩溃边缘，我们却赞它

"形势大好，一年更比一年好"……这种"换个说法"的实质，谁不知道是巧言令色，强词夺理，粉饰太平。然而实在悲哀的是，我们中许多人照样"风摆柳"似的跟着说了、喊了、写了、实打实招了……

今天，拨乱反正已多年，我们当然不能容许这种"换个说法"的现象继续下去——

某党委书记民主作风差，独断专行。党内民主生活会上，我们总不该这样说："好书记哟！办事有能力，说话有魄力，拍板有威力。"

某单位形式主义盛行，花花点子迭出，事故案件暴起，这单位的领导年终总结时，总不该这样讲："我们干事情，有时注重了工作过程，而忽视了工作效果……"

某些人为了达到某种目的，给要员送红包，献重礼，分股票，这些人办事时也总不该这样恭谦："一点辛苦费，小意思，不成敬意啦！"

某领导进 KTV 包间丑闻传开，调离单位后，继续党内做官。群众义愤大，主管人总不该这样开脱："他是去过不应该去的地方，是有一些不够稳妥呀！"

……

"换个说法"花样繁多，变化无穷，如《周易》，比《周易》易学；似魔方，比魔方迷人。要治它，我也有良药三剂——

思想武器——实事求是。

修辞手段——直言陈述。

化学药品——冲相显影液。

"三爷"误国

"莫用三爷，废职亡家""莫用三爷，误国亡家"。这一语两说，都是清代官场一句流行谚语。

"三爷"多指少爷、姑爷、舅爷，即儿子、女婿、妻弟等。这话传至今天，也有指少爷、姑爷、师爷（秘书）的。总之，多是指身边的亲人、红人之类。

汉武帝雄才大略，不想在"三爷"问题上也吃过大亏。

为的就是那大宛好马。说它锋棱瘦骨，巨眼重瞳，日行千里，名曰"汗血"。这使人想到后代"青海王"马步芳是否就用的这类马儿。

此时正值汉武帝开拓疆业之际，宝马良驹对汉王朝来说，就是版图绿洲。公元前104年秋，汉武帝派使臣带黄金千斤、金马数匹前往交换。大宛国王不憨不傻，他琢磨：宝马良驹换给你大汉朝，这不是等于增强了你国的军事实力而让我们挨打吗？于是断然拒绝，气得汉使破口大骂，并击碎金马而去。

汉武帝扫了面子，非报一箭之仇不可，于是决定发兵讨宛。派谁为主将？这事关国威体面，贴身大臣们秉公推荐了许多人选，汉武帝都不采用，他竟任命了自己宠姬李夫人之兄李广利为"贰师将军"，带兵征讨。

原来，汉武帝藏有私心。接高祖刘邦留下遗规：没有为国立过战功者是不能封侯的。现在他为了让自己的小舅子能够封侯挂印，便顾不得用人的许多规矩、条件了。

果然，正如朝中文武大臣所料，李广利所率数万人马与宛军作战，一战遭重创，二战不顾血本取胜而封侯，三战转而伐匈奴，被俘、投降、招为驸马，丧尽国格、人格，最后被匈奴所杀。

历史有惊人的相似之处。汉武帝的"一脉"子孙——刘备在用人上也与乃祖有过相似之处。公元208年，赤壁大战之后，刘备占领荆州，随后举兵入川。此时，"三分天下"的态势已初步形成，荆州的战略地位十分重要。这里北邻曹魏，南接东吴，乃刘备集团的"前线指挥部"，亦是诸葛亮"统一战线"的"交会点"，颇与抗战时期周公留驻的"陪都"重庆相似。派何人镇守最合适？显然身经百战、文武兼备、能刚能柔的赵云是最佳人选了。然而刘备心里有数：那"结拜兄弟铁哥们儿"中的关羽可不是"吃素"的吧。于是，手握军国大权的诸葛亮心领神会，便带张飞、赵云"溯流克巴东，留关羽守荆州"。这关羽，刚愎自用是出了名的,且又瞧不起士大夫,不过 5 年,"联吴抗曹"的统一战线全线崩溃,战略重镇荆州轰然失守,一堂堂"上将军""荆襄王"终于败在文弱书生、东吴小儿吕蒙手下,落了个身首异处的可悲下场!

在论及汉武帝错用李广利时,司马光言道:"夫军旅大事,国之安危、民之死生系焉。苟为不择贤愚而授之,欲徼幸咫尺之功,藉以为名而私其所爱,不若无功而侯之为愈也。然则武帝有见于封国,无见于置将;谓之能守先帝之约,臣曰过矣。"由此看来! 汉武帝在用人问题上的"私其所爱",必然"不择贤愚"。"私其所爱"是因,"不择贤愚"是表,事业受害是果。

然而最令人寒心的是,手握大权者们一旦对小舅子、铁哥们儿之类"私其所爱"后,对不同意见往往就很难听进去了。过去我很难相信,司马迁受宫刑竟与李广利有关。而今读史,痛心疾首。原来李广利和李陵都先后投降了匈奴,司马迁在为李陵辩护时说,李陵降奴是在"矢尽援绝"的情况下不得已而为之的,是一定会找机会报效国家的。汉武帝则认为司马迁这番话是在影射自己(因为李广利二战取胜主要是靠汉武帝大量增兵相援),更是在诋毁自己的小舅子,这还了得! 于是下令对司马迁施以宫刑。悲哉,爱打抱不平的司马迁!

那么刘备的情况又如何呢? 关羽失荆州,按当时的法律应当满门抄斩。然而刘备不仅不秉公执法,反而举国发丧,并在条件完全不具备的情况下"举倾国之兵以伐吴狗",为"铁哥们儿"报仇雪恨。出兵前,赵云苦谏再三:"国贼乃操尔,非孙权也;汉贼之仇,公也;兄弟之仇，私也。愿以天下为重。"刘备却说："朕不为弟报仇，虽有万里江山，何足为贵?"结果兵败夷陵，中道崩殂，蜀国从此疲弊，终于灭亡。

从李广利降敌变节到关云长失守荆州，给我们许多宝贵启示：任何时候，任何社会，事业的成败兴衰，国家的存亡荣辱，用人总是最关键的一环。小舅子再亲，铁哥们儿再铁，倘若德才不佳，那也是绝对不可重用的呀！

私心、私情、哥们儿情，既误国，又误人。小舅子，铁哥们儿，你们以为如何?

媒　　子

政治上的媒子最可怕，比如像甫志高那样，自己当了叛徒，又以战友的身份再去诱捕战友江姐，遗臭万年。

今天的电视剧中常有这样的情节，昔日的好兄弟手拉手从某宾馆出来，你可能会说好亲热哟！其实并非如此，而是一个绑架了另一个，用的就是媒子的计谋，两人相联结的当然不是友谊，而是手铐。

"媒子"，重庆地区叫作"羊儿客"。什么叫"媒子"，我查过二十世纪八十年代以前出版的许多字典、词典，均未见收录。而查1996年商务印书馆出版的《现代汉语词典》（修订本）第862页，却赫然见条——"用来诱骗同类上当的人或动物"。

于是我们为时下一种类似媒婆般牵线搭桥而又准保让你在商业

行为中上当受骗的角色，理所当然地起名为"媒子"。

且让我们举目看去。

"文革"结束后不久的北京某街头。一妇人突然拦住一男子去路，满脸诚恳地说："大哥，我丈夫要出国，单位用福利费给他内批了两套西服面料，价格比市面便宜得多。我一下买不完，看你人还面善，就让给你一套吧！"说完亮出全部证件、手续，并带这男子到附近一商店购货。原来，这大姐就是店主放出的媒子，为推销其假冒商品而招徕顾客。

改革开放初的广州某夜市。一先生正与一皮鞋摊主讨价还价不休，此时，便有一瘦骨伶仃的后生悄然来到这先生身旁，拉一拉衣袖，轻声道："我刚从那巷子里买了双同样牌子的皮鞋，价格便宜多了。我带你去！"这位乐于助人的后生把你带往小巷深处——虽不是孙二娘所开的黑店，要"吃"你的"人肉包子"，但让你吃一回"便宜没好货"的后悔药，是大体不会有错的。

某商店一妇人正为是否购买一件奢华昂贵的貂皮大衣而犹豫不决时，一摩登女郎走上前来，三试两试之后，说出手时就出手，照价开票付款，扬长而去。购物的同类在这女郎的示范、感动下，也立即付款，而买回来的定是赝品无疑。那摩登女郎所买的"貂皮大衣"呢？自然又退回原处。

旅游景点上的"媒子"，他们的公开身份是出租车司机、人力车夫或者导游小姐之类，而实际干的却是典型的媒子勾当。外地游客到车站码头后，不是要住旅馆吗？有的出租车司机或人力车夫自会按你所要求的标准声称保证送你到最满意的地方去,结果往往是花了钱吃大亏,保证挨宰生闷气。你不是要买旅游纪念品吗?有导游小姐又会热情引导你到某"最信得过"商店购物,结果买到的差不多都是"贾(假)宝玉",为此而打官司的事儿,常见诸报端。

因此,大凡走南闯北之人若对媒子情形见得多了,便会得出这样的结论:京媒子的嘴,广媒子的腿,成都媒子人最鬼,旅游点媒子赛土匪!

以上介绍的,大体算得上"纯媒子"的正宗骗人技法,我们倘若上一回当后就能识别其奸了。然而随着市场经济的大发展,信息传媒的大进步,一种新生媒子,或者叫"准媒子""亚媒子"这类带有媒子气味的人物,却越来越多地出现在电视、广播、报纸、杂志上了。他们以现身说法为某类并无实际效果的产品叫阵,靠搔首弄姿帮某些伪劣商品扬名,甚至以"今夜老虎要吃人"之类的惊人之语提醒人们购买某种产品,这类违反广告法规,骗取消费者腰包的行为,通过现代传媒传播,其危害是在各色"土媒子"之上的。因此,我们的广大消费者和执法部门,对这类"电媒子""报媒子",特别是其中的"明星媒子"之类的洋混儿,是应当特别高度警惕和严厉查处的。

当今媒子活跃,究其成因,无非两条。一是市场经济的建立给媒子的活动提供了宽阔的舞台,使他们有大显身手的社会条件;二是媒子靠无需本钱的一点小聪明、小模样或者玩世不恭的小劳动,便可从雇主那里分得"一杯羹"。这种以阿Q为传统基因又注入商品社会中为发财而敢于上绞刑架者的血液而杂交起来的角色,据说是市场经济建立过程中必不可少的一类人物，好像馒头发酵时，必然带上多种菌类一样，是难以避免的社会现象。它损害了广大消费者的利益，败坏了社会风气，与精神文明建设相抵牾，但对某些流通领域、生产领域甚至管理领域是否又会带来某些实利呢？

因此，就目前的情形看，媒子可以警惕，可以防范，但要大面积地消灭，全社会地根除，似乎还是困难的。

锣鼓听音

现代京剧《沙家浜·智斗》一场戏里,有这样一个细节:草包司令胡传魁对阿庆嫂当年将自己"水缸里面把身藏"的救命之恩感激不已,这却引起了刁德一的联想。他阴阳怪气、话里有话地向阿庆嫂"打听"起新四军的下落来。不料阿庆嫂以攻为守,软里有硬地给他迎头一击,挫败了刁德一要阿庆嫂说出新四军行踪的阴谋。记得阿庆嫂的话是这样说的:

"这真是呀! 听话听声,锣鼓听音。照刁参谋长这个意思,那新四军的伤病员是我藏起来的啰!"

看看,"听话听声,锣鼓听音"在许多时候是可以发现说话者"微言大义"的。阿庆嫂正是从刁德一表扬她"抗日救国的好思想""安排照应更周详"那段"西皮音调"的唱词中,听出了他的弦外之音而掌握了斗争的主动权。

近读清史故事又得一例:乾隆年间,内务大臣和珅自以为年轻有为,能诗善赋,瞧不起三朝元老刘统勋。刘也认为自己诗通赋达,劳苦功高而不把和珅放在眼里。因此每每朝政,二人总是唇枪舌剑,相讥不和。乾隆皇帝有意调解此事,这天,命二人随他去御花园散心。行走间恰好来到一湖边。湖光潋滟,水色怡人,乾隆即命二人以水为题赋诗。

刘统勋捋捋胡子,望着清波中自己老态龙钟的面容与和珅得意自负的神色咏诗道:"有水念溪,无水也念奚,单奚落鸟是为鸡(繁体"鷄"字的解构)。得食的狐狸欢如虎,落坡的凤凰不如鸡。"

听话听音,聪明的和珅悟出了刘统勋把他骂为"得食的狐狸"了,也反唇相讥吟对道:"有水念湘,无水也念相,雨落相上便为霜。自家各扫门前雪,哪管他人瓦上霜。"

刘统勋一听,气得直吹胡子。乾隆上前一把拉住二人道:"二位爱卿听着,孤家也对上一首:'有水念清,无水也念青,爱卿共协力,同心保大清。不看僧面看佛面,不看孤情看水情。'"二位大臣听后,顿时不好意思起来,都向乾隆表示,一定和衷共济,永保社稷江山。

中国人的"听话听声,锣鼓听音"是由于汉语表达所具有的委婉、含蓄、讽喻、借代、会意、转注等风格形成的。从本质上说,也体现了说话人内心世界的丰富、深沉、压抑、躲闪,或者虚伪、欺骗,等等。鲁迅在《推背图》里就说过这样的话：国人中"有明说要做，其实不做的；有明说不做，其实要做的；有明说做这样，其实做那样的；有其实自己要这么做，倒说别人要这么做的；有一声不响，而其实倒做了的。当然也有说这样，竟这样的"。

懂得这些情形后，我们面对当今世上盛行的各种言语形态，就要格外细心辨听，免得云里雾里不知所云。当然最好能像阿庆嫂和乾隆皇帝那样听出真谛、听出深意来。为此，我不妨先做一个"试听"，以供见习——

1.有广告说："本产品领同类产品新潮流，刚一上市，就有假冒。厂家敬告顾客：认准防伪标志，以防上当！"——说这话的主，大多是在促销产品。

2."快来买呀！名人签字售书！售完为止！"——签名者卖的是书，更卖的是名，有人还卖的是相。

3."快请购买，买一赠一。"——赠的那一份，价钱已算在你买的那一份中。

4."男人对女人是视觉效应，女人对男人是听觉效应。"——男人说这话，是想女人打扮得更漂亮；女人说这话，是想得到男人更多的赞美和怜惜。

5.女人说男人："你真坏！"男人说女人："你真好！"——这样说话的人，不是有情人，就是"戏中人"。

6.鉴定材料中说某人："有时在女性面前表现不够严肃。"——这人不是调戏过妇女，就是有过"小蜜"。

7.小姐们问:"你猜我年龄多大啦?"——她是想你回答得小。某些官员问:"你知道我今天工作多长时间啦?"——他是想你回答很长。

8.年终评奖时,科员们都说:"不要评我,工作有点成绩,但功劳应记在科长身上。"科长又反过来说:"不要评我,本科室成绩虽然突出,那是大伙儿的功劳。"——这种谦虚的背后,在一些单位不是奖项"含金量"太低,就是上下级间的互相吹捧。

9."检查评比组要经常下去,行业的风气才能上去。"——说这话的人大多是过去从检查评比中得到好处的主。

10."电视台记者来了没有?来了会议就开始。"——问这话的领导,是想自己当电视演员。不是天天晚上上电视,而是天天晚上"演电视"。

11."某人×月×日生日,敬请光临,薄酒一杯,以叙旧情。"——发这种请柬的领导,是想收更多的礼。

12."×局长,你的手气才好哟,昨晚我们输给你那两'方'钱,硬是叫人心服口服哩!"——输钱人是在行贿。

......

说　　态

有行家说：女人下美美在貌，中美美在形，上美美在态。

原来这人之有态，如花之有容，月之有晕，山之有脊，水之有性。情性使然。

但这态却有良莠妍媸之分：威武不屈之态，神清气爽之态，趾高气扬之态，低眉顺眼之态。明代风流才子李笠翁，真算对女人之态的研究独具法眼。他在《闲情偶寄·选姿》篇里说："媚态之在人身，犹火之有焰，灯之有光，珠贝金银之有宝色。"反之，则火将不火，灯将不灯，珠贝金银黯然失色。李渔唯恐世人不能解悟，继而运用数学法则进行了一番锱铢必较的举例演算："女子一有媚态，三四分姿色，便可抵过六七分。试以六七分姿色而无媚态之妇人，与三四分姿色而有媚态之妇人同立一处，则人止爱三四分而不爱六七分，是态度之于颜色，犹不止一倍当两倍也。"

敝人于1949年后出生，在红旗下长大，自不善对女色评头论足，但也能悟出"态"之诱人的幽妙。我这里不妨换一个更加通俗的比喻，李先生是否想说女人的媚态好比是美元，姿色不过是日元。一百日元数目虽大，却抵不过一美元的比值；反之，一美元数目虽少，却又超过一百日元的花销呢！这真是彼妇人兮，姿色再靓丽，姿态做得不到家，不过是"事倍功半"的低效益；此妇人兮，姿色一般化，姿态做得很迷人，便能产"事半功倍"的高效用啊！

态能生辉。于是近来就有社会学家提醒我们，一些本来已经烦人的姿态又在许多社交场合走红了！它火爆得很，迷人得很，而且男女老幼皆宜！

娇态——作秀。作秀一词，有点像阿Q头上的"癞疮疤"，不知起于何时，但一些有身份之人染得较深。比如宴会席上，山珍海味堆积如山，你即使早被开筵前的繁文缛节弄得饥饿难挨，开筵后也不可狼吞虎咽现馋相。投箸举杯，都得分寸得当，身份相宜。又比如，你即使胸无点墨，礼仪场合的儒雅之风又不可不会。谈古论今呀，琴棋诗画呀，题词签名呀，都得非懂装懂，或者"大巧若拙"，让人看不透底细。可别小看了娇态的妙用，它能化粗俗为高雅，变无才为有才。"三梯队"的标准你至少具备一半，不吃亏吧！

动态——扮忙。当今社会快节奏，我们大家都很忙。细辨"忙态"，又确有真忙、扮忙之分。真忙者，忙在点上，提纲挈领，作风干脆，注重效果；假忙者，忙而无序，忙而无果，活像打摆子，动弹不已。

虽自己假忙,却害得别人真忙,下属忙成一团,他在那里还以为领导有方。抗战时期,张天翼笔下有个华威先生,一会儿这里主持会议,一会儿那里发表演说,黑皮包随时夹着,黑轿车随时等着,总是处于一种奔行的流动状态。当然,因为是扮忙,华先生是否两会之间还会陪太太打打牌,或者踅进书房作作诗,我们就不得而知了。今天的扮忙者兴趣大约不在这里,但有一点可以肯定,要给群众留一个好口碑:这位领导才像乔厂长、孔书记啊,一天到晚都忙事业、想群众哩!"动态"动到这个份儿上,扮忙扮到这种程度,你的领导艺术算是"炉火纯青"了。

猫态——媚上。鲁迅先生说猫像虎又不是虎,似狗又不是狗,自有一番媚态。初读这段文字,总难理解,先生为什么对猫生出这种印象。后来,听成都人把妓称猫,联系起来一思索,才豁然开窍。妓者——嘲人,猫者——媚主。两者都善夜间活动,用意全在讨得主人欢心。我们且看猫儿,大多柔弱无骨,油光水滑,温驯有余。一旦捕着一只老鼠,摆在主人面前,戏耍半天都不下口。但得主人赞许后,才开杀戒。具有猫态之人,媚主悦上的本领不在真猫之下。听口风,看动作,观举止,察神态,谁人心里都明白:这是一只好"猫"!大千世界,姿态万种。若说多了,破费文字;若说透了,也有高低上下之分:憨态不如娇态,娇态不如忙态,忙态不如猫态。猫态一旦蓄养成功,其利不止鱼腥!

唯独扫兴的是,当年李渔先生说,妇人媚态可染而不可学,可神会而不可模仿。我则说,数风流人物还看今朝。今人学态,有师可仿,无师自通。学而不厌,不亦乐乎!

说　小　人

人中小人，古往今来，绝不少见。如《水浒传》里那个密告宋江题反诗的"赋闲通判"黄文炳，"乌台诗案"中揭发、中伤苏东坡的舒亶、李定之流，风波亭里陷害岳飞的秦桧夫妇、万俟卨（Mòqí Xiè）、罗汝楫等小丑。

花中"小人"，据我掌握不是很多，但"瑞香"便是一种。李渔先生说：

"茂叔（周敦颐）以莲为花之君子，予为增一敌国，曰：瑞香乃花之小人。何也？《谱》载此花'一名麝囊，能损花，宜另植'。予初不信，取而嗅之，果带麝味，麝则未有不损花者也。同列众芳之中，即有朋侪（同辈）之义，不能相资相益，而反祟之，非小人而何？"

麝香我闻过，浓烈熏人。据言，妇人若身带一麝囊，便自行绝育。花农告诉我，散发此麝味的花卉，如夹杂其他花木之中，近者死之，远者萎之。故有经验的花农种植瑞香，无不远避群花，使之茕茕独立。是真是假，我未曾试验过，姑妄信之。

其实，自然界里类似瑞香这种小人，各门领域都有。蚂蚁本来很团结，据说一旦被人截去头前的触角，就会互相攻讦鏖战，尸横遍野，"血流成河"，惨不忍睹。这种小人行为，当然是人为造成的。

乌鱼在吾家乡又称"乌棒"，体呈蟒蛇状，花纹煞是壮观，上席后味道也还鲜美可口，但却是水中的"小人"。此鱼又称"七星鱼"，无论自己繁殖多少后代，从"孩儿们"长至一厘米长短，就开始将其作为自己的美味佳肴，每天吃上几只，直至小鱼长大，最后不多不少只留七只才放手。

最有趣的是，这乌鱼在吞食自己的后代时，并不张牙舞爪，并不一味追扑，而是先张开它扁平阔大的嘴腔，戏耍般地把儿女们吸进口内，温存一番后再放出来。小乌鱼从小被这样训练后，一旦老乌鱼张开嘴巴还以为要亲吻呢，都乐于钻进去玩玩，或得到抚爱。但当老乌鱼觉得儿女们已经长出了膘，值得自己享用了，便狠心吞进肚皮，作为美食。小乌鱼为情而来，含恨而死，何不冤哉！

此时，水草中的青蛙便是小乌鱼的天敌，它们见小乌鱼密密麻麻游来，便要拼命去吞食。老乌鱼其实就藏在水底，是出于保护自己的儿女，还是捍卫自己的美味，或者两者兼而有之，总之也就毫不客气地吃掉了青蛙。因此，我家乡钓鱼的老者，一旦发现水边有邀儿玩耍的乌鱼，就用一根短而硬的鱼竿并在鱼钩上捆上青蛙，再将青蛙放在小乌鱼群中晃动，做出要吃小乌鱼的样子，老乌鱼的一公一母就可先后钓得。老乌鱼这种"主观为自己，客观为儿女"的行为，也属鱼类中的"小人"。

马中也有"小人"。《三国演义》中刘备所骑的"的卢"，传说就是一种凶马。仆人骑它会客死途中，主人骑它会丢掉性命。当然，它也会救主人一次性命。"马跃檀溪"救了刘备不说，单讲庞统为主献身换马骑，果然在落凤坡结束了"主人（庞统）"的性命，这才是地地道道的"害群之马"了。其实，只要细看《三国演义》的人就知道，刘皇叔并非一点不知"的卢"为凶马，只是爱它体力强健，能够效劳就是了。当攻打雒城时，他便主动将"的卢"换与庞统去骑，结果就断送了这"取川军师"的性命。看来，"的卢"虽是马中"小人"，刘备却为"人中小人"了。这就远比不得东晋人庾亮，他乘坐的也是一匹"的卢"，有人劝他卖掉，他说："卖之必有买者，安可复害其主哉？"终于未卖。春秋时代的孙叔敖，儿时见到一条两头蛇，就将它杀死埋掉，因为古人以为谁见了这种蛇就会死去。孙叔敖宁可自己死，也不让别人再死去。（见《世说新语》）这些才是真正的君子、大人了。

花国"小人"瑞香，虽在开放时妨害群芳，但造物主对它的危害也做了极大的限制。笠翁先生说：瑞香开放时，恰逢冬春之交。此时群花凋谢，诸卉未开。唯有梅花、水仙二种，也行将凋谢。故罹其毒也亦不深，此为造物主对"小人"的限制也。

辩证法告诉我们，事物总是相辅相成的。有君子就有小人，有英雄就有败类，有阳光就有黑暗，有香花就有毒草，离开一面，另一面就不复存在。正如俚语所言，"离了小丑不成戏"。人主、物主的一条重要使命就是，最大程度地限制各色小人，最大可能地调动一切君子。远小人近君子，自然界兴焉，人类社会幸焉！

雁落平沙

忧思篇

狂风暴雨暂时退去了，搏击风云后的鸿雁也确实累了。鲁迅说，战斗者也需要休息。

"回雁峰"在等候着它们，"东洲岛"（回雁峰、东洲岛在南岳衡山附近，是有名的平沙落雁之地）在迎接着它们……

在一个秋高气爽、风平沙净的日子，云程万里的雁儿终得归来。爱雁者抱琴而立，稍倾，一曲《平沙落雁》响起，声动四野，如诉如泣。唱的是：

雁南飞，雁南飞，雁叫声声心欲碎；不等今日去，已盼春来归。今日去，原为春来归。盼归莫把心揉碎，且等春来归。

雁落还得雁归去。因为海是龙世界，云为鹤故乡。"当时明月在，曾照彩云归。"（见晏几道词《临江仙》）

那就归去吧，春来雁当归。但请留下隐隐爪痕，悠悠情思，喃喃云语，习习风声……

云蒸波撼钓鱼城

"君王城上竖降旗，妾在深宫那得知。十四万人齐解甲，宁无一个是男儿。"

后蜀花蕊夫人的一首《述国亡诗》，总是令无数豪杰男儿唏嘘不已。然而这里讲述的故事却恰恰相反，抵抗外来民族 36 年后策划开城降敌的不是君王、不是男儿，而是一名通达事理的绝色女子，她叫熊耳夫人。

一

北有国宾钓鱼台，东有领海钓鱼岛，南有泳滩钓鱼湾（位于香港荃湾区）。它们都是国人的心肝宝贝,视若掌上明珠,谁能不爱？

　　但我要说的是重庆市合川境内,也有一类似名称的军事要塞"钓鱼城",却要显得比上述地方冷落得多。前不久我与友人登上钓鱼古城,来了一番"折戟沉沙铁未销,自将磨洗认前朝"的考辨,得出的结论要比上山前复杂得多。

　　俗话说:蛤蟆怕晴天,游子怕雨天。今年重庆的雨季似乎来得更早些,谷雨未到,阴雨就下个不停。外地来渝的朋友无心久等,只好陪他冒雨参观钓鱼城。

　　车到山脚,客人快快问道:"我们还能看什么？"我说:"半是风雨半是晴,才是人间好景象。雨天畅游钓鱼城,或许会有另一番感受呢!"

　　可老天真会调情,就在泊好车正要拾阶而上时,突然风停雨住,气象大开,钻出云层的太阳照得钓鱼城容光焕发。我们精神大振,一溜小跑上了山顶。

　　俯首看山下,群峰竞秀,万木争荣,渝水远去,碧波奔流,好一派山雄水阔的景象;抬头观太空,红日当顶,锦云如缎,映照四野,溢彩流光。客人连呼没有白来,值得,太值得了!

　　此次参观,未请导游。自拉自唱,随意由人。要紧处流连忘返,刨根求底;平淡处几步走过,看个大概。史实不能连贯时,又立即掏出手机,现场查证,就像战场上铺开万分之一的地图,现地组织攻势一样,实打猛追,准确奏效……

二

十三世纪下半叶，蒙古帝国随着国力的崛起和马战的熟用，在欧亚大陆横冲直撞起来。当他们迅速攻占中东、欧洲和我中原、云南等地后，问鼎宋室江山的战斗就正式打响了。如果他们沿着秦淮一线由北向南推进的话，那必然会因江淮水道纵横、骑战难以展开而增加战争的难度。于是他们便学习晋人司马氏夺取江山的战法：先取巴蜀，再顺江东下占领江杭。而攻取巴蜀的蒙军首领不是别人，正是蒙古狼主、第四任蒙哥大汗（元宪宗）。当蒙哥率领大军沿嘉陵江一路辗转打到合川时，居于水陆要冲的钓鱼城军民便利用有利地形组织了拼死抵抗，数十万蒙军苦战半年之久，难以前进半步。

公元1259年7月的一天，蒙哥大汗冒着晨雾，夹江列阵，又一次向钓鱼城发起了猛攻。当他登上云塔瞭望钓鱼城山顶军情时，竟遭宋军弹石的猛烈轰击而掉入塔下，连伤带病死在了前线。临终前，蒙哥大汗留下遗嘱："不讳之后，若克此城，当尽屠之！"

随后，蒙古王室为争夺王位，内部忙得一团糟，自无暇攻宋夺欧，这样便使得南宋政权又延续了30多年。直至1279年，钓鱼城守将王立在其"义妹"熊耳夫人的说服下，带领钓鱼城十万军民投降，正式结束了钓鱼城36年的抵抗历史。

钓鱼城投降这天，南宋小朝廷临安已被蒙军攻破两年有余。再过仅仅两天后，左丞相陆秀夫也背着最后一任年仅8岁的小皇帝卫王赵昺蹈海而亡。

三

钓鱼城抗元斗争的历史甚是辉煌，不然中国革命历史博物馆不会为其制作沙盘，并将其作为冷兵器时代攻守作战的战例典范加以宣传。但是这样重要的古战场，这样扭转乾坤的经典战例，究其社会影响力和知名度，特别是一代又一代守城将领的知名度而言，却又是较为暗淡并有些落寞的。

论城池关山，它远不如山海关、雁门关、嘉峪关和"采石矶"响亮；论赫赫战将，即便王坚、张珏、王立等人，也大不如袁崇焕、杨继业、霍去病有名。就是到了近代百年，钓鱼城是休闲娱乐的垂钓胜地，还是改写欧亚历史的战略要地，不少人也并不清楚。其中还包括一些大名鼎鼎的文化人。

1942 年 6 月，郭沫若在实地参观考察完这里后写下了《钓鱼城访古》一文。他如实言道："自己是四川人，很惭愧，连钓鱼城这个辉煌的古迹，以前却不曾知道。"金庸先生大约也是如此，不然他绝不会在《神雕侠侣》的大结局中，把御驾亲征合川的蒙哥写成亲征襄阳，并中了义侠杨过的飞石而亡。尽管《神雕侠侣》作为小说，某些情节可以虚构，但作为文学创作的基本常识——重大历史事件是绝不可以张冠李戴的。

钓鱼城如此名实不符的重大反差原因何在？或许蒋介石当年就以自己的行动做了一个很好的诠释。

1943年正是抗日战争的艰苦岁月，蒋介石参观游览了钓鱼城后，并题写了"坚苦卓绝"四字。事后，他在讲话、日记中，既不谈钓鱼城抗元事迹，也不谈游览题词之事，此事就跟未曾发生一样。于是有人还误以为他把"艰"字错写成了"坚"字，其实他乃有意为之。因为当年的抗元主将名叫"王坚"，题词中暗藏一"坚"字，不仅词意讲得通，也是对这位将军的一个很好的纪念。

现在，我们从蒋介石的行为始末不难看出，在他心中，参观钓鱼城和讴歌这段历史是需要持谨慎态度的。因为这事的结尾，毕竟是主帅王立率众开城降元，于民族大节有亏，于坚持抗战有害。自己可以在不露声色中参观，可以优雅地极有分寸地遣墨题词，但不宜宣传，更不宜过度地渲染。

蒋介石对此事此地尚持此种态度，其他参观归来的何应钦、白崇禧、张治中等将领，更只能如此了。他们也都是只留墨宝，"述而不作"，甚至"不述不作"了。

由是我想到从元至今的钓鱼城，难得出现游览参观的热潮、凭吊感怀的别调或者因描写这场战争始末而引起的强烈社会反响的皇皇巨著。原因概出于此。

是的，自蒙、满民族入主中原后，国泰民安时，统治者大讲华夏民族是一家，同舟共济享太平，而你讲钓鱼城拼死抗元，那等于是抗拒民族统一大业，逆历史潮流而动；国家危急存亡时，国人又讲中华儿女血浓于水，团结御敌，共克时艰，你讲抗元斗争数十年，不屈不挠，战斗到底，那完全是制造民族分裂，破坏团结统一，自毁长城；社会陷入道义危机时,世人都讲威武不能屈,富贵不能淫,不成功便成仁,而你讲钓鱼城军民最后开城降元,条件优待,皆大欢喜,那简直就是拿老祖宗的脸当屁股擦,赤裸裸地宣传投降主义!

在这样的历史传承和文化氛围中,你对钓鱼城的态度是褒是贬,都可能陷入进退两难、左右不仁的尴尬。即使你通晓历史、你学富五车、你才情鼎沸等,都可能让你情怀难展、壮志难酬——"把吴钩看了,栏杆拍遍,无人会,登临意"!因为在大义、名节和主流舆论面前,你个人的学识、才情与风骨,都将显得势单力薄!

四

更难启齿的是,怂恿钓鱼城守将开城投降的不是别人,而是一位色艺超群的女谍——"熊耳夫人"。在世俗眼里,她以机变逃生,以媚态惑主,以巧言乱政,以色离间人,方才使得主将王立开城迎敌。简直是罪不容诛!

这里容我多讲几句。熊耳夫人,原本是蒙古驻成都统帅、安西王相李德辉的异父同母的妹妹,天生丽质,嫁与蒙古战将熊耳为妻,人称熊耳夫人。在陪同熊耳驻守泸州时,泸州被王立率部攻破,熊耳战死,熊耳夫人侥幸活了下来。这颇像京剧《四郎探母》中的杨延辉隐瞒了真实身份那样,改李姓王。她潜伏在了王立身边,并受到了王立的格外怜爱。对外称"义妹",对内照顾老母的生活起居,实则成了不公开的宠室。

1278 年正月，重庆失守后，钓鱼城腹背受敌，粮草渐尽，形势严峻，城中甚至出现易子而食的惨象。此时这个身边的"义妹"——熊耳夫人随之站了出来，亮明身份，晓以大义。她说，钓鱼城已历经 30 多年战火，几代老百姓把所有的时间、精力、财力、物力全都用在了抗战上。目前，临安早破，宋室已败，再跟其陪葬无任何意义。现请"义哥"写下密信，我派人送往成都，与哥哥李德辉商量，在确保合川十万军民性命无忧的前提下，开城投降！

义哥一听开城投降，五雷轰顶，几辈人的坚守就要毁于一旦，让自己成为历史的罪人，说什么也不同意。

"文津唤不醒，请作布雷鸣。"此时"义妹"来硬的了，声称哥哥若不听劝，妹妹将亲赴成都，说动亲哥，搬来大军，一举破城，玉石俱焚。

此时王立再也扛不住了，他不学文天祥，一番痛哭流涕后，采纳了"义妹"的建议，派人将密信送往成都。李德辉得信大喜，亲率 500 人马开赴钓鱼城受降。

公元 1279 年正月，鏖战 200 场、坚持了 36 年抗元历史的钓鱼城终于开城降敌，一切都按事先谈妥的条件进行得那样有条不紊。

这是一次守方带有苛刻条件的体面投降：钓鱼城不挂降旗、不交兵器、不改县志。这样的投降要求，忽必烈居然全部同意，蒙哥当年屠城的谆谆遗嘱，早已被他们抛到了九霄云外。

在举行仪式那天，钓鱼城军民在向南宋京城临安方向拜了三拜后，便敲锣打鼓，开城降元，蒙汉军民热烈拥抱。当然，在钓鱼城开城降敌前后，也仍有 20 多名不愿降敌的将士采取了不同的方式自杀，以死报国！

睡美人的潜伏、利害关系的陈说、天朝的大胆决策、降幡白旗的全然不挂、十万生灵的死而复生、盛大场面的热泪沾襟以及20多名将士的殉国尽忠，都使得钓鱼城的最终结局多姿多彩而五味杂陈。

五

对于这样的结局，历代朝野仁者见仁，智者见智，从不尽同。正在大都(北京)监狱中的文天祥得知钓鱼城陷落的消息后，诗赞宁死不降元的前守将张珏、王安节(王坚之子)："气敌万人将，独在天一隅。向使国不亡，功业竟何如?"字里行间也对今将予以诘问。当年郭沫若咏钓鱼城的诗，末两句为"贰臣妖妇同祠宇，遗恨分明未可平"，更是对熊耳夫人无情的口诛笔伐。还有抗日战争时期，也多有人把王立降元和汪伪降日相提并论，视王立为民族叛徒、国家败类，建议撵出"忠义祠"。在那种特殊条件下，其情似可谅，其理似可察。

当然，意见的另一面也颇有见地，特别是今天的学者认为，以不屠杀生命为条件的投降，是人类战争观进步的表现，这比起白起坑杀赵军降卒四十万不知要进步多少个档次；"独钓中原"的匾额，可以宣示这座城堡的孤傲，但也同时展示了它的无奈与辛酸。须知，偌大的南宋仅靠这个小小的堡垒而得以苟延残喘，无疑是国家的悲哀，民族的不幸；王立若不开城投降，必然玉石俱焚，在这山穷水尽时做出如此抉择，实属不得已而为之；王立求名事小，蒙军屠城事大，熊耳夫人算是救命菩萨；三国时魏国三路伐蜀，蜀国力不可挡，学者谯周力劝刘禅投降，不仅被封为阳城亭侯，迁骑都尉，散骑常侍等官职，还受到历代有识之士赞誉；还有北宋宰相寇准力主宋真宗签订"澶渊之盟"，这"城下之约"换来的却是北宋一百余年的和平环境和宋辽两国人民的安居乐业……

我是一名军人，当涉及这些史料、观点并为之摘录归纳时，我的心跳在加快，血压在升高。如果让我来书写这段历史，我又将如何下笔？如何褒贬呢？也难怪自此之后的元杂剧作家、明清小说作家以及后来的若干文学大家，对此题材都难有更多的关注和倾心，个中缘由就不用细说了吧。

当然也有更简单的办法，学习金圣叹，腰斩《水浒传》。前面抗元的历史，我们大讲特讲；后面降元的经过，或者春秋隐笔，或者缄口不谈。是为尊者讳也，又有何不可？

不是吗？咱市石柱县明末女将领秦良玉在本地除盗安民可以大书特书，而千里进京勤王受到倒霉的崇祯皇帝加官封爵一节，不也是一笔带过，几乎让后人忘了此事吗？

我由此想到大唐文学的风范，李白可以写当朝宠姬杨贵妃，杜甫可以写尚未平息的安史之乱，白居易可以全景写多彩人生的李隆基，我们何不可以像陈寅恪写《柳如是别传》一样，波澜壮阔地、客观全面地、平心静气且又深刻生动地把钓鱼城之战、熊耳夫人之传一章一节地写出来，并附丽于其他文艺形式呢！

六

天又降雨了，晴空万里的景象顿失眼前。好在之前还挂在天际的彩虹余晖未收，竟把钓鱼山上的军营、旗杆、寨门、原野抹上了淡淡的橘红色，斑斓耀眼，格外迷人。

面对此景，客人说，这才是"气蒸云梦泽，波撼'钓鱼城'"呀！钓鱼城本来就很壮美神秘，那是三分地势，七分精神。如今在这云蒸霞蔚的景象笼罩中，就更是美不胜收了。

下山时我们又得知，一条新的高等级观光公路就要开工，直通山下。我深信，随着参观环境的改善和对这段历史的正常解读，钓鱼城终会迎来空前的繁荣，中华民族这段刻骨铭心的历史将会有更多人知晓，更多人咀嚼，让更多人受益！而简单化、概念化、绝对化地评判历史事件及其历史人物的观念，注定会退出历史舞台。

雅人深致

在现实生活中，有一类尖端前沿的阔论，言者天上地下，闻者云里雾里，越是国泰民安时，越是高人扎堆处，这类东西就越盛行。古人称之为"雅人深致"，今人或许可称为"高人奇论"了。

不信？且往下看。

发烧友

今年夏天，我买了一套电子音响。在卖场，因声音嘈杂，加之商家反复宣传诱导，以为质量不错，但回家使用后，深感音质较差，似觉上当。

我曾学过一段时间乐器，是略懂音乐之人，便找商家问理。商家说："哪里不对，你得讲具体点。低音、中音还是高音？你知道，低音是声音的框架，中音是声音的血肉，高音是声音的细节，超重低音则是特殊音色的偶尔表现。比如大炮在山谷发射的回响，飞机起飞时的轰鸣……"

我听他口若悬河的解释，便说："主要是中、高音表现力不强。比如芭蕾舞剧《红色娘子军》中老班长独舞时那段木琴演奏，未表现出应有的跳跃感；电影《尼罗河上的惨案》中波洛的扮演者说话时胸腔的回音，少了穿透力；还有电影《速度与激情》中的几次刹车和玻璃破碎的撕裂声，也缺少震撼力。"

他听我是内行，便说："先生，看来这要在电源上找原因了。你住的是哪个区？用的是什么电？"

我如实相告后，他一拍大腿说："问题就出在这里！这段时间天旱，三峡大坝内存水减少，发电量不足，重庆市的许多区就改为供应火电了。你们区使用的就是万盛送来的火电，因而难免影响到音响的音质。"

我一听这话太玄妙，电的来路与音响的音质还有这么密切的关系？

他说："关系大了。"接着，就给我详细介绍了当下音乐界某些大腕们一致认可的"秘诀"。

他说："真正的音乐玩家，是能听出水电、火电、风电与核电的各自录、播音音质区别的。具体来讲，火电驱动出的声音饱满热烈，但燃煤质量却难以把握，所以产生出的声音难以稳定。水电播发出的声音冷静凝重，特别是每年四月，雅鲁藏布江冰川融化时，寒冬的极低气温使水流凛冽而清澈，转为电能后，其性格亦端庄而宁静，产生的声音当然最稳重淳厚。于是顶级音乐大腕们都在此时蜂拥拉萨，争抢录音棚，造成人满为患。所以早有发烧友建议，最好是投资建设独立的'雅电'供应系统，好让这高山雪原的玉洁圣水使音响脱胎换骨！但是如何将'雅电'单独输送到全国各地发烧友的乐场，这又成了问题。"

他还说："风力发电也不稳定，造成音乐的层次感差，而且又尤其不善于展现小提琴婀娜多姿的音色。核电有浓浓的工业味，性情木讷呆滞，解析力也不强，根本不适合听音乐，这是中外音乐家的共识。还有，三相和两相用电，与音色也有关系。用三相电者，音质平衡感好，适合于播放大编制的交响乐，而用两相电播放出的音乐，就让人有踏波踩浪、音色不稳的感觉。"

听到这儿，我懵了！我的一点小小的音乐知识，在这商家面前真是小巫见大巫，自愧莫如了。我更弄不清商家的这套知识，是科学，还是"炫学"？是科研，还是科幻？抑或就是为解脱音响质量而编造出的一套说辞。

我想，这各种电能经过供方的转换储存设备一调理，多大的脾气也没了。虽说电死人的本性不会改，但当转化为动力驱动光碟播放声音时，也不能太调皮。不同的电能或许会有不同的性格，有的活泼一点，有的稳重一点，但想来差别都不会太大，顶多就像躁动于母腹中的男胎女胎,除了有经验的母亲外,外人是很难辨别出两者胎音差异的。

果然,后来我知,重庆以及我国绝大多数地区的水、火、风、核等诸种电能,都早已并入国家电网,统一融会贯通使用,绝对不存在居民区还有你用水电、我用火电之分。这就如重庆朝天门汇合后的长江水,流出一段路程后,谁还分得清它们各自来源于涪江、渠江,还是金沙江呢?

以电源论音质的这套"高谈阔论",如果背后不是商家为美化商品质量而采用的说辞,那就是富人为追求感观享受而形成的怪癖了。时下有"食不厌精美、衣不厌新潮、玩不厌心跳"的生活追求,那么,"丝不如竹,竹不如肉,肉不如天籁之音"的声色享受,想必也是大有市场的。

读闲书,见前几年某地一土豪,受晚清谴责小说《负曝闲谈》中有关记载的影响,开发一菜肴:一只鹅肚内,包一只鸡,鸡肚内包一只鸽,鸽肚内又包一只大黄雀,黄雀肚里再塞上虫草和几枚钻戒。用文火蒸上两个时辰,众客人便开始食用。先是一层一层地尽享美味,最后钻戒现出,分与客人,人手一只。客人喜不胜收,主人心想事成。

看毕,我心累至极,这炫富赛过郭美美,这美味超过帝王家,这行贿手段可称时代高手了!看来,这奢靡享受之乐,确实有破堤泛滥之势啊!

看来,这"雅人深致",在这里又已变成"雅人奢致"了。

冷香丸

音响商家的说道，又使我想起《红楼梦》中那段关于"冷香丸"的描写来。那个难得的"巧"劲儿，又是"雅人深致"中不可缺少的内容。

该书第七回写道：

那日周瑞家的到宝钗闺房问病，宝钗笑道："再不要提吃药的事了。为这病，也不知花了多少银子。看过多少名医，都不见效。后来多亏了一个癞头和尚，说是专治无名之症，因请他看了，说我这是从娘胎里带来的一股热毒，就给了一个'海上方子'，还有一包药末子作引子，异香异气的。说发了病时，吃一丸就好。倒也奇怪，我吃了他的药后，倒有些效验。"

是何等仙药如此灵验呢？

宝钗笑道："这药真真把人琐碎死了！要春天开的白牡丹花蕊十二两，夏天开的白荷花蕊十二两，秋天的白芙蓉蕊十二两，冬天的白梅花蕊十二两。将这四样花蕊，于次年春分这日晒干，与药末子和在一处，一齐研好还没完。又要雨水这日的雨水十二钱，白露这日的露水十二钱，霜降这日的霜十二钱，小雪这日的雪十二钱。把这四样用水调匀后，和了药，再加上十二钱蜂蜜，十二钱白糖，做成龙眼大的丸子，盛在旧磁坛内，埋在花根底下。若发病时，拿出一丸，用十二分黄柏煎汤送下。此药就叫'冷香丸'。"

有《红楼梦》研究者对此药方做过查证，发现现存各类药典中，均未记载这一方子，而其他 44 个药方，皆有出处。为何独独此方典出无据，似为杜撰，并又取名"冷香丸"呢？

原来，小说是写人物的，药名包括此药炮制的烦琐过程，都是为人物服务的。它一是以"冷香丸"之药名，暗示薛宝钗性格的内热外冷，内方外圆；二是此药属凉性，具有消减内火、抑喘安神的作用；第三点最重要，就是通过薛宝钗绘声绘色讲述其药调制的"可巧"经过，来展示她对未来幸福婚姻的美好希冀。

你看，周瑞家的听了这药制作的烦琐程度后，笑道："阿弥陀佛，真巧死了！等十年未必都这样巧的呢。"

宝钗道："竟好，自他（癞头和尚）说了去后，一二年间可巧都得了，好容易配成一料。如今从南带至北，现在就埋在梨花树底下呢。"

想想，这么难得的药材，这么复杂的工艺，好个薛姑娘，一两年间便完成了。正好应了北京同仁堂堂口的那副门联："炮制虽繁，必不敢省人工；品味虽贵，必不敢减物力。"有这等心力和预兆的支持，宝钗姑娘的婚姻必当是春风沂水，天合人意，好事必成了！而结果呢，我们就无须赘言了。

从薛宝钗以上调制冷香丸的可巧劲儿，又想到 2014 年南太平洋上空发生的一件更巧的事体来。

当年 7 月 24 日，马来西亚航班发生空难。事发后，人们对这起事件中"7"字的频繁出现，有了许多猜测：机型是波音 777，航班号是 MH17，发生时间为 7 月 17 日；另据马航声明，飞机服役 17 年，首飞于 1997 年 7 月 17 日……这一连串"7"字的巧合，便引发了不少人对此数字的探寻。

其实,作为数字本身而言,"7"的功能与其他数字并无不同,可一些探寻者却认为,从民俗意义来看,吾国古人眼里的"7"字,则往往是一个特殊的数字。它首先是"人日"。因农历新年第一个月的第七天为人过年,即古人的"春节",俗称"过大年"。它又是"情日",农历七月初七,是中国传统的"七夕节",俗称"乞巧节",传说在这一天,牛郎织女将会团聚,这便成了中国人的"情人节"。它还是"鬼日",因人死后第七天,亲属要祭奠逝者,俗称"做七"。以此算起,每隔七天祭奠一次,前后七次,共四十九天,死人才能转世。若是帝王驾崩,此日子就更为隆重,《礼记·王制》中有这样的记载,"天子七日而殡,七月而葬",并设"七庙"以祭之。也就是说,"七"乃帝王殡天的忌日!

分析者认为,这么重要的一个日子,要么是国人过大年,要么是情人相聚会,要么是死人受祭时,要么还是"大行皇帝"的国祭公日,全国都要降半旗致哀呢,尔机本当肃静回避,怎可载着二百多乘客,人声嘈嚷、马达轰鸣地冲了良辰,撞了忌日,破了"天朝祖规",真是"冒天下之大不韪也!"你不葬身大海,还当如何?

这样的推断,显然是无稽之谈,但却又提醒我们,国人对巧数的解析,对巧事的期寄以及对巧日子的珍爱与欢庆,那是耐人寻味的!

当今青年信星座,网上公示身份时,年龄可以不写,政治身份可以忽略,而星座是绝不可缺少的。这干啥用?原来算运势、论性情、谈婚嫁、求财富等等,都要用它配对借力。在其搭配中,也贵在一个"巧"字。比如天蝎座绝配巨蟹座,婚姻温馨安全;射手座若配白羊座,恋爱、生意见面就成交。还有婚礼日期的选定、宝宝生期的掌控、姓名笔画的多少等等,都要巧在与吉日良辰、阴阳五行合辙合拍。这好比芝麻掉在针眼里,求的就是那个巧劲儿!

其实你只要想想,当年我们父母亲并无这套习俗统领,许多婚姻、家庭、事业不一样好好的吗?不认这套西风东渐引入的习俗或者迷信如何?我们是否要活得轻松一些呢?

三峡水

明人冯梦龙的笔记小说中,有王安石巧辨三峡水的故事。后人几经演绎,颇多韵味。

王安石任宰相时,患上了痰火之症,虽服药数剂,但难除病根。太医院让他饮阳羡茶调养,最好用三峡中的巫峡水煎烹。恰好苏东坡是四川人,王安石就托他如往来方便,捎带一瓮巫峡水回开封。

丞相之命,哪敢不遵?不久,苏东坡从四川眉山省亲回京城,亲自带水来见王安石。王安石命人将水瓮抬进书房,亲自开封,又命僮儿煨火,用银勺汲水一壶。王安石自取白定碗一只摆好,再投阳羡茶一撮于碗内,待壶中水色成蟹眼状时,即将此水浇入碗内。稍倾,王安石细观汤色,又轻呷一口后,面色大变,责问道:"此水何处取来?"苏东坡答:"巫峡取来。"王安石道:"你敢确定?"苏东坡答:"确定无疑。正是第二峡——巫峡之水。"王安石哈哈一笑道:"你又来欺骗老夫了,此乃下峡,即西陵峡之水! 怎能冒充巫峡水!"苏东坡听后大惊,只得如实以告。

原来,苏东坡探亲期满,返京过三峡前,就备好了水瓮,并再三提醒自己,过巫峡时千万别忘了汲水一事。可偏偏一进瞿塘峡口,这苏学士就被其秀美的风光迷住,直到船至西陵峡时,才醒过神来,记起王安石所托之事,顿时急出一身冷汗,当即命船急返,但因水流湍急,回溯甚难,无奈只得汲一瓮西陵水上船,冒充巫峡水过关了。

此时苏东坡讪讪地问:"三峡水相连,并无阻隔,上峡流于中峡,中峡流于下峡,不舍昼夜。荆公(王曾被封为荆国公),你是如何分辨出来的?"

王安石得意地说:"老夫这点知识,皆出于《水经补注》。该书说,这瞿塘水性,可分三等:上峡水,性太急,水硬味浓;下峡水,性又太缓,水软味淡;惟中峡巫峡之水,缓急相当,水性软硬适中,泡茶其色深浅相宜,其味浓淡可口也。故此茶水一出,老夫观其色,品其味,便知你送来的是下峡水了。"

苏东坡听得入了神,连声赞叹老荆公好眼力,正要告辞离去,王安石毕竟是品性端方之人,这才自我揭开了谜底。

原来,三峡之水虽有缓急之分,也有软硬之别,但就算是舌尖上的神仙,也难以分辨出来。此时王安石用了一个"心理推断法",他认定苏东坡入峡后,首看瞿塘峡,雄且险,无汲水任务,必然放开身心去欣赏风光。再看巫峡,深且幽,又有神女峰、楚襄王那么多美好传说涌来,如此大才子,不被这"巫山云雨"弄得五迷三道才怪了,还怎么可能记得去汲水呢。只有到了第三峡——西陵峡时,景色渐淡,日光渐开,才会恍然大悟,回过神来想起打水之事,那么,此水不出自西陵峡,又会出自何处呢?苏东坡听毕,心服口服,拜谢荆公而去。

述王安石辨水的典故,想商人兜售音响的宏论,不禁感慨良多。那商人就是乐感再强,天赋再高,我也谅他听不出不同电源播放的音乐之差别。对于这样一套所谓的"科学宏论",他或许暗地里连自己都不信,却要振振有词地游说别人信,如果仅仅是为了商人赚钱,倒也罢了;如果已经形成了这种"己所不信,强施于人"的人格、信念乃至于大众文化,那就实在是时代的悲哀,民族的悲剧了。

王安石在治国理政上尽管与苏东坡意见相左,但在人品格调上却与苏东坡相通相融。面对三峡水,他先行"诈术",再揭谜底,把真相说明,不让老朋友受蒙。仅此一点,我们就不能不敬重有加了。

红肉致癌

2015 年 10 月,世界卫生组织下属的国际癌症研究机构宣布:加工肉制品为"致癌物",生鲜红肉,即牛、羊、猪、马等哺乳动物的肉,也是仅次于前者的"致癌可能性较高"的食物。

这一来自世界权威研究机构的报告,真可谓一石激起千重浪。据报道,这一消息公布后的几天,许多国家与该类肉食有关的股票,全线下跌。

世界卫生组织的这一研究成果,可以说绝不是剑走偏锋的"雅人极致",而是真正意义上的"高人奇论",或者"雅人深致"了。

腌肉等各种加工类肉品致癌,过去我们已有所知,而红肉是仅次于此的、"制癌可能性较高"的食物,这还是第一次听闻,而且世界上许多相当严谨的研究机构和科学家，也都实名道姓地站出来，一一列举事实、数据和实验成果加以说明。我们不能不信，也没有必要不信。但最使我们能够相信这一研究成果的，还在这里——那种诚实可信的报告态度。

这就是这些研究人员和许多意见相近的科学家，在公布红肉致癌的同时，又告诉我们另一个实情：肉类是人体所需要的不可缺少的重要营养物质，可少食而不可不食。因为人类从远古时期进化至今，所形成的饮食习惯是顺应自然和满足自身的需要，我们不应去改变这个习惯，就此就不沾肉了。这项研究成果根本的意义在于严肃地提醒我们，要注意均衡饮食结构，多食蔬菜水果，少食红肉和一切加工类肉品，适当食用鱼鸭鸡鹅之类的白肉。参与这项研究的伦敦大学营养与饮食学教授汤姆·桑德斯，还告诉了我们具体的食肉参数：每人每天可食肉 30 克，其中食用红肉的次数每周可选择一至二次。

世界科学家关于"红肉致癌"后面的故事，且能如实相告，这颇有点像王安石对苏东坡说透如何识破三峡水真伪的故事一样，卖了关子后，再告以实情，让你从长计议健康，通盘考虑饮食，荤素搭配三餐，绝不要完全去信"脍不如肉，肉不如竹，竹不如蔬"的过头话。更要警惕自个儿吃素没几天后，受不了那份清淡无味，又大快朵颐地吃肉喝酒起来。

那"雅人深致"，在这里岂不就变成"雅人没治"了！

一篇课文

我写这篇文章至今，已有二十多年了。那时改革开放不久，不少人对洋货、洋食、洋文化还要崇敬得多。

今天情况已有变化，洋货、洋食早已普及了，某些洋文化我们也能具体分析、冷静对待了。我们只要圣诞节、情人节去各个公共场所或购物点转转就会发现，一窝蜂地"团聚"或盲目消费的状况，大为减少。

那么这篇文章的意义还存在吗？琢磨许久，我想到了另一个问题。鲁迅先生早有注意，那就是他的名篇《我们怎样做父亲》。我再读所写的关于"圣诞"的文章，也想到这个问题：对儿女特别是独生子女，是一味娇惯，还是有所约束；是循循诱导说理，还是简单粗暴干涉？其实也是需要认真对待的。

好吧,那就还是将原文《儿子要过圣诞节》和后来发表的附文《神圣的读物》一并赘录如下。

儿子要过圣诞节

1994 年 12 月 24 日一早,读初中的儿子就嚷着要过圣诞节。口味很细:一要制作圣诞树,青枝绿叶的杉树上缠绕彩灯,披挂缎带,最好吊上几样玩具;二要赠送圣诞礼物,让我夜里穿上红袍,扮成圣诞老人,偷偷给他袜子里装 50 元钱,随他自己去买;三要过平安夜,当晚一家人陪他打扑克、玩电子游戏到天明。

过圣诞节我不反对。《三字经》里言:"性相近,习相远。"汉人过春节,基督教徒和洋人过圣诞节,本是约定俗成的事,不必大惊小怪。但我儿是纯种汉人,非党非社,非盟非教,本国长大,省立学校就读,却为何要"洋盘"起来,决意过过圣诞节呢? 他的回答是:"同学们都这样嘛!"

此话我尚未调查,确实与否不敢断言。但当我从大街小巷转一圈回来后,就彻底明白了:花店里确有不少家长带着孩子在买圣诞树,对对青年男女在挑选。颇有一番节日的景象。

知儿莫如父。儿子对节日向来是淡漠的。只有"六一"节、春节他稍微留意一些,其余的诸如清明节、端午节、"八一"节、中秋节乃至国庆节等,他都从未提过任何要求,好像过不过都行。而现在却提出条件要过圣诞节,这里除孩子们图新鲜、凑热闹的心理因素外,难道就没有别的什么值得深思的地方吗?

有的。我想还是应当从目前社会上的崇洋思潮上去找找原因。我们只要打开电视机就会发现，供成人看的节目不讲，单就儿童看的节目，多是从外国翻译过来的，自然充满着外国情调。而国产的儿童影视、戏剧节目呢？少得可怜。我们再去读读某些"大腕"们的作品，什么人看的都是这样，句子多是欧化的，喻体多是外国的，就连作品的人名，也充满了洋味。如果你有可能带孩子去大饭店进餐，又会发现，某些阔人的用酒，也多是进口的。那价格，是国产酒的几倍甚至几十倍！在这种环境里成长起来的孩子，如何不想过过洋人传来的节日呢？

我也当过儿童，至今忘不了有篇课文叫《最后一课》，都德写的。说的是普鲁士士兵侵占法兰西后，贴出布告不准法国人讲法语了。平时逃学的小弗朗士这天聚精会神地听老师讲"最后一课"，眼睁睁看着老师写完"法兰西万岁"。那时读这篇文章，触动不大。成人后再读，热泪竟夺眶而出。现在，望着儿子失望的目光，我就想，如果哪一天，我们的孩子包括相当数量的青年，对自己的传统节日，无论是民间的，还是"官方"的，都视若平常；而对外来的圣诞节、狂欢节、情人节、愚人节之类的"洋货"却发起"烧"来，中国不需"普鲁士"士兵入侵，民族也依然存在，但传统文化的精髓，凝聚着民族魂的华夏意识，恐怕也就是"最后一课"了。

本民族的文化，包括本民族的节日、语言，是这个民族发育成长的轨迹以至灵魂所在。古今中外的贤人圣杰，谁不珍惜呢？1921年，蔡元培先生赴美国为北京大学招聘教师。有位少年才俊的中国留学生在交谈中以英语为荣，素以开明著称的蔡先生便当即决定，不予录用。在那一代学者看来，一个鄙视中国语言的人是没有资格在中国的大学传道授业的。

当然，我们不能把节日和语言等同对待。但是节日在民族文化和民族精神中，具有举足轻重的作用。可以这样说，器重自己的节日，就是器重自己的存在，洋人到了中国，依然要过圣诞节。傣族人要过泼水节，彝族人要过火把节，军人要过建军节，共产党员要过建党节。这都是用相应的节日来强化相应的观念，也是爱国主义教育的一个手段。这一点，我们什么时候也不应该忽视吧。孩子啊，从即将到来的春节算起，我们中华民族每年的节日已经不少了。圣诞节作为常识了解了解可以，过与不过，就不必强求了。你说对吗？

神圣的读物

有些旧物如书籍，是难以清理掉的。即使将她抱离了书房，但总还是装在心中。

——

如果有人问：什么读物最神圣？

我答：教材。

从小学到大学的教材，尤其是文史类教材。因为她不仅教会了我们识字、明理、做人，还让我们懂得了什么叫国学，什么叫经典，什么叫人类文化的瑰宝，什么叫"忠厚传家久，诗书济世长"，什么叫"好好学习，天天向上"。

如果有人再问，何为人生大不幸？

我答：失学。

"天不仁兮降乱离，地不仁兮使我逢此时。"1966年"文革"爆发，我正读初中二年级，因学校"停课闹革命"，我便成了一名回乡务农的知青。随后投笔从戎，从此也失去了读大学的机会。

那时部队的工作、生活条件很艰苦。我们先驻守中蒙边境，后移师晋北高原，每天既要完成繁重的执勤训练，又无正规的营房容身，老乡炕头，成了我们的床位；房东主人，成了我们的亲人；生活上缺这少那，都免不了向房东去借。"借东西要还"，那时牢记在心。

记得那年夏天，部队驻训来到雁门关下。我班所住的房子，房东大伯是一名乡村中学语文教师，炕前的窗台上，竟然存放着一套当时的初、高中语文教材。我如获至宝，借来昼夜学习。

那时的连队，除了毛主席著作和语录本外，几乎无书可读，现在一下涌现出这么多好书，真是太幸福了。记得左丘明的《曹刿论战》、曹操的《步出夏门行》、杜甫的《茅屋为秋风所破歌》、范仲淹的《岳阳楼记》、曹靖华的《三五年是多久》、都德的《最后一课》等等古今中外名篇，都是头一回从这批课本上读到的。

学习这些课文，虽无老师讲解，但有词典帮忙，虽无课桌享用，但有热炕头盘坐，我自得其乐，学得入迷。半年下来，我除了完成必要的训练课目外，全部课文学完，且烂熟于心。就连难学的语法修辞，也基本掌握。后来对付各类考试，这都帮了大忙。

从此我受到启示：部队驻农村，就必定有学校、有学生、有课本。借读课本，不失为读书求学的好办法。于是每到一地，战友们利用空闲时间去学校打球、下棋，我则尽可能借来学生们的课本阅读，若能借到图书杂志更好。一次居然借到了"文革"前的几本《人民文学》期刊，其中有赵树理、周立波、宗璞的短篇小说《卖烟叶》《山那面人家》《红豆》等，太精彩了。至今部分内容、细节和语言，都还记得。

往后"文革"结束，恢复高考，读书环境大为改善，但因军务在身，又是部队的宣传骨干，深受领导喜爱，舍不得放人，于是"大学梦"终成一梦，渐行渐远。

为了弥补不能上大学的缺憾，我选择了自学。这种自学方式极为特殊，就是并不去上什么自修大学之类，而是在工作岗位坚持自学大学课程。一上书店，我必去教材专柜选购课本。对于那些有幸去各名校读书的战友，我必请他们代购本校教材。他们在校内读，我则边上班边在校外读。每逢寒暑假期见面，少不了交流学习体会，抽背诗文篇目，笔答学期试题。战友莫不惊叹：校内专读生，未必高于校外兼读生。因而在1983年底参加全国新闻职称资格统一考试时，我获得了成都军区报考者总分第一名，语文成绩第一名。

二

或许是我对课本、教材的珍爱，感动了上苍。1998年春节刚过，我收到高等教育出版社一函，内容是该社拟将我写的一篇杂文《儿子要过圣诞节》，选入全国职业高中语文教材。此文原载于1995年1月13日《中国青年报》，后由《新华文摘》转载。说的是一个民族应当珍惜自己的文化，包括自己的节日，面对圣诞节这样并不怎么接地气的洋节，我劝读初中的儿子，可以了解，但不可闹着要过。

握着信件，感触良多。我与高等教育出版社无亲无故，门都不知朝哪儿开，自然不是因照顾关系而选文。当年初中未毕业，如今职高入教材，真是太有趣了，以致连给家人、战友透个口风都不敢，害怕吓人一跳。

果然两个月后，教材样书寄来，这本由全国职业高中统一使用、全国新华书店统一发行的语文课本第二册第三单元中，赫然选用如下课文：肖华的《〈革命烈士书信〉序言》，邓高如的《儿子要过圣诞节》，陶铸的《崇高的理想》，鲁迅的《文学和出汗》……我顿时汗颜至极。

其时，儿子正读高中，知道课文的分量，文中又写到了他，他的第一反应是："爸爸，要求背诵不！"儿子最怕背诵文章。

我说文尾有三道练习题：一是熟读全文，重点理解下列句子的含意……二是用文中几个词语造句……三是"请你就目前社会上崇洋思潮泛滥，不珍惜自己民族文化、民族语言的某种现象展开批评，写篇千字文"。儿子，你近水楼台先得月，爸爸单独把文章给你讲一遍，你去完成了规定作业后，再说背不背课文。儿子欣然接受。

随后，拙作《圆的魅力》《话满则过》《邓老太爷面面观》等几篇随笔散文也被选入北大、川大和一些著名中学的阅读教材。

三

对"教材神圣"理念的又一次强化，则是今年9月8日习总书记视察北师大时，他顺手从展台上拿起一本课标书，边翻看边说："我很不赞成把古代经典诗词和散文从课本中去掉，'去中国化'是很悲哀的。应该把这些经典嵌在学生脑子里，成为中华民族文化的基因。"

两天后《人民日报》发表评论说："这短短数语，寄托了总书记对复兴传统文化的希冀。'不赞成''悲哀'的字眼，让第30个教师节多了一丝反思的味道。"

的确，我们应当反思：课本、教材，是学生读书阶段日夜不离的良师益友。这对他们品德的养成、学识的积累、知识结构的分布以及观察解决问题方法的培养，都具有极其重要甚至影响终身的作用。教材，特别是语文、历史、思想政治类教材的选编，那是极其严肃的大事。课文哪些当选，哪些不选，哪些需逐步更新充实，都是需由权威的教育、出版机构反复权衡论证而选定的。前段时间，有的地方进行教材革新，为给课本瘦身，减轻孩子背诵的压力，将8首古诗从小学一年级语文课本中删除，动机是好的，但由此引发的种种议论也是强烈的。

还有地方的中学语文课本，删除了《雷雨》《孔雀东南飞》等20多篇承载几代人记忆的课文，也都引发了舆论碰撞。另外"鲁迅文章该不该退出课本""金庸小说能不能入选语文教材""周杰伦歌曲可不可以进入小学语文课本",以及"朱自清著名散文《背影》是否违反了交通规则"等争论,包括干脆拿掉上述的某些文章,也都引起了强烈的社会反响。有人说,如果当年朱自清的父亲横穿铁轨是违反了交规,那么《捕蛇者说》作者柳宗元、《水浒传》作者施耐庵,是不是也违反了动物保护法呢?

不仅大陆如此,台湾也曾有过类似的争论。2008 年,余光中等作家就对陈水扁当局教育主管部门制定"去中国化"的 2009 年版高中语文教纲提出批评。他指出,陈水扁当局教育主管部门缩减文言文在教科书中的比例是不对的。台湾抢救语文教育联盟也呼吁,停止实施"去中国化"的高中语文教纲,把中华文化基本教材列为必修课。

"灯不挑不亮,理不辩不明。"这些有意义的争论,是一次又一次对教育观念、教育模式的激荡,是不断对教育改革的催生,是好事而不是坏事。习总书记最近的"不赞成说""悲哀说"进一步提醒了我们:教材选编有导向,内容分布要科学。一个成熟而伟大的民族,对外来的先进文化要吸收,对自己的传统经典、优秀文化更要珍惜。不可当外来文化大量涌入时,就茫然无主,甚至自弃精华。

当然,我们不是狭隘的民族主义者。我们主张优秀的民族文化是没有国界的,优秀的中华文化是中国的,也是世界的;同样外民族的优秀文化是外民族的,也是中国的。正如有人所说,相信普希金永远不会撤出俄罗斯教材,莎士比亚永远不会撤出英国教材,而孔子孟子、唐诗宋词也同样永远不会撤出中国教材。

　　中国教材，具有中国风格的教材，它要突出中国文化特色，符合中国人胃口，成为我们在校、不在校学习使用者庄严而神圣的文本，这是当下深化教育制度改革进行时中，不可不察的一个重要问题！

育才杂记

据陆定一之子陆德回忆,1996 年 5 月 7 日,陆定一在生命的弥留之际,用尽最后的气力断断续续地说:"……要让孩子上学!……要让人民讲话!"

当我第一次读到这段回忆时,眼泪不禁扑簌簌地流了出来。我想我们共产党奋斗几十年,不就是要为人民大众争民主、谋幸福吗?我们的下一代如果不能读好书,受好教育,又对得起养育我们的人民吗?

吾辈负笈读书时,正值"大跃进"和"文革"年代,由于多种原因,那时的读书求学难,交纳学费更难,接受义务中等教育更是不可想象的事,这些至今刻骨铭心。看今天高中以下的义务教育基本普及,但又生出一些不可理喻的问题,又让人揪心地难受……

朱熹曾言:"天不生仲尼,万古如长夜。"此话是说人才的重要,虽有过头之嫌,却又振聋发聩。试想,在中国两千多年历史中,还有什么统治思想比儒学使用得更加普遍、久远呢?

近赴英国采风,正逢阴雨天气,游览伦敦景点,倒没留下多少特别的印象,但参观完牛津、剑桥两所相距不远的大学,却感慨良多。

牛津大学,始建于公元 1167 年,为英语世界中最古老的顶级大学。剑桥大学资历略浅,但也有 800 多年历史。此两校培养的人才,遍布世界,名扬寰宇。我国的钱钟书、华罗庚,就分别毕业于两校,牛顿、达尔文、罗素、雪莱更是两校的招牌。其他著名的世界级的政治家、科学家、哲学家那就不计其数了。据统计,已产生的各国国王、总统、首相达 70 余位,诺贝尔奖得主达 138 位,圣人、大主教和红衣主教达 116 人。

硕果何以如此醉人?这当承认,作为近代工业革命之父的英国,引领世界物质、精神文明达 200 多年,产生这样多的人才,是其必然结果。

两校的鼎盛期,正是工业革命的转型期,又正是两校人才的"井喷期"。当两校含辛茹苦地走到 18 世纪中叶的时候,恰好迎来了英国的工业大革命,社会大发展,人才辈出是必然的。但到底是两校培养的人才造就了英国的工业革命,还是在英国工业革命的大潮中,催发了两校的人才生成、彰显了人才的魅力呢？我想，这或许是一个"先有鸡，还是先有蛋"的问题，我们且折中平和地认定它们相互兼而有之吧！

应当说，是英伦大地特有的政治经济文化环境，才办出了这样响当当的世界级名校，培养出这么多政治、经济、科学、文化各个领域的世界级名人；又是因为有了这样一批世界级名人，才能更加有力地推动英国社会向前发展，成为那一时期世界的头号强国。二者是相互依存、相互作用，水涨船高、节节攀升的。

我们在唐宋之际，也有了庐山白鹿洞书院、长沙岳麓书院、商丘应天书院和登封嵩阳书院这著名的"四大书院"。就其建校历史，此两校大都晚于"四大书院"，但究其作用和影响力来讲，尚不可同日而语。

我常想，办校是精英的聚会，又是天时地利的恩赐。大革命时期，国民革命政府在广州长洲岛开办了黄埔军校，一共6期，每期不到半年。所毕业学生，后来大多是将星闪耀。而后虽在武汉、长沙、南京、成都等地也办一样的军校达23期，设立一样的课程，任用一样的老师，但办学质量和影响力，终究差得多了。

《晏子春秋》言："橘生淮南则为橘，生于淮北则为枳，叶徒相似，其实味不同。所以然者何？水土异也！"莫非异地举办的军校就"变种"了？就串味了？其实并非如此，而是办校的历史时机、社会环境发生了变化。前6期，为国共合作的大革命时期。此时办校，师资力量强，又遇北伐战争，正逢国共筹建、发展军队的当口，正值急需军事人才的节骨眼上；这时的军校毕业生，便有"先入为主"的优势，一领"凤凰要把高枝站"的风气之先。

贵州人说，离开茅台镇，就生产不出地道的茅台酒；四川人说，离开宜宾城，就酿造不出名贵的五粮液。我则说，著名的军校离开了那个社会人文环境，离开了那个轰轰烈烈的革命时代，也就难成名校，更难以培养出众多的杰出人才了。

原来，名校的诞生与发展，中高等教育的普及与提高，都与国家的综合国力紧紧相关！与社会的人文环境和风云际会紧紧相关！

古人在《释名》中说："徐行曰步，疾行曰趋，疾趋曰走。"改革开放后，我们正大步行走在中国特色社会主义的康庄大道上，随着中华民族伟大复兴的实现，随着我们党新时期教育方针的全面落实，我们的教育，一定会走在世界前列；我们的学校，一定会跻身世界先进行列；我们建设、服务社会的各类人才，一定会繁荣兴旺，层出不穷！

二

参观成都武侯祠，肃立于文臣武将廊前，各人感受或许并不一样。我的最大感受是：兴衰岂无定，国祚岂无凭！想刘备一生艰苦创业，广募多少人才；而先帝中道崩殂后，后主刘禅又招揽了多少名将帅才呢？

从周文王的渭水访贤，到刘玄德的茅庐三顾；从汉高祖的大风雄歌，到曹孟德的鼓瑟吹笙；从李太白的"天生我才"，到孙中山的"治国唯才"；等等，莫不充分证明：人才是安国之石、兴国之基、治国之本。

吾乡川北西充县，人口不多，物产不富，却曾在中华人民共和国成立前后分别获得国共政府授予的"文化县"之美誉。乡人——民盟主席张澜和军阀王缵绪，均为办校育才做过重要贡献。

张澜一生，从小学、中学到大学，都办。还有职高、技校、女校，一级不落，种类齐全。据说王缵绪在渝创办巴蜀中学、小学时，钱的来路可能有些不正，但初衷却令人景仰，黉门称道，也给后人留下了宝贵的教育资源。

此二公当年创办的这些学校，其规模和影响力，自不能与国内知名学府乃至世界级名校媲美，但它们在贫困的大西南、闭塞的巴蜀地，却是一流的教育实体。为办这些学校，艰辛多，周折多，此二公迎难而上，攻关克难，玉汝于成。真是功在当代，利在千秋，我辈理当缅怀追述之。

革命第一，办校第一。张澜是著名的民主革命家、社会活动家，更是"保路运动"的重要组织者之一。他从社会现实中深感到唯有革命，才能除旧更新；唯有办校，才能强国利民。他从西充、南充到成都、重庆，辗转各地干革命。几乎每到一地，他都利用其影响力，筹集资金，网罗人才，办学兴教。在这种艰难的环境中，他先后主持创办了国立成都大学（四川大学的前身之一）、四川省蚕丝学校（现四川省服装艺术学校）、南充市建华中学、南充女子中学（现南充市第五中学），等等。

服务社会，服务实业。本着不唯钱、不唯利的办校原则，盈利的学校办，赔钱的学校诸如女子中学、师范学校还是办。

重视基础,重视技能。基础教育是普及教育的前提,技能教育是服务社会的关键。此二公特别注重办好中学,张澜还创办了多所专科技术学校。

自任校长,力抓教育。张澜首任国立成都大学等校校长,对这些学校的规划发展和教育体系设立,作用重大。王缵绪创办巴蜀中学也同样兼任校长,并亲自制定"公正诚朴"的校训,强调"手脑并用,身心互通"的教学方法,被国民政府主席林森称赞"成绩斐然"。

当年乡人这些兴学重教的精神和育人教学的经验,我们今天在唏嘘赞叹时,更需发扬光大!

三

龚自珍有诗:"九州生气恃风雷,万马齐喑究可哀。我劝天公重抖擞,不拘一格降人才。"

培养人才的方法很多,主渠道育才,无疑是学校。其他社会阵地,诸如机关团体、公司企业以及社区家庭育才,也很重要。

改革开放以后,国家转向以经济建设为主,需要大量能文能武的军地通用型人才,部队两用人才培养工作便应运而生,红火了一二十年。那时,部队自己解决师资、经费以及学习内容和实习场地等具体问题,培养出一批又一批社会亟需的人才。他们在走向地方经济建设一线后,发挥了重要的作用。这一团体育才的有益实践,历史将为它重重记下一笔。

重庆荣昌小提琴制作家何夕瑞,初为木匠,给村民制犁造耙,后学习制琴拉琴,声名鹊起。国家大剧院请他做过提琴知识专题讲座。葡萄牙交响乐团首席提琴师马科思先生拉过他制作的提琴,给予高度赞誉。四川音乐学院管弦系特聘他为客座教授。他的荣昌农家小院里,常有欧美提琴家专程赶来切磋琴艺。更有国内音乐学院的学生,常来拜师学习。这里的农舍,成了音乐的教室;山乡院落,成了艺术的沙龙。一批又一批热爱音乐的学子,在这里学到了制琴拉琴的超群技艺。这种低成本、高效益、画龙点睛式的教育方式,我们不能不为之礼赞再三。

原来,知识的学习和获得,可以有方方面面的途径。有些知识,也确实不完全是在大学书斋里学得到、学得好的。诸如文学艺术创作、管理才干、作战指挥和许多工艺制作过程中的技术环节等,到社会实践中、到具体操作流程中去学,效果可能更好。事实也正是如此,不少赫赫有名的中外文学家、军事家、企业家、工艺师,都是在伟大的社会实践中,练就了自己的才干。

本来有些知识,其原理并不复杂。我们在接受中等教育时就学过了。即使没有学过,自学也是完全可以掌握的。当然,这些知识再到大学乃至研究院去学习,也并非不可;但在完成一定的基础学习后,就投身社会实践,在工作实际中去消化掌握它,效果可能会更好。国家、个人付出的教育成本,也会大大降低。

过去我们报考某些大学名校,许多时候看中的是它的图书馆、实验室。有了这智慧的宝库,我们就能获得更多新的知识。今天情况大变，一台电脑，就是一座图书馆；一入互联网，就进了实验室。除了极其尖端、保密的信息外，其余知识和实验成果，都可从中查找获得。因此我常想，高考来临时，以平常心态去对待升学和选校最好，考上什么读什么；考不上，一身轻松创业去。社会大天地，广阔大舞台。此地不留人，自有用武地！

我是戏剧爱好者，知道某些剧种有研究生班，经常可从央视戏剧频道观看研究生班毕业时的汇报表演，演技好生了得。这些研究生，有的原来学历不高，现在入学也非全脱产，只是开学时集中到校，明确指导老师，结成帮教对子，接受统一讲座，但大多时间，还是靠老师一点一滴的具体传帮带。在这种"作坊式"的教学方法中，师傅，我们称为导师；口传心授，我们称为单独教学；别师出道并经过一定的考核后，我们发给研究生毕业文凭。

他们经过这样的培训后，演技大提高，观众大欢迎。这种教育模式有何不好呢？我以为在表演界、艺术界、体育界、制作工艺界、中医护理界以至科研发明界等领域，皆可适用。

四

四川德阳市郊的白马关镇，有一景点名曰"落凤坡"，坡下有庞统墓存世，显然是衣冠冢了。墓上一副对联，发人深思："造物忌多才，龙凤岂能归一主；先生若不逝，江山未必竟三分。"

这上联，说的是造物主在造就世间人物众生时，对人才、奇才、天才、栋梁之材的问世，总是数量有限的。既如此，孔明与庞统均属人间龙凤,旷世大才,怎么可以同居一朝,共归一个主人使唤呢?下联则说,如果庞统未能英年早逝,能与孔明同心协力共辅明主,那么魏蜀吴三国又如何能长期鼎立三分呢?这进一步说明了人才在定国安邦中的重要性。

这就引出一个话题,我们在求才、育才、用才时,总希望人才济济,越多越好,其实,这种愿望,既不现实,也不利好。就其原委,一言难尽。

我们当知,人才的多少,总是相对而言的;而人才的存在,又总是以金字塔结构呈现的。人才在任何时候也会相对地分为尖端、顶端、中端、下端、末端。因此,即使大批人才涌现在我们面前时,我们还是觉得尖端人才太少了。这就是人才结构本身带给我们的"饥渴感"。

同时,人才的产生又受社会和自然条件包括遗传因素的制约。越是那些伟大的政治家、军事家、科学家、艺术家,越是很少出现、难得一求。清代赵翼的一句名诗:"江山代有才人出,各领风骚数百年。"这首诗由于道出了"人才难得"的真谛,所以至今流传广远,深入人心!

如果事情往前推一步,我们又会发现,社会上的那些奇才、怪才、狂才、邪才,包括有能力扭转乾坤的颠覆性人才,也绝不可能多得。多了非常态,多了也无益。僧多不挑水,龙多不治水。庞统墓联中"龙凤岂能归一主",已隐约其辞有"龙凤不和"之意。熟读三国的人便知,庞统的加盟,虽时间不长,但已使刘备阵营有了"一山难藏二虎"的征兆。

因而社会大量需要并能产生的,正是那些改革创新型人才、科研发明型人才、管理指挥型人才、落实执行型人才、实干苦干型人才和"熟能生巧"的操作型人才,等等。而且越是德才兼备,越具君子之风,越有广阔胸怀,越受社会欢迎!

这一合理的人才取向,也是由历史与现实长期以来的人才磨合交流而形成的,更是由自然界和人类社会的人才供需关系的暗自沟通而决定的。这种"天人合一"的需求感应,既符合产能关系,又符合社会发展规律。真是天降大道、天随人意、春雨晓时啊!

明确了此等大道,我们对人才的产生、培养与开发,就应尊重规律,科学把持,切忌奢求无度,切忌剑走偏锋。就应坚持德与才的一致,强调可与能的统一,以形成人才辈出、优生优育的良好环境。

知道了其中奥妙,我们为人父母者就当以平常心对待子女的升学就业,把"望子成龙"变成"望子成才"。儿孙有德有才、遵纪守法、勤奋工作就是福。

懂得了个中道理,我们广大从业者就当读书努力,就业努力,创业创新更是努力;就当同舟共济,互利互惠,共求发展,决不内斗拆台;就当谋事在人,成事在天,竭尽其力,而决不去做那些脱离实际,想入非非,根本不可能实现的黄粱美梦!

国家兴盛,人才为本。然育才之艰,成才之难,求才之切,用才之困,总是我们应当永远记取和不断破解的啊!

一个沉重的话题

得了状元的名号，未必都是治国治世的真才；进了屡出状元的学校，未必能成为国家受用的人才。比拼学校、逼子成龙、商家炒作，以及过度追捧高分的风气，未必有利于学校育才、学生成才，社会人才比比皆是。

这就是本文将要研究的问题。

研究的结论原来是这样：大才靠找，小才靠考，人才靠倒（即不断换岗锻炼，全面提高能力）。而绝不是靠各级学校高考涌现出了多少名状元，就能够支撑起社会的人才大厦的。

高考的一个热门话题是状元，其实古今状元的含义是不尽相同的。科举状元，本是封建社会科举考试进入最后一关——殿试阶段的第一名；而"高考状元"，则是我国高校统一招生考试中，各省、自治区、直辖市考分的第一名。因高考分文、理两科进行，并有加分、复读的情况，故又有"文科状元""理科状元""裸分状元""加分状元"和"复读状元"之别。若有好事者，以市、县、学校为单位统计公布成绩，又会出现相应的市、县、校状元之类。因此，只要熟悉古之科考状元与今之高考状元者，并将他们作一番分析比较，两者间的差异、区别也就一清二楚了。

其一，考试难度不同。发端于隋朝，后来逐步走向成熟的科举考试，一般要经过"三年""四关"才能完成一个周期，产生一名状元。所谓三年，即除去"恩科"和宋代有过短暂的两年一科外，其余绝大多数时期都是三年一科。武举还是四年或者六年一科。所谓四关，即正常情况下的科举，除童子试外，还要经过四次严格筛选，才能决出全国的最后获胜者。具体运行程序如下：在获得童生资格后，首经县级考试（包括府试、院试）并能过关者，统称"秀才"。有了秀才身份，便可参加省一级考试，即乡试。乡试过关者，称"举人"。举人再到京城参加由尚书省礼部主持的全国性考试，叫省试或者会试，通过者称"贡士"或者"进士"，即贡献给皇帝选用的士人。最后有幸参加在金銮殿由皇帝亲自主考的殿试。殿试前三名为一甲，一甲第一名叫状元，第二名叫榜眼，第三名叫探花。其余还有二甲、三甲若干名，也就是不同段位的进士了。因此，旧时的状元，确为全国唯一，全国第一，三年一遇。简直比登天还难。

当今高考，虽有之前的两次升学考试，但因录取比例甚大，几无悬念可言。且高考每年一次，又以省份为单位举行，全国并不统一判卷计分。这样，今之高考状元，与古之科举状元相比，情况大异。主要是，今天的高考状元产生周期短，选拔区域小，录取种类、数量多。这样的状元，当今全国每年至少产生七八十名（因部分省份会出现考生分数并列现象）。这样，三年至少产生200多名。由此可见，古今状元的稀缺度、含金量，是绝不可等量齐观的。

其二，考生阅历不同。据考，科举制从隋大业元年（605年）始行，到清光绪三十一年（1905年）终止，其间共经历整整1300年。据查，各朝共放榜745次，产生状元592人（有姓名记载的）。加上其他短时政权的状元以及各代武状元，中国历史上总共可考的文武状元为777人。据《中国状元全传》载，宋代状元其生卒年可考者51人，其中20岁—30岁考中者37人，占72.5%；50岁以上考中者也占一定比例。清代状元其生卒年可考者54人，其中20岁—30岁考中者19人，占35%；50岁以上考中者5人，最大年龄考中者为62岁。唐德宗贞元七年（791年）辛未科状元尹枢，四川阆中人，中魁时71岁，成为历史上有名的"古稀状元"。

科举考试中年龄最大者，要数广东顺德县老秀才黄章。据清代陈康祺在《郎潜纪闻二笔》中记载，黄章 14 岁入学，60 岁时才考中秀才（廪生）。康熙三十八年（公元 1699 年），他 102 岁（也有载 99 岁）时，还与曾孙同场应试考举人。曾孙帮他提灯笼，引导他入场。在灯笼上，他写下了"百岁观场"四个大字，并自言："吾今科若未中，来科百五岁亦未中，至百八岁始当获隽（考中），尚有许多事业，出为国家效力耳。"但黄章到底还是落榜了，两广总督和广东巡抚（省长）很是嘉许黄老先生锲而不舍的精神，召见了他，想知他"尚能饭否"？一见，食量甚大，当场赠他钱和布匹作为奖励。他的事迹，后被乾隆帝命人记入《广东通志》和《四库全书》中，以激励后人努力学习。

据有关资料载，像黄章这样的超高龄考生，在清代并不少见。乾隆六十年（公元 1795 年）会试中，地方各省上报 70 岁以上参加会试的考生多达 122 人，其中 80 岁、90 岁以上并捉笔考完三场者（共 9 天），就有 92 人。

从上述资料可知，这些知识分子在考取状元的仕途中，一路奔波，一路艰辛，阅尽人生坷坎，历经世事磨炼。科举之路，已成探索人生之路；饱学之人，终成社会达人。而今天各地的高考状元，则基本都是从家门到校门，从课堂到考堂。年龄不过十几岁，正值翩翩少年时，高考尚属头一遭，家中太阳好自豪。这般青涩、幼稚和阳光，怎可与"三十老明经、五十少进士"，历经风霜老秀才、老举人，或者凤毛麟角的状元公比肩呢！

其三，考后待遇不同。旧时科举，各阶段考完后，能进入上一级考试更好，落榜者，大多也有相应的待遇。如通过院试的童生，被称为"生员",俗称秀才,算是有了功名,进入士大夫阶层。秀才有免除差徭,见知县不跪,不能随便对其用刑等特权。秀才中头等品级的"廪生",前文中提到过的黄章60岁时获得过这一资格,可享受公家按月发给粮食的待遇。原来,明清政府规定:府、州、县学校之生员,每月都发给廪膳,以补助生活。但名额有定数,明初,府学四十人,州学三十人,县学二十人,每人每月供给廪米六斗。这似乎比计划经济时期的城镇户口好,那时城里人有购粮指标,但钱要自掏,而廪生吃粮,不用花钱,全是配给。至于中举者,一般就有了授官的资格,但都是些幕僚小吏,不会担当大任。吴敬梓笔下的范进,就是中举之后精神失常,官还没做上就疯了。如果考上状元,即便榜眼、探花,便已获得巨大殊荣。"天上一轮才捧出,人间万姓仰头看",自会直接在皇帝身边任职,而其他所有入围的进士,待朝廷进行一定时间的培训、考核后,一般都会授以从中央机关到地方政府的各类官职,使之真正进入社会管理层。而当今的高考状元,只能算是求学途中一朵耀眼的浪花,既不会授官,也无多少资本去找工作。若找,高端一点的岗位,怕也未必会接收。

古今状元如此这般一比照,我们就会想起京剧传统戏中常有的一句台词:"此事比得么——? 比不得的,比不得的!"难怪列宁也常爱引用一句德国谚语:"一切比喻,都是蹩脚的。"

二

　　尽管科举状元为天之骄子，人中龙凤，极其难得、极其荣耀和尊贵。但是，他们一旦投身社会实践，能卓有建树、青史留名的，却又屈指可数了。仅从唐宋两朝的 265 名状元看，苏轼等"唐宋八大家"，李白、杜甫、白居易、陆游等大诗人，都无一摘取过状元桂冠。虽说苏轼阴差阳错与状元擦边而过，但到底未入彀中。

　　当然，这并不掩盖历史上诸多状元的熠熠光芒。众所周知的贺知章、王维、柳公权、陈亮、吕蒙正、王十朋、文天祥、张孝祥、杨慎、翁同龢、张謇等人，都在不同的领域贡献突出，青史留名，但毕竟所占比例不大。而名不符实、建树平平，花天酒地、碌碌无为，甚至无耻堕落者，确也不乏其人。于是有人就列出了两组名单，各为 9 名，请人辨识。第一组是：付以渐、王式丹、毕沅、林稃堂、干云锦、刘子壮、陈沅、刘福姚、刘春霖。第二组是：李渔、洪升、顾炎武、金圣叹、黄宗羲、吴敬梓、蒲松龄、洪秀全、袁世凯。结果 100 人看后，对第一组名单上的人，一个都不知道的，有 90 人；对第二组名单上的人，则大多数都略知大概。原来第一组名单，全是清朝的科举状元；而第二组名单，全是清朝的落榜考生。显然，落榜考生经过多年的努力奋斗，好生了得，不是文豪，就是领袖、大腕；而那些名噪一时的状元们，其后来的成就、贡献与这些"落榜考生"一比，就显得落辉失色多了。确实，人生漫漫，其路甚长，荣誉只能说明过去，不能说明未来。这其中原因较为复杂,但有那么几条是明摆着的。比如科举考试制度本身的局限,官场腐败的直接影响,得魁者缺少动力的后续支持,等等。但还有一个最容易被人忽略的原因:状元,总是社会人才资源库中的极少数,而在层层科考中被淘汰下来的,却是大多数。这个大多数,在社会实践中饱经磨砺并相对自由发展,而去与那些进入象牙塔后,才情受限制、抱负难施展的极少数相 PK,人才胜出的优劣多寡在哪边,自是显而易见的。

状元难入大家之列,而大家又很少是状元出身,这一极为独特的历史文化现象,当然值得深思。即便今天,高考状元离校后的发展,也并非人们想象的那样美好。有报道称:1977 年至 2008 年 32 年间的 1000 余名高考状元中,没有发现一名成为做学、经商、从政等方面的顶尖人才。他们的职业成就,远低于社会的预期和自己的盼望(见 2014 年 6 月 28 日《解放日报》)。读此结论,初令人不解,后令人不安,再就盼望这统计并不准确,大有遗漏。但言之凿凿,又被众多报刊网站转载,不容你不信。看来大多"考场状元",终究难成"职场状元",而人类社会更需要、更敬重的恰恰正是在不同岗位做出重大贡献的事业型状元,如钱学森、李四光、邓稼先、华罗庚、朱光亚、袁隆平、王选他们,而不仅仅是一批高考分数的获得者。

科举制度像一切事物的发展变化一样,都有一个从萌芽初生,到成熟壮大以至衰亡的过程。纵观其衍化轨迹,当然是唐宋时期最为辉煌。它注重德识才学的发掘,张扬学子的情采交流,一度主张诗词歌赋入考场,这些都为推动这个时期的人才选拔和文学创作发挥了重要作用。到了明清两代，特别是清代，统治者为了控制人们的思想，先把命题范围限定在"四书五经"中，后把文章做法限制在八股文写作内。这种作茧自缚的科举方法，必然使科考的知识广度、测试深度、认知维度和观察问题的锐度，以及考生表达方式的多样化等方面，大受限制和影响，使本来十分博大精深的科举考试，变得极为窄小、重复、干枯、无趣，最后走进了死胡同，颓势已不可挽回。到了清末的 1903 年，由袁世凯领头的一班重臣奏请皇帝废止科举。本为进士出身的张之洞也上书曰："是科举一日不废，即学校一日不兴，将士子永无实在之学问，国家永无救时之人才，中国永远不能进于富强，即永远不能争衡于各国。"终于在光绪三十一年即 1905 年秋，清廷进行了最后一次科考后，正式废除了科举考试制度。从此伴随中国历史 1300 年且最为响亮的名号及其规制，寿终正寝而去，最终进入了历史博物馆。

三

科举制的本质，是选人用人制度。中国科举制度的产生、发展与传承，也是我国选人用人制度不断进步、完善的表现。这种制度，比起春秋战国之前官员选用的"世袭""恩荫"制，比起汉代的"孝廉察举制"，以及三国两晋南北朝的"九品中正制"来，都要科学进步得多。在此后一千多年科举选士的历史长河中，它所产生的"十万进士"，成了历代王朝执政的中坚。其士大夫阶层忠君、爱国、恤民的主流意识,对各朝代经济社会发展、国家的巩固稳定,产生了极为重要的作用。它设置的"逐级培养筛选、一一对比淘汰"的操作步骤,为社会人才智商能力的挑选,提供了可见、可比、可控、可重复、可验证的有效程序。其精髓实质得到全世界各种文化的认可和接受,也为现代公务员制度、中高考制度、技能职称评定制度、体育竞赛规则和科研实验方法所借鉴、发展,这是中国文化对人类的一大贡献。

我国的高考制度,是最本色地从科举考试规制中衍化脱胎而来的一种考选制度。回想侪辈当年之考场,从验号、进场、糊名、封卷、判卷、放榜等一系列流程看,与科举时期的做派并无多少区别。不过学校的学科设立、教学内容、组教方式、毕业程式与分配方法,都已发生了重大变化。

也正由于我国科举制度的神奇、普及与持久,它的影响力无论在官场、民间还是文艺作品等方面,都深入人心。"朝为田舍郎,暮登天子堂""公子落难中状元,小姐赠金后花园"的故事,比比皆是。舍下原籍,四川西充县,其县地域不大,人口不多,也不富庶,但重学崇教蔚然成风,1939年全县就有学校500多所,誉为四川之最。1958年又被省政府命名为全省仅有的两个文化县之一。据不完全统计,历史上中进士者120多名,并出了5名宰相。这些年来,又孕育了2000多名博士、学者、专家、教授等高级人才。因而"科考文化""状元情结"在当地老百姓心中根深蒂固。假如儿子、姑娘在校考试特别是升学考试中拿了前名,那必是一件光耀门楣的大好事。你即使参加了工作,在某项重要业务考核中拔得头筹,消息传回家乡,街坊四邻也会为之庆贺。这些都往往比某老板在外面做生意赚了一笔大钱，还要体面光鲜得多。

于是我们应当承认，高考状元的产生，各行各业状元的涌现，本是客观存在的事实，真的不值得大惊小怪。在善良的学子和纯朴的民风面前，崇尚状元不但无害，反而可以成为推动社会发展的正能量，成为人们求学上进、事业有为的加油站。

当然我们必须看到，这些年确有一些学校凭借"高考状元"扬名校威，争夺资源，彰显名校地位；一些媒体借热炒"高考状元"赚取点击率和发行量；一批企业借向"高考状元"提供高额奖学金而大肆宣传自己的商品，巧为企业打广告……真是在市场经济大潮面前，无论多么历史悠久的品牌、多么高端的名号，只要有钱可赚，都有可能被人钻了空子，成为赚钱的工具。为此，教育部才三令五申明确要求各地不得炒作"高考状元"，这无疑是正确的，我们坚决赞同。

行文至此，不得不说到一个更为沉重的话题：教育连社会，学校连万家。由于多年计划经济的影响和其他社会原因，目前教育制度上暴露出的若干弊端，已到了非改革不可的地步。比如学校"行政化"倾向严重，学科设置重前沿、轻实用，德智体关系颠倒混乱，应试教育被奉若神明，功利主义的教育观盛行导致以升学率的高低来检验学校的教育质量、教师的工作成绩以及学生学业水平等问题，都严重存在。而这些根本性的问题若不加以解决，而去掐大小状元们的"尖"，比如，对高考状元的名字云遮雾障去掩盖，甚至前几年有的地方对考分为前 200 名者，不公布具体分数之类，又有多少实际意义呢？

我们真的盼望在改革浪潮中涅槃的高考制度早些到来，与世界接轨的教育体制早些建立，让全民受到更加良好、更加科学、更加完备的教育。最近国务院出台了《关于深化考试招生制度改革的实施意见》，撕开了全面深化教育改革的突破口，纵深仗必会打响，中国现代高质量教育春天的到来，不会遥远。

与此同时，也提醒我们的家长：得了状元的名号，未必都是治国治世的真才；进了屡出状元的学校，未必能成为国家受用的人才。比拼学校、逼子成龙、商家炒作，以及过度追捧高分的风气，未必有利于学生的成长、成才。请记住社会学中的三句话——

大才靠找。像周公访姜尚、张良找韩信、刘备请孔明、赵匡胤寻赵普那样，放下身段去广阔的社会寻求、发现人才、大才、经天纬地之才，委以重任，发挥作用。这是事业成功的根本。

中才靠考。从古至今，各类考试都是搜寻人才最广泛、最切实的办法，也是防止人才产生过程中徇私舞弊的最好办法。但不足的是它用的是一把尺子量万人，一个圈子套千蛋，普通人才容易入选，而有奇光异彩的大才、怪才、天才，就极有可能落选。

人才靠倒。真正的人才总是理论与实践结合较好的典范，总是发现问题、解决问题的高手、强手。这就需把小才、不太全面的偏才或者刚好相反的青年才俊，放到所缺乏才干的环境去历练，去补课，接受全面的换岗锻炼，一句话"缺啥补啥"，人才、大才就会顺势而出，济济一堂的。

让我们共同给孩子一个宽松的环境吧，给学校一个喘息的机会吧,给高考状元一个适度的定位吧,给中国教育建立健全一套科学管用的管理制度吧,从心态、心理到社会舆论都摆放端正吧,泱泱华夏多少优秀儿女,全国各地多少有志学子,届时不出人才、奇才、大才、雄才,都不可能!

一包并不灵

司农寺者，北宋主持变法的国家机构也！

宋神宗时期，司农寺下达了一道变法命令：全国各地供神的祠庙，一律承包给私人，每年上交给官府一定数额的香火钱。官府得到这些钱后，便不管承包者去经营什么项目，于是乎，昔日庄严肃穆的祠庙，顿时变成了承包者们赚钱的商店或市场。一时间，各祠庙里喧闹声、哭喊声、调笑声、讨价还价声不绝于耳，乌烟瘴气。更有甚者，将前朝帝王的陵园也加以开垦，唐太宗李世民等人的陵墓就变成了"被开垦的处女地"，参天齐地的树木被砍伐一空，简直惨不忍睹！

我无意攻击王安石而为司马光说项，也不必为俺们川籍文人老哥子苏轼打抱不平，但仅就司农寺为当朝增利生财而置祖宗祠庙、陵墓之体面而不顾的做法，颇为"愤愤然"也！

封建王朝历来十分注重祠庙和陵墓的保护，把它们视为祭祀天地、祖先的神圣之地。秦始皇千里迢迢泰山封禅，汉高祖戎马倥偬拜谒轩辕陵，汉武帝南巡潜山祭祀天地，徐延昭冒死探守皇陵……都留下了多少传颂千古的佳话。不然，我神州大地何以出现"南朝四百八十寺，多少楼台烟雨中"的瑰丽景象；当今北京也不可能有"天、地、日、月"四坛交辉的奇观。由此可见，祠庙、皇陵、古墓，已经是一种历史积淀、文化场所，是绝对不可以任意亵渎的。

这些道理，司农寺的官员恐怕是知道的，但是，承包的命令还是下达了，执行者们更是变本加厉地执行了，严重的后果当然也就出现了。出现这一"不该为者而为之"的历史原因是什么呢？

史学家们说是北宋的"积贫积弱"。我非常赞同。只要读一读王安石的《上仁宗皇帝言事书》就可以看出："天下财力日益困穷，而风俗日益衰坏，四方有志之士，谔谔然常恐天下之久不安。"文中还说，学校本来很少，有的学校又没有教师。官员规定的俸禄非常低微，不兼营农业、商业是难以维持生活的，而且拖欠又相当严重，大约要任职六七年才能得到三年的俸禄。军队由宋初的 20 万增加到 125 万，军费占国家财政收入的 80%。在这样极度贫困的情况下，难怪北宋的变法者们要看中一座祠庙一年七八贯钱的租金了。

由此，我是否可以这样说：国家的"积贫积弱"带来了变法者们的急功近利，此乃下策之举。用今天的话讲，可否用牺牲精神文明来换取物质文明呢？当然，变法者的初衷也未必如此。他们无非是觉得，这些祠庙、陵园闲着、空着太可惜了，只要开发出来，经营有方，管理有道，既能祭祀，又能增财，于国于民都会有利。然而在一个"积贫积弱"的国度里，当道德文明的常轨尚未完全建立起来的时候，改革者的动机与效果往往是很难统一的。果然，司农寺的变法措施在贫困的执行者（也许还有部分贪婪者）手中，很快变了"味"。他们将政策中规定的承包开发寺庙的若干"不准"，完全置于脑后。什么项目能赚钱，管理者就任凭他人经营什么项目；哪些口岸利润大，承包者就抢先租赁哪些口岸。真是有利可图者干，大利可图者大干，暴利可图者丧尽天良地干！难怪乎王安石也只好说，"穷则为小人"矣！贫穷的小人钻起政策的空子来，实在太厉害了！由这些穷困的小人去执行变法的政策，进行变法的实践活动，好的政策可能变味，有弊端的政策可以失之荒谬。王安石变法的最终失败，是否与此有一定关系呢？

话又说回来，这一变法失误的始作俑者依然是司农寺。应当明白，承包是变法的一项内容，但并非一切变法都可以采用承包。历史的经验证明：上层建筑中包括不少制造精神文明的机构，是不完全适合于承包的。我们今天的某些出版社、图书馆、高雅艺术团体、革命历史展览馆等等，由于承包而显出的弊端已经令人震惊了。司农寺当年是否对类似机构也进行过全面承包呢？我未曾考证，不敢妄言，但有一点可以断定：宋神宗的125万军队没有承包，三寺六部没有承包，郡县官署没有承包，国史编修、著作郎之类的官职也没有承包。古今中外，这些都是绝对承包不得的呀！

承包不是变法的全部内容。宋神宗看来是在变法的过程中逐步醒悟了。所以,当应天府长官张方平和御史中丞邓润甫愤然上书此项变法的弊端时,神宗皇帝龙目御览后批示道:"怠慢神灵,污辱国家,还有比这更恶劣的吗?"于是,祠庙、陵墓的管理又恢复先制。

原来如此!

远古的忠告

　　去法国罗浮宫参观，不可不看陈列在亚洲馆里的古巴比伦《汉谟拉比法典》。这是诞生于公元前 18 世纪，迄今为止世界上发现最早、保存最好、条文最完备的第一部成文法典。

　　《汉谟拉比法典》用楔形文字写成，早已被世界各主要语种翻译，是当今我国法律工作者和地方行政领导干部规定的政法读物。

　　从公元前 1894 年开始，西亚的古巴比伦王国日趋繁盛，到第六代帝王汉谟拉比统治时期，已占有了两河流域的整个中下游地区，强盛的国势一直保持到约公元前 1600 年。汉谟拉比国王不仅具有天才的军事指挥才能，而且还是人类第一位靠法律治国的卓越君王。他为向神明显示自己的功绩，并为稳定国家、巩固贵族政权而亲自主持纂集了这部法典。这为后人研究古巴比伦社会经济关系和西亚法律历史，提供了珍贵材料。我们可从网上或法律读物中找到全文一读。

《汉谟拉比法典》，刻写在一段高度为 2.25 米、上周长为 1.65 米、下周长为 1.90 米的黑色玄武岩柱上，共 3500 行，故又名"石柱法"。内容分为序言、正文和结语三部分。正文共有 282 条，内容包括诉讼程序、私产保护、婚姻民事、贸易债务等诸多方面。

这些条文，体现了两个最为基本的法律原则："以眼还眼，以牙还牙"和"让买方小心提防"，即提防卖家在商贸活动中行诈搞鬼的行为。"以眼还眼，以牙还牙"好理解，该法律就明确规定：对伤害行为进行赔偿时，"倘人毁他人之目，则毁其目"，"倘人断他人之骨，则断其骨"。第 233 条还规定："倘若一个建筑者建造一幢房子……而工程不完善……这一工程应由该建筑者本人出资修缮。"

妙哉！人类社会刚刚建立，法律条文如太"弯弯绕"了，不好执行，如此直白、爽快、麻利的规定，对于惩处、遏制各类残忍暴戾的犯罪行为，十分有效。即使人类文明延续到今天，"杀人偿命，欠债还钱"的法律原则，也依然充满生命的活力，而"让买方小心提防"的原则，我们今天理解起来就有些难度了。比如，为什么不可以在法典里明确规定严惩欺市行诈、坑蒙顾客的卖家呢？

原来，美索不达米亚人颁布法律的目的，正是为了制止争斗，维护社会稳定，他们早知卖方行诈手段太多，防不胜防，法律难以一一制裁，何况国家还得依靠他们提供税收呢。故而干脆从另一个角度提醒买方：进行商买活动时要格外警惕，小心上当受骗。如果你受了骗，且又自行去找卖方取闹、施暴，等待你的将是同等的惩罚。以今天的法律观点来看，这规定显然有失公允了，然而对于人类初始阶段的法律条文，我们怎能那么求全责备呢？

走出罗浮宫大厅，站在宽敞的中央广场，我思绪联翩。我想美索不达米亚人真是聪明绝顶了，他们早在3700多年前就忠告一切进行社会消费的买方，要谨防吃亏上当。

道理很简单，卖家以营利为目的，买家以需求为目的，在物质财富还不丰富的远古时代，卖家在商品交换中使出各种解数，赚钱、赚更多的钱便是其必然追求；而买家在卖家面前被动地吃亏上当，也是其必然结果。

当今社会不断发展，商贸活动愈益正规，市场管理制度也更加严密，公买公卖，互利互惠的消费原则，也正在成为社会主流；但我们应当看到，社会这么大，市场这么广，影响合理而健康消费的社会因素又这么多，如果商家的人文素质不能升华商人的义利品格，如果市场的价值规律不能制约商品的价格走向，如果管理机构的控制能力不能维护消费者的合法权益，如果消费者总还是以"粉丝心态"去盲目消费各类商品，那提防卖家的"汉谟拉比"心态，也就当然不可解除了。

正因为如此，现代营销制度才明确规定，凡买方认为一切不满意的商品，比如有证据证明高于市场价格的商品、质量和包装有问题的商品、过期的食品等等，均可在购后一定时间内无条件退货。

此规则在欧美许多国家普遍实行,美国纽约第五大道、法国巴黎香榭丽舍大道、英国伦敦牛津大街、德国法兰克福歌德大街、意大利米兰黄金四角区等稳居其间的知名商场,甚至包括不少设立于欧美城乡间的大大小小商店,大都能够坚决彻底地实行这一商业原则。据我了解,此原则的实行并未影响到卖家的实际销售利益,也从未见因买家退货而造成商家倒闭破产,反而使这些商家商机无限,顾客盈门。

而我国的有些商家、商店,嘴上也讲"几包几退",但真要他痛痛快快退货时,难了!因为附加条件太多、太苛刻,退货付出的代价,往往超出原商品的价值,那谁还去退换呢。这也不怪谁了,原来国人从古至今信奉的是"银货两讫,概莫翻悔"和"君子之交,愿打愿挨"的信条!

然而我这里想着重表述的,还是我们在消费文化、精神类商品时的吃亏上当,以及每遇此况时所显出的无以应对。敝人不才,但爱阅读,乐于购书,已成习惯,然而一包一包的书买回来,读后连呼上当的情形,时常发生。比如,不少在国内外获了大奖的书,以为一定高端有质量,结果名不副实;商家炒卖的书,看后大跌眼镜者,太多太多;演艺明星、节目主持人出的书,多为小情趣而已,翻翻照片即可,细读真的不值;电影晚会之类,这些年来精品力作渐少,暑期寒假、年终岁末大行其道的火爆电影,本是为掏青年人腰包而备的"盛宴",多为年少粉丝们去大银幕上会见偶像的契机,待他们长大了,也不会再去凑热闹;电视剧好在不买门票,但不少也是耗费了时间,一扫业余兴致。

事到此时便想，普通类商品不满意，还有退换的企盼和可能，而精神文化类商品多属一次性消费，开了塑封的书籍，拆了包装的光碟，撕了边角的入场券，如同当年用过的旧船票，如何退得？

何以造成此种原因，我认为还是我们对精神文化类商品的产销属性把握不准。在市场经济条件下，精神文化类产品，既是商品，但又不能当作普通商品来生产、销售，并一味去追求经济效益，而应当在兼顾经济效益的同时，更注重社会效益，价值取向和人文、艺术水准等等。当知，艺术就是艺术，一旦铜臭满身，便大打折扣。一部作品引起轰动，我们当冷静分析它在思想艺术和人文价值上到底有多少含量，不多、有悖、甚至极为稀少的作品，不论票房价值多高，税收多少，我们都不欢迎它。

看来，精神文化类商品的义利把握、拿持，以及科学合理的生产、营销之道，奥妙尚深，我们还需努力探索之！

"战旗"远去

"温不增华,寒不改叶。"无论与原成都军区官兵相伴将近七十年的那份报纸,消藏得怎么无影无踪,但战旗人对她热恋的那份温度,是不会消减的。

从 1965 年 10 月 13 日起,解放军总政治部通知各大军区党委机关报的名称,与所在军区文工团的名称统一起来:北京军区叫《战友报》,南京军区叫《前线报》,成都军区则叫《战旗报》,等等。

时隔半个世纪后,当 2016 年 2 月 1 日上午 10 时,中央军委主席习近平将一面火红的八一军旗郑重地授予西部战区司令员赵宗岐、政治委员朱福熙时,原成都军区的番号也就正式撤销;而与这个军区相依相存 69 年的那张党委机关报,也宣布停刊。

多少年来,军中诸多报人与这张报纸结下的甘苦、喜悦与情思,一时像地下的泉水冲破岩层汩汩涌了出来,汇集成池……

一

2016年1月12日,我接到《战旗报》编辑尹晓鸥电话,她告诉我:上级已通知本报和其他6家大军区报纸,近期将要同日停刊。社里想请你们几位老领导各写一篇"停刊感言",在近日一期报上发表,盼多支持。

接到电话后,我沉默许久,郑重地说,请放心,我按时交稿。

随着军队改革的深入,我们早已看出端倪:大军区将不复存在,作为其党委机关报的《战旗报》,又将何去何从呢?

"皮之不存,毛将焉附。"答案如今有了:这张战斗生存了将近70年、西南战区唯一一张自己主办的报纸,在奏完最后一个乐章后,就将默默作别,乘鹤远去,进入一个安闲寂寞的地方,静静地休息了……

原来,全军7大军区(现已改为5大战区)都有一张诞生于烽火硝烟年代的报纸。她们是各路大军成长发展的见证者、记录者、鼓舞者,更是拿铅字作子弹、英勇射向敌人的战斗者和呼喊者。她们为兴军而生,为强军而存。如今叫停就停,叫止就止,干脆利索,一齐谢幕,仿佛听从指挥、服从命令的军人。

《战旗报》等报的停刊,从军队改革的大局考量,无疑是正确而必要的,报社同仁已毫无折扣地执行了;但从工作情感和思维习惯来讲,报纸的谢幕又恰如一位天天见面的战友,忽要离任、忽要远行,甚至忽要永别于岗位和亲人,寿终正寝于高堂之上、松林之间、花丛之中,这又叫我们如何不留恋,如何不感慨,如何不生出绵绵追思呢!

二

1983 年 9 月,我从北京军区调至成都军区宣传部,从事新闻工作,宣传部和报社两家单位楼上楼下,本是邻居,加之我又常给他们供稿,自然对这张报纸就十分熟悉了。

《战旗报》的前身,是晋冀鲁豫野战军的机关报《人民战士》。1947 年 4 月 28 日,在太行山下的河北省磁县山底村创刊,由刘伯承司令员题写报名,邓小平政委题写贺词。1948 年 5 月,晋冀鲁豫野战军整编为中原野战军,1949 年 4 月,中原野战军改编为第二野战军,《人民战士》始终作为这些重要军事机构的党委机关报转战南北,随时发声。

1950 年 2 月,以二野和一野 18 兵团为主组建了西南军区,《人民战士》便自然成了西南军区的党委机关报。1955 年 2 月,中央军委决定撤销西南军区,将其一分为三:即成都军区、昆明军区以及西藏军区。《人民战士》便随之更名为《建军报》,并留作成都军区的党委机关报了。在《建军报》的首发号上,成都军区司令员贺炳炎上将亲笔题词:"把领导意图与群众智慧结合起来,教育群众并引导群众前进。”这与毛泽东同志一贯主张的“群众办报、教育群众”的主张是高度一致的。

再随后，大西南部队的军事指挥机关几经分合，《建军报》于1965年更名为《战旗报》，其职能与容量也多有变化：1968年西藏军区并入成都军区，次年10月，原西藏军区的机关报《高原战士》亦并入了《战旗报》；1985年昆明军区与成都军区合并，原昆明军区的机关报《国防战士》也并入了《战旗报》；再后为压减报纸，成都军区政治部的《两用人才报》《军营银幕》也先后合并其中。

这7张报纸的转承脉络，折射的不仅是中华人民共和国成立后西南地区军事指挥机关的演变轨迹，而且更展现了当年刘邓大军创办这张报纸的博大情怀，这些报纸就像流经云贵川藏的金沙江一样，川流不息，大度包容，不拒洪涝，水涵各家啊（“水涵各家”语脱“水涵秋色静，云带夕阳高”，见钱珝《江行无题》）！

在战争年代，报纸是所在机关首长的宠儿，走一路带一路。红军长征那样艰苦，邓小平主编的《红星报》也一直跟随到底。《人民战士》亦然，1949年4月21日渡江战役打响，24日二野、三野两路野战军全面占领南京，《人民战士》编辑部也跟随二野机关进驻了南京城，还在国民党“中宣部”大楼办公，在“中宣部”管理的东南印刷厂一次性印报上万份，详细报道南京解放的经过和部队进城的盛况。

特有意思的是，攻占南京时，《人民战士》报社记者靳思彤跟随攻城部队一路战斗、采访来到了总统府。他目睹了国民党政府败退时留下的这个狼巢虎穴的一片狼藉，还翻看了蒋介石办公桌上定格于4

月 22 日的台历。坐在"蒋总统"的宝座上,靳思彤感慨良多。

报纸是时事的宣传者,也是历史的记录者。当年当时的新闻,往往成了今日今时的珍闻。翻看着这页页发黄的记录,当年的刘邓大军,即后来的中原军区、二野部队,以及再后来的西南军区、成都军区几十年间发生的重大事件,一一展现眼前:如鲁北大捷、千里跃进、淮海战役、渡江作战、进军西南、十八军进藏、平叛胜利、边境作战、南疆扫雷、联合演习、抗震救灾、国际维和,哪一件不气贯长虹,掷地有声?还有那一大批先进集体和英模人物,如乌蒙铁军、墨脱戍边英雄营、岗巴爱国奉献营、邱光华机组,田清堂、王克勤、张英才、魏小唐、张福林、史光柱、安忠文、张洪、梁强、李素芝等等,哪一个不光彩照人,令人敬仰!

三

办报人很难深想,办报人当时宣传了别人,却同时也宣传了自己。正如卞之琳写张充和的诗:"你站在桥上看风景,看风景的人在楼上看你。明月装饰了你的窗子,你装饰了别人的梦。"《人民战士》在几十年的成长发展中,也留下了不少颇具影响力的办报人,他们在装饰着别人的梦,也同时装饰了自己的窗户。

刘伯承、邓小平任命的第一任《人民战士》报社社长兼总编辑是胡痴,你一看这名字,就知道这是个有学问、爱工作、热心于办报的学人。胡痴 1917 年 5 月出生于直隶省(今河北)深县,"七七事变"后参加八路军,一直在部队从事宣传、新闻工作。他奉命组建《人民战士》

时,在战壕里开编前会,在蜡烛下写创刊词,在老乡的炕头上做完了期期报纸的编排,还曾在马车上完成过印报发行,硬是把刘邓首长的命令和战斗胜利的喜讯,传遍部队和解放区。

1955年,他奉命调任北京参加创办《解放军报》,历任解放军报社总编室主任、副总编辑、代总编辑,新华社代社长等职。在军报工作期间,他亲自组织领导和参与了"学习雷锋""南京路上好八连""硬骨头六连"等军内重大先进典型的宣传报道,在军内外产生了广泛深远的影响。

第二任该报的社长兼总编辑是吕梁,1920年7月出生,江苏无锡人,1938年入伍,同年进入延安抗日军政大学学习。先后在林县军分区、太行军区、中原野战军、西南军区、《解放军报》报社等单位工作过。参加了抗日战争中晋东南敌后多次反扫荡战斗,解放战争中参加了南渡黄河,挺进豫西,解放洛阳以及郑州战役、淮海战役、渡江战役、大西南战役,荣立一等功两次,荣获三级独立自由勋章、二级解放勋章。他颇像南宋的陆游,"上马击狂胡,下马草军书";又似随后的辛弃疾,既冲锋杀敌,又挥毫为文,立功、立言集于一身;还像西汉的李广"将军未挂封侯印,腰下常悬带血刀"。

吕梁在担任《解放军报》报社社长期间,主持了该报真理标准大讨论和军事训练改革的宣传报道,影响颇大。

我当时正在北京军区某师任新闻干事,曾多次聆听他讲军事新闻写作课。他面容洁如玉,举止雅若兰,吴侬口音亲切入耳,既回忆战时新闻报道的优良传统,又分析新时期新闻写作的发展变化。听他的课,简直就是一种高端的艺术享受。吕梁一生著文颇丰,有《抗日游击队的故事》《夜渡黄河》《最后的党费》《前线办报杂记》等著作存世。

四

我担任《战旗报》报社社长兼总编辑,是 1999 年 8 月至 2003 年 6 月期间。我辈办报从环境、资历、贡献以至德识勤绩,自不敢与开山先辈们同日而语,但任职期间报纸扩版一事,却略可记载。

90 年代中后期,正是信息爆炸和纸媒、电媒争相辉映的年代;而成都军区这个兵撒云贵川藏渝的西南最大军事机关,却一无广播电视,二无对外网络等媒体,唯有一张已传承几十年的四开小报,显然已不适应时代需求。于是在时任司令员廖锡龙、政委杨德清上将的大力支持下,我们几次上报总政,又经国家新闻出版局批准,《战旗报》终于完成了由四开小报到对开大报的华丽变身。

《战旗报》这一蝶变,乐坏了战旗人,也忙坏了战旗人。因从申请扩版到正式印报,只有 4 个月,人员要重组培训,设备要换代更新,报头、报徽和版面栏目要重新设定,特别是办报理念、管理方法更要进行一番革新。我与两位副社长赵忠路、李松柏迎难而上,齐心努力,各项工作进展顺利:报社创办以来的第一个总编室成立了,原后勤编辑室主编任慎友带刘励华、赵忠泽等同志负责组建这一新机构;政工和军事编辑室主编黄泰林、高凡四下物色编辑人才,抓好现有人员素质培训和大报版面栏目的设定;通联编辑室主编杨巨宝借鉴兄弟大报的办报经验,起草改版后的报社工作流程,疏解报纸印刷和邮局发行中冒出的诸多问题……

难忘 2000 年 12 月 31 日,即大报正式出版的头一天晚上,编辑部办公室灯火通明,战旗人要把改大报的庄严、欣喜、使命、责任通过消息、社论、述评、贺电、书画、照片高质量地展示在各个版面上。我也忍耐不住喜悦的心情,连夜赶写了一个版的通讯《此情可待成追忆——军区党委关心支持〈战旗报〉扩版纪实》,安排在扩版首发号上。不想,这"追忆"一言,15 年后竟一语成谶,灵验兑现!

那夜战旗人难以入眠,文章改了又改,版面调了又调,字体换了又换,用"毛体"拼组而成的报头和以"八一"战旗飞扬为主图案的报徽,描了又描,签印的时刻到了,突然一个问题冒了出来:一幅用于字画贺庆版头条的一位北京新闻界领军人物的书法作品,不慎将"再创佳绩"中的"绩"字,误写成了"迹"字!

开版就有这样的瑕疵,谁敢保证"咬文嚼字"的先生们不对此严加指责呢?而夜半三更要改动名家手体,又谈何容易!美术编辑面有难色,书法大家不愿"造次",值夜班的众多人员面面相觑……我说:"'离了张屠夫,就吃带毛猪'不成!赶鸭子上架吧——拿纸墨笔砚来!"于是自己动手反复模仿其笔迹,稍时,一个"绩"字如出一辙,跃然纸上,随后又严丝合缝地完成了"搬家"。第二天,我将此事电话报告了那位居住北京的首长,他感谢再三,称赞我们办事认真负责,并重新寄来了一幅新的同语书法作品。

《战旗报》扩版 20 多天后,战旗人迎来了一个值得庆贺的日子——2001年1月22日上午,《战旗报》将星闪耀。军区司令员、政治委员二位上将和中将、少将共7位将军到报社视察工作,看望干部职工。两位军区首长发表了热情洋溢的讲话,祝贺报纸扩版成功,表扬报社善于把军区党委首长的思想、工作意图落实到版面和报道中去,鼓励报社工作人员发挥聪明才智,努力把报纸办得更好!

第二天《战旗报》头版头条刊登了这一消息并配照片,许多"老机关"说,这样多的将军同时到一个机关二级部视察工作,这在成都军区有史以来还是第一次。

五

世事有兴替,往来成古今。一切事物的成长发展,都有其生灭消长的自然规律。我们既看重它的逝去,又难忘它曾经拥有的灿烂和辉煌,更庆贺继我之后的刘春光、南远景、陈德杰诸位社长把这张报纸办得愈是风生水起,多有看相。

如今在"战旗"飘扬近70年后,竟然庄严谢幕了,这使我想起李白的一首名诗:"故人西辞黄鹤楼,烟花三月下扬州。孤帆远影碧空尽,唯见长江天际流。"

"战旗"虽远去,但曲终人未散,整装犹待发!我们祝愿刘邓大军当年创办的这张报纸,像其"金沙江"文学专版的名号一样,继续带着大西南的诸多水系,流入长江,汇入大海,卷起更大的波澜!

探子屠生

探子来信了，其意大略如下：

春节一别，常在念中。尽管你做了官，但实在地说，你失去了一个大好的机遇——市场经济本应赐给你的发财机会。如果你不愿坐失良机，我们可以合起手来干一场，既给家乡人民谋了福利，又给你带来一定的经济利益。比如家乡的辣椒、生猪、红薯粉到了省城，价格将是家乡的一倍以上。而你们的军用品，如大头鞋、皮鞋、军大衣、米黄色衬衣到了家乡，价格又将是两倍以上。你不要担心诸如运输、销售之类的烫手事情，只要你在闹市区找到一间门面，挂上"川北土特产品销售联络中心"牌子，事情就妥了。而你们部队的军需产品，你只要按厂价联系好我所需要的品类、型号、数目，告诉我具体找谁联络、提货,你就大功告成了。届时将有一笔可观的收入等待着你的接纳……

读完这信,我大惊失色。探子刺探情报居然刺探到军营来了!我立即给他回信,告诉他军人不准经商,我已经丧失了这诱人的资格。因此,你所需要的"川北土特产品销售联络中心"的牌子,我绝对不敢去挂;你所需要的各类军需产品,我也更不能出面去联系。此事还望吾兄海涵云云。

我的信发走之后,心里总有些不安。一怕他在乡亲们中骂我:"人一阔,脸就变。"何况我还并没有"阔"起来。二怕伤了他的自尊心,有探子谍报社情,毕竟是好事,你何苦拒人于千里之外呢!于是,我便决定利用刚刚实行的"双休日制",给他写一点文字,以示我的补偿。

今年春节回乡探亲,刚进门坐下,似乎便有一张熟悉的面孔在门外探头探脑想进来。我一下认出他来了:邻村的一位少年朋友、同班同学。我忙喊:"屠生,咋不进来坐呀!"他不大好意思地进得屋来,很不自然地坐下,似乎手脚也无合适的放处,颇有点像当年绍兴的"闰土"见了"迅哥"。

我说:"老同学,多年不见了,嫂子、孩子都好吗?"他点点头。我又说:"这几年你都在干啥,发财了吧?"因为我见他衣服的款式、质地很讲究,非一般农民可比。

他停了一会儿,说:"当信息员!"

"啥信息员?"

"经济信息员。"他说完后，接住我敬给他的香烟，很有些不好意思地离去。

他一走，母亲便嗫嚅着说："那'信息员'不是李咪娃吗？怎么他又送起信来啦？"

父亲瞪一眼母亲说："那李咪娃叫邮递员，他叫信息员。两码子事，你说到哪里去了！"

这信息员显然是新名词，我也不太明白，就问父亲。父亲说："就是探子，经济探子。就像你们城里人说的'包打听'。他说得文雅了，什么经济信息员！"

母亲"啊"了一声，像回忆起什么，随后忙改口说："他家出这种人！"

父亲又瞪母亲一眼，说："出这种人，有啥不好？我看是两代英豪！"

父亲的意思我是明白的。屠生的父亲叫屠国举，五短身材，酒糟鼻子，镶有金牙。20世纪60年代初的困难时期，他常到街上的卫生院去治病，药费都是全免的。那是因为他对革命有功，当过川陕红军的侦察员，年长的人就叫他探子。徐向前总指挥还在巴中县的恩阳河听过他的侦察情况汇报。他讲他如何装扮成瞎子，在顺庆一带侦察敌情，摸清了杨森一个师的兵力部署，为红四方面军强渡嘉陵江提供了重要情报。他在另一次化装侦察中被敌人提住，五花大绑押到了我们镇上，捆在一棵大柏树上，任敌人拳打脚踢，他也不承认他是红军的探子。最后，那个现场审问他的连长，看实在问不出什么名堂

362

来,才喊放了他。他也从此与红军失去了联系。中华人民共和国成立后,当地政府考虑到他的这一贡献,每月给他 20 元钱的生活补助费,药费也全免。困难时期,屠国举饿得掏地老鼠吃,有时还偷喝从医院里领出来的"葡萄糖注射液",结果死于"水肿病"。

屠生这一职业,引起了我的浓厚兴趣。大年初二一早,我就把他请到家里来,热茶泡起,"红塔山"摆起,听他讲探子的故事。

开初,他总是笑扯扯地说:"没啥讲头!"我却正南八北地说:"屠生,你别小看你这职业,很有意思呢! 你想,你父亲当年给红军当探子,那是为了穷人的翻身解放,所以共产党坐江山后,才给他那么优厚的报酬。今天,你又子承父业,做了经济信息员,给咱家乡人民当探子,这不是明摆着,要为家乡脱贫致富做贡献嘛!"

他还是笑扯扯地说:"我没得那么高的觉悟。"

我又说:"你父亲那年,往镇上大柏树上五花大绑一捆,家乡人民才知道他为革命做了贡献。你知道我在部队是搞宣传的,你现在轻轻松松讲几个故事,我把它写成文章,传扬出去,说不定县上、省上哪个掌火的人物,知道你也像你父亲那样是革命的探子,比'亨特儿'还高明,又为家乡的经济发展立了功业,今后,没准也让你享受一定的待遇呢!"

他又是笑扯扯地说:"我倒不图这些。"

两个小时过去了,一包"红塔山"快抽完了,他就是不说。看来"不动重刑他不招"了,我就故意把脸一沉说:"屠生,咱们丑话说在前头,你不说也好,那我就问其他村民去。你知道农村人口杂,他们要是说些不负责的话，使我写出的文章影响了你的形象，那就别怪我啦！"

屠生是顾名节的人，经我这么一"吓唬"，乖了。他眨巴眨巴眼睛说："那我就讲几件事嘛！"

"老同学，你知道，咱们农村穷，安不起电话。办啥事不像你们城里，拨几个数码子，几声'喂，喂，喂''嗯，嗯，嗯'，事情大半就成了。"

"可农村穷，并不搞市场经济，搞市场经济就少不了流通领域。这流通领域——你知道，信息很重要。可咱这偏僻的山区，隔山如隔世，与城里往来更少，这信息又如何流通起来？就只得靠脚板搽油，去跑！"

"这阵子，你们城里猪肉多少钱一斤？"探子突然不失本色地问了我一句。

"五六块吧！"

"对了，咱们这一带，现在毛猪才两块多钱一斤，还卖不出去。你说，要是城里有人来拉上几车，到城里杀了卖，那有多大赚头。还有，肥猪一长到了三四百斤，你就是给它吃人参、燕窝，它也不长了。因此，农民一旦猪喂肥了，又出不了栏，喂起来就心寒。我也就是这么被'逼上梁山'的……"

屠生抖掉一截烟灰后说，1992年春天，他家3头肥猪长得像3头小牛犊。过年前，他就在乡里生猪收购站排起队，人家这月推下月，下月又推下月，月月都不收。他又提起两瓶"沱牌大曲"吱着猪儿去。酒是收了，猪还是不收。收购员亮开嗓门对他讲："屠生，不是我们跟你过不去,你想想,一场杀一头猪,肉还卖不完。运到城里去,倒有人争着买,可那汽车又没得。你总不能叫我们替你养起吧!"

屠生一听,也是这个理,不好意思再讲什么。吆着猪儿往回走,一路上他都在琢磨收购员的那句话:"运到城里去,倒有人争着买……"咳!这才叫他妈的见鬼!城里人要,咱们就往城里送嘛!黑了南方有北方,人哪有尿憋死的!

第二天,他裤腿一挽,步行20多里山路,又搭车赶到了南充,找到了在城里工作的几个老同学,开口就说:"给你们找桩赚钱的生意,干不干?"

人家说:"啥生意?"

他故意卖关子:"保证赚钱嘛。不赚,我来贴,赚了平半分。"人家都是上班的人,事情多,就说:"龟儿子屠生,别在这里'弄起扯',有啥赚钱的事,你就竹筒倒豆子——干干脆脆地讲。"

屠生这才说:"咱们家乡的肥猪,不用添加剂,尽是猪菜加细米糠喂肥的。人吃了,也不'跟着肥',知道吧?"

人家说:"知道,知道!"

屠生又说:"咱们家乡的肥猪,不是'洋种子',都是土生土长的——哼,龟儿子现在的一些'洋鸡、洋蛋',中看不中吃,农民都不吃它。咱们家乡的猪,才是正宗祖传货。杀开一看,'巴掌膘',但肥得不腻人;瘦肉也瘦得细嫩……"

人家说:"晓得,晓得!"

屠生更来情绪了:"咱们家乡的肥猪,农民抽不来胆红素,'肝胆脾胃'俱全！不像现在一些龟儿子城市周围的人,啥都兴起来了——抽了猪的'胆水',就往肉里注清水。那肉'水垮垮'的,哪个吃嘛!"

人家着急了,说:"龟儿子屠生,你把你家乡的猪肉说得'赛天仙',那也不带两刀来我们吃吃,光耍嘴皮子。"

"嗨——就是叫你们拉呢!"

"不要钱?"

"一两刀不要钱,多了咋个不要钱呢?"

"多了啥价钱?"

"整毛猪,两块钱一斤;整车地拉,还要优惠。"

"那一斤毛猪杀多少肉?"

"7两肉,1两5钱骨头,1两肚腹……"屠生"一口清"。

"那你能联系得到不?"

"要多少,给多少!"

几个老同学认真了,冷静地合计后,当场敲定下来,到个体户那里租一辆"黄河牌"大卡车,第二天就开到咱们家乡去。

屠生坐在驾驶室里带路,一路上自豪得很,活像当年他的父亲给穷苦山区带来了红军队伍。车才到村口,他就喊司机将车停在机耕道上,又对着院子惊抓抓地喊媳妇:"快把那3头大肥猪吆出来!"猪吆到后,南充来的人就用随车带来的磅秤一过,当场就"哗哗哗"地给他数起了票子。这时,周围已经围上来许多群众,屠生把钱拿到手后,往头顶上一扬说:"要交肥猪的,快送来,1块8角钱一斤,车装满了就不收啦!"

半个时辰后，一卡车肥猪收满了。还有的村民吆来后，车已装不下，就直骂屠生咋个不多带几台车来，屠生就笑扯扯地说："明天他们还要来哩。"

屠生这一仗打得很漂亮，简直像《西厢记》里的白马将军，带人马到普救寺解了崔莺莺一家的围一样来神。一连10多天，屠生都满面春风地带着他南充来的老同学，挨村挨户地收购肥猪。

奇怪的是，农民们得到了利益后，并不怎么感谢屠生。他们最关心的是屠生这回赚了多少钱。但谁问屠生，他都不讲。村民们也知道，你龟儿子屠生，也只养了3头肥猪，为啥包包就鼓得比我们高？还不是赚了我们的钱！心里就不大舒服他，可又说不出什么名堂来。村民们还非常关心他南充的几个老同学又赚了多少钱。人们问他时，他还是不讲。我反复问过他后，他才鬼头鬼脑地说："差不多对半赚吧！"

屠生与我谈了两个多小时，我留他吃过午饭后，他便离去。母亲来收拾碗筷，脸上就有不愉快的神色。我说："妈，屠生才是聪明人啰，事情办得漂亮哩！"

母亲说："聪明啥嘛，还不是游手好闲的后生，地里的活路一点也不想干。"

我说："他做信息员，占用了时间，地里的活干得少些，也不能怪他。"

"啥信息员啰，是探子！还不是想赚点钱。"

"探子赚了钱，也帮了你们的忙呀。这就是市场经济。"

"我不懂啥是市场经济。我晓得他是吃不下地里那份苦,才去当探子的;是当了探子后,才赚了钱的!"

我忙说:"妈,你种庄稼、喂猪、养蚕赚钱,与他当探子赚钱,其实都是一回事。就如你家的'洋马儿'(自行车),你是后轮子,用劲大,他是前轮子,管方向,离开了哪个轮子都不行。"

"那才不一样呢!我们家赚的那些钱,是正路。他游手好闲赚了钱,都不光荣。"

"你家去年养蚕子,桑叶不够喂,蚕子都快饿死完啦,那就光荣啦?"

母亲一听这话,立时打了一个"哈哈"。随后就来套我的话:"那屠探子把这些事都告诉你啦!"

我说:"这有啥不能说嘛。"

我也就顺便核实了屠生上午介绍这件事情的真伪。

屠生是这样谈起的:"你家的蚕子养得好啊!每年都是两三张纸。"

我说:"我家祖祖辈辈都是以农桑为本。听说,我奶奶那一辈,就是蚕养得好。昨天我去看了一下自留地,地里还种仔桑 200 株。真不简单!"

"搁倒起!去年你家养的蚕,要不是我帮忙,不饿死光了才怪!"

我一听还有这事,就非让他讲讲不可。他又点了一支"红塔山",吧嗒吧嗒抽了几口后说:"都怪你妈胸口子厚,碗头还没吃完,就在想锅头!"

他说,我们家 200 株仔桑,按说养 3 张蚕纸就合适了。但母亲坚持要养 4 张纸。说去年养了 3 张纸,桑叶都够用。桑树一年长一截,浪费了桑叶可惜。于是,她就带头买回了 4 张纸。其他村民受她的影响,也都多买了半张纸。

这屠生是精明人,春蚕才二眠起来,正是插秧打谷的大忙时节,他农活让媳妇干,自己扛一杆猎枪,全乡满山满岭地跑。头天傍晚回来,他的枪尖上挂一只野鸡。人家不问他,他也自言自语地说:"一炮'横火'打中的,你看还是一只公鸡呢,多肥!"第二天傍晚,他的枪尖上又挂一只兔子,逢人又会自言自语地说:"一炮'跟火'打栽了的。狗日的,三瓣嘴,撞到枪口上了。"

村民们大都不理会他,知道他是"探子世家",舞枪弄炮,自有祖传。谁知没过几天后,村民们就着急了,桑叶不够用,春蚕吃了上顿没下顿!

这蚕子缺桑叶,简直比熊猫缺箭竹还难办,几乎没有任何饲料可以代替。三眠过后的蚕子,食量又大,桑叶一缺,不是饿出病来,就是做不出茧子,等于白养。如果一个村的一家一户缺桑叶还好办些,互相拼凑一下也就过去了。现在几乎是家家户户都缺叶子,谁拼凑给你!这等于像 20 世纪 60 年代初那样大面积地闹饥荒,你去找谁"讨饭"?眼下,在这群"饥民"之中,饥荒闹得最凶的,当数军属邓老太婆一家了,她家养了 4 张纸!

母亲是急性子人,又是爱面子的人。一看自己的谋划失败了,春蚕已经开始互相噬咬,就急得抓耳挠腮,像千万只蚂蚁在啃她的骨头,一病栽倒在床上。

屠生这时来了。他嘴里叼支烟，走到母亲床前，笑扯扯地说："邓老太婆，蚕子缺叶子吗？你家不缺票子嘛！赶场天到街上摆个摊子，比起票子，收购叶子就是了嘛！"

"你打的好烂牌！"母亲气得骂他快出去。因为养蚕人谁都知道，桑叶这东西，缺了是"金叶子"，剩下了不如"树叶子"。既吃不得，又用不得，但你若是一旦上街收购桑叶，别人就知道你要的是"救命叶子"，不但要随意抬高价钱，而且有时还不给你送来。大家都懂得，这桑叶送来少了，卖不到几个钱；送来多了，你又"吃"不下，放不住，哪个天天给你背叶子来呢？因此，桑叶从来形不成市场。

"邓老太婆，侄儿自有办法解你老人家的难。"屠生这时才一脸正经地说，"那几天我满山满岭去打猎，哪是去图吃那几口野味，真正的目的，就是为你家和全村养蚕人找'闲叶子'呢！"

"找到了？"母亲一下来了精神。

"找到了，找到了！就是你老人家再养 4 张纸也'吃'不完！"

原来，屠生看到一个村的人今年普遍都增养了蚕纸，知道桑叶要闹饥荒，就扛上猎枪，云游四方，与那些养不起蚕的人家做了商量："你这几排闲桑树，巴掌大的桑叶闲着多可惜。还挡了光线，误了庄稼。到时候，我找养蚕人家来把你们的叶子'包'了。按树头计钱，茧子上市后我再来算累账。"随后，定下了每树桑叶的价钱。现在，探子的情报用上了。

屠生讲完这些情况后，就带着我妹妹和其他缺叶子的村民，背起背篼，沿他打猎的路线往山里走。几里路处，他放下一拨人，叫他们去找谁谁谁家联系摘桑叶；几里路处，又放下一拨人，叫他们去找谁谁谁家收叶子。

钱，他不准直接付给卖主，只准给人家每次打张摘走多少斤叶子的欠条。茧子上市后，他才拿着这些欠条，挨门挨户到收过叶子的人家收钱，价格倒很公道。

探子屠生的这一招，尽管又一次帮了乡亲们的大忙，但事后乡亲们一想：你龟儿子屠生，只凭扛杆猎枪，悠悠闲闲地转几天山路，就比我们担惊受怕养一季春蚕的收入还多，心里又不平衡起来。母亲，大概就属这类人中的一员。

我与母亲核对完事实，母亲便有些不好意思地低下了头。我说："妈，人家跑了路，一斤桑叶才多收你5分钱，人要讲天地良心，不该歧视他。"

母亲便说："倒也是这个理，但就是看不惯那些游手好闲的人。"

我说："这不叫游手好闲，是他当探子的一种工作方式。在市场经济条件下，信息很重要，就是要有一批人，去当信息员，偏僻山区的经济才能发展起来。"

母亲近年来已不太爱听这套官话了，但这回似乎听入了耳。她边收拾杯盘碗筷，边用玩笑的口吻说："你在外面走南闯北，那咋不也去当当探子呢？"随后愉快地离去。

第二天早饭后，屠生提了两布袋"七星椒"来，叫我带上：一袋自己吃，另一袋送给成都几家有名的火锅店。说如果他们感到味道好，就写信来，要多少，运来多少，但价格要公道。可惜我未能带上这些东西，因为一早，我就起程归队了。他的这一任务，我终未完成。

代跋：

凌云健笔意纵横

——著名军旅作家邓高如将军的文学之路

马甫超

邓高如自戍边北国到走马南疆，从士兵到将军一步一个脚印走过40余年军旅历程，除荣立1个二等功、5个三等功外，还有一手潇洒自如的文章名扬军内外，留下几多故事，几多才情……

一

在西充、南部、盐亭三县交界处的西充县境内有个"中南场"，几公里处便是三国大学问家谯周的故乡。邓高如将军便出生在这场上。或许是因为那条奔流清澈的宝马河亘古至今绕场流过，才使得他儿时就多了几分灵性和执着。

邓高如儿时喜欢小动物。邻居暑期便送了几只小鸭让其饲养。随着小鸭长大，人们惊奇地发现，别家的小鸭都四处乱跑，唯独他饲养的小鸭竟能在口哨的召唤下从田里跑出来，前呼后拥回到鸭舍。

公社党委书记奇怪了，专程登门探访。原来，上自然课时老师讲了苏联生理学家巴甫洛夫的"条件反射论"，邓高如同学受到启示后，便在给小鸭喂食时吹响哨音反复训练：小鸭逐步形成了"哨响即食"的习惯，随之闻哨而动了。

乡里一老师二胡拉得好，因深爱此子的聪慧，有意传授之。一日，他叫住邓高如说：我出三道字谜考你，如答对了，我就教你拉二胡。随即出了第一题："一字九横六直，天下诸侯不识，颜回去问孔子，孔子也思三日。"邓高如脱口而答："晶"字。老师又出第二题："人王面前一对瓜，一颗珍珠献王家，二十三天下大雨，和尚口里吐泥巴。"邓高如又答："金玉满堂"。老师再出第三题："二人力大顶破天，夫妻共耕半丘田，八王在我头上座，千里连土土连田。"邓高如沉思片刻后说："'夫妻'什么'重'……啊，对了，就是那个繁体字——'義'重！"

原来，邓高如还未学过繁体字，但一抬头见墙壁上写有"社會主義好"的标语，立即看出其中那个"義"字，不就是由"八、王、我"三字组成吗？便立即答了上来。

一晃邓高如要上高小了，因是住读，母亲便隔三岔五来校送粮。一次母亲进校后见儿子正临窗静坐听课，在院中轻唤数声均无反应，便绕到窗前高喊一声："高如！"正听课入神的儿子顿时跳了起来，高叫一声："妈欸，你喊啥哟！"

此举愣住了老师,也笑倒了同学。老师为安稳课堂秩序说:"同学们不要笑哦,高如同学和他妈妈刚才的举动至少说明两个问题:一是母亲见儿心切,故而隔窗呼喊;二是儿子听课入神,故而闻声受惊。这都是应当表扬的好事呀!"

二

1969 年珍宝岛一声炮响,"文革"中的学校也完全瘫痪,无书可读的邓高如被接兵部队看中接走,以独子投笔从戎而闻名乡里。

闷罐火车将他拉到中蒙边界。白天他趴冰卧雪,摸爬滚打;晚上站岗放哨,戍边执勤;深夜了,还常常独自一人藏到学习室看书写作。

连队干部认定,这是连里的"秀才",应当重点培养。于是调他到连部当了通信员,一年后又让他做了文书,还送他参加师里新闻报道培训班的学习。

学习期间,他写的稿件常被报纸采用。因那时写稿不兴署真名,怕人说是名利思想作怪,于是他写的稿件就多署本单位的集体笔名:什么"巴石"(所在部队为一八八师)、"陆岩"(所属六十三军)、"彤星文"(通信连的文章)等。

一天,连队正在农场收割试种的水稻,一辆吉普车开进田间小路,一位中年军人下得车来四处打听:谁是通信连的战士邓高如?

原来,前两天北京军区《战友报》突出刊登一篇署名"巴石"的杂文《啄木鸟的启示》,文章从生物界的识别力谈到人类社会的鉴别力,很有见解和文采。师领导看文笔老道以为是何方大仙所写，请报社查对原稿后方知，作者乃师通信连一名战士耳！于是让师宣传科高科长前来了解情况。高科长左看右问半天后得出结论："啊，原来是个新兵蛋子！个子不高，才气不小，藏得深啊！"

从此，通信连多了一名上级机关关注的战士。3年后，这名战士入了党，当了班长，成为训练标兵，并两次荣立三等功。

像架上的葡萄熟了一样，这天，师机关的一辆吉普车又来到连队，拉走了邓高如的背包、书籍到师宣传科报到——邓高如已被任命为师报道组正排职干部，行政23级。

三

师里特别器重这位新调入的青年才俊，多次安排他参加各种学习培训和大会发言。图书室的藏书，包括当时还是禁书的一些外国名著，都特批他随便借阅。

仅一两年后，师里图书全被他看了。有人说，营区旁边有座地区师范专科学校，那里的藏书恐怕你一辈子也读不完。邓高如如获至宝，妥善处理工学关系，一头扎进图书馆饱读古今中外各类名著。几年下来，馆藏的文学书籍读完了，现有的外国作家的作品读完了。到后来，连图书馆自己装订的从创刊至1966年停刊的《人民文学》《解放军文学》《延河》《火花》《汾水》等文学期刊合订本，也看了个遍。

1983年秋天，就在解放军报社拟调邓高如去当记者时，"红小鬼"出身的老红军、成都军区政委万海峰抢先一步将他调入了成都军区宣传部新闻处。恰在此时,全国统一组织新闻职称评定资格考试,成都地区的军地参考人员同堂应考。语文、政治、新闻3门课考下来,邓高如一举拿下成都考区个人总分第一名、语文考分第一名的好成绩。

他至今仍津津乐道那次考题的生僻艰险:《三国演义》赤壁大战中给曹操献连环计的是谁?《红楼梦》中贾宝玉的《芙蓉女儿诔》是写给谁的?《阿Q正传》中阿Q最爱唱的一句戏文是什么?写出巴尔扎克《人间喜剧》中3部作品名称……

邓高如只因当年认真读过这些书籍,答题信手拈来。

四

邓高如担任成都军区新闻处长后,正是云南前线部队轮战和教育训练任务非常繁重的年代,他的工作超负荷运转,但他手中的笔却从未清闲过。几年下来,他除了把四川以至全军、全国的新闻奖项拿了个够外,文学创作也是收获颇丰。后来四川大学出版社出版的特写集《回眸》,上海古籍出版社出版的杂文集《中国人的情态》,就是那个阶段的产物。

有人问,走上这么繁忙的领导岗位,哪来时间搞创作?邓高如的回答是:忙里偷闲。

他说:上车打呼噜,是劳累后的忙睡眠、忙休息,忙得解乏;常年写新闻、搞管理,是忙本职、忙正份、忙得应该;而"三更灯火五更鸡,总是偷闲会佳丽(即他的文学创作)",那是干"私活",过"烟瘾",忙得自找苦吃却又心甘情愿!

我们常见许多作者写惯了一种文体,若要换写另一文体时,总显得那么费劲,甚至痛苦。而邓高如将军的这种转轨却是那样轻松自如,如鱼得水。其情绪调整之快,笔法转换之巧,出手成稿之利索,都令人叹服。

一次我和13集团军关春林干事陪他去南充某师采写一组训练稿件,采访完后他谈了稿子的思想构架和段落安排,便推开卧室房门去搞他的文学创作了。两个多小时后,一篇题为《圆的魅力》杂文就脱手。他客气地说:这是我酝酿多时的一个题目,但一直缺乏动笔的激情和写作的时间,上午住进招待所时,见卧室的台历上印有圆的周长的几何数据资料,一下来了激情,便在你们写新闻稿的空当,一气写成了这篇杂文,请斧正。

我们看过文稿后,顿被其深刻的思想、鲜活的资料、鲜明的意象和激情澎湃、一咏三叹的语言风格所打动。不曾想到,就是这篇千字文被报纸刊用后,被选入全国语文高考模拟题库,进北大、川大、复旦等大学的阅读教材,读者点击量超千万人次。

他在昆明某部队蹲点时写下的杂文《儿子要过圣诞节》,见报后被高等教育出版社随同鲁迅的《文学和出汗》、萧华的《〈革命烈士书信〉序》、陶铸的《崇高理想》一起选为《全国职业高中语文第二册》同一单元的教材。

1994年盛夏,成都军区举办新闻培训班,时任宣传部副部长的邓高如和处长陈世荣负责蹲班教学。一切事情安排停当后，邓高如说："陈处长，这培训班我们也办过多次了。请你多操心管好学员，我有点事情要去办办。"

陈世荣以为部长要玩"金蝉脱壳"之计，外出办私事什么的。忙说："有我留守，你就放心去办吧。"

不想邓高如哪里也没去，却躲在房间写稿子。一周后，一万多字的系列散文《邓老太爷面面观》完稿，内有4个单篇：《邓老太爷的文化观》《邓老太爷的价值观》《邓老太爷的消费观》《邓老太爷的婚恋观》。陈世荣作为第一读者看完文稿后说："邓副部长，眼界大开呀！你写出了当今农村改革开放转型时期的一个好父亲形象，真是难得的好散文啊！"

稿子发表后，多家报刊转载，反响十分强烈，当年便获"四川省优秀散文一等奖""全国报纸副刊作品二等奖"。四川省作协主席马识途拉住他的手说："你的'邓老太爷'我看了，好文章啊！我看你这宣传部长别当了，我干过，太缠人。还是退下来去搞创作吧。"

如今，百岁老主席都还记得邓高如，记得散文"邓老太爷"。每逢春节都会寄来一张由他亲笔书写的明信片，并问候文章中那个中规中矩又舐犊情深的乡下邓老太爷的近况。

2003年6月，中央军委任命成都军区《战旗报》报社社长兼总编辑邓高如到重庆警备区担任政治部主任，并在一年后授予少将军衔，这是该社60多年来从社长位置上直接提升起来的唯一的将军。我作为他的乡党、学生、部属（我时任警备区预备役旅政治部主任）深为他的进步而高兴，但又为他担任这样繁忙的领导职位而担心：邓将军的文学创作该不会从此泡汤了吧？

但万没想到，邓高如依然坚持忙里偷闲搞创作，六年中为重庆和西南地区多处名胜景点、高速公路撰写了近百副对联，若干篇辞赋碑文。其中为鸿恩寺公园撰写的联语："因生果，果有因，得果不思因，终生否果；报为恩，恩当报，布恩非图报，是为鸿恩。"为某茶楼写的"处事难吃三碗面，情面、场面、门面；做人善饮多杯茶，热茶、清茶、凉茶"的楹联，更是广为传扬。他执笔创作的剧本《孔雀之家》，在成都军区文艺展演中一炮打响，获剧本创作、舞台表演一等奖。

五

2009年10月，邓高如将军达龄退休，本该赋闲的他却显得更加忙碌。

他用李煜《菩萨蛮》中一句词表达此时的心境："奴为出来难，教君恣意怜。"这么好的条件不干点事情太可惜了。于是他晨起读书，定时写稿。每天除了适当健身外，还是写作读书。

好友魏明伦分析了邓高如多年创作的风格特长、知识构成和任职经历后说："邓将军最有才华的作品还是散文随笔。杂文邓高如不如我，散文我不如邓高如。因此，多写散文，邓高如必成一家。"

邓高如把朋友的鼓励化为动力。他说，现在我已进入花甲之年，什么哥呀妹呀的抒情散文、婆呀妈呀的俗事散文、花呀草呀的游历散文，写起来都不合适了。而另有三类散文更适合自己去写，那就是"文艺类散文""文史类散文"和"文心类散文"。

邓高如写这类散文是用"心"去写的。他许多时候是像科学家写论文一样，总要经过调查实证后才敢动笔。他说，他试图在"做人"与"做文"的历练中求得统一，力争实现"以疑立题，以理解题。题文相生，文心相长"的自我教育与大众教化的双重效果。

有了这个动力，邓高如近年间创作的散文如一支支飞碟横空突起，绚丽多彩。那些谈艺人、谈艺风、谈艺术的散文，如《戏剧启示录》《先师在上》等，总在昭示一个真理：民族的艺术最高雅，质朴的艺术最高贵，编剧的地位最高端；他通过引经据典谈社会、军事、教育等各领域的散文，如《重剑无锋》《云蒸波撼钓鱼城》等，又总是把民主法治、生命崇高、教育至上、民生权益等重大现实而敏感的问题，解析得清澈见底，发人深省；还有那些描写社会风尚、道德情操、人生意义的散文，如《砍柴担水与做饭》《雅人深致》《家住平房》等，简直就是特制的心灵鸡汤，味鲜而意美，言简而理深，示一隅而反三焉。尤其是那篇《王的福禄寿》，他并未义正词严地论腐败危害，挖社会根源，而是从致虚守静、息气养身的角度去谈淡泊致远、简朴求生的深层意义，真是字字入耳，句句存心，让人在"温补"中校正人生。难怪一举获得2014 年"全国报纸副刊精品一等奖"。

"瘐信文章老更成，凌云健笔意纵横。"

我们祝愿邓高如将军老当益壮。其文更加道劲酣畅，其学更加博大深广，其志更加奋发昂扬！

2017 年 1 月　重庆

（注：作者系邓高如将军的战友、重庆市渝北区龙溪街道人大常委会主任。）